QUE VENÇA O *Pior*

ROSIE DANAN

QUE VENÇA O Pior

Tradução
Laura Folgueira

HARLEQUIN®

Rio de Janeiro, 2024

Título original: Do Your Worst
Copyright © 2023 by Rosie Danan. All rights reserved.

Todos os personagens neste livro são fictícios. Qualquer semelhança com pessoas vivas ou mortas é mera coincidência.

Direitos de edição da obra em língua portuguesa no Brasil adquiridos pela Editora HR LTDA. Todos os direitos reservados. Nenhuma parte desta obra pode ser apropriada e estocada em sistema de banco de dados ou processo similar, em qualquer forma ou meio, seja eletrônico, de fotocópia, gravação etc., sem a permissão do detentor do copyright.

Direitos exclusivos de publicação em língua portuguesa cedidos pela Harlequin Enterprises II B.V./S.À.R.L para Editora HR Ltda.

A Harlequin é um selo da HarperCollins Brasil.

Edição: *Julia Barreto*
Copidesque: *Giovana Bomentre*
Revisão: *Natália Mori e Daniela Georgeto*
Design de capa: *Ella Garrett – LBBG*
Adaptação de capa: *Eduardo Okuno*
Diagramação: *Abreu's System*

Publisher: *Samuel Coto*
Editora-executiva: *Alice Mello*

Contatos: Rua da Quitanda, 86, sala 601A — Centro — 20091-005
Rio de Janeiro — RJ
Tel.: (21) 3175-1030

CIP-Brasil. Catalogação na Publicação
Sindicato Nacional dos Editores de Livros, RJ

D175v
   Danan, Rosie
     Que vença o pior / Rosie Danan ; tradução Laura Folgueira. – 1. ed. – Rio de Janeiro : Harlequin, 2024.
     368 p. ; 21 cm.

     Tradução de: Do your worst
     ISBN 978-65-5970-338-8

     1. Romance americano. I. Folgueira, Laura. II. Título.

23-87266   CDD: 813
                      CDU: 82-31(73)

Gabriela Faray Ferreira Lopes – Bibliotecária – CRB-7/6643

*Para Ruby Barrett, o começo e o fim disto.
Ter você como amiga melhora tudo.*

Capítulo 1

Enquanto outras mulheres herdavam das avós o dom de cantar ou de falar palavrão, Riley Rhodes recebeu um diário de couro desbotado, algum treinamento de campo nos verões na adolescência e a garantia de que morreria sozinha.

Tá, tá bom, talvez a última parte fosse um leve exagero. Mas um talento único de aniquilar o oculto, passado de uma geração à outra como porcelana rara, certamente não facilitava os namoros. O histórico da linhagem matrilinear dela em amor duradouro era... bom, deprimente, para dizer o mínimo.

Quebrar maldições — o talento da família Rhodes — era uma prática misteriosa e frequentemente incompreendida, em especial na idade moderna. O problema não era falta de demanda. Aliás, o mundo estava mais amaldiçoado do que nunca. Mas, como a presença de uma multidão irada em qualquer conto popular pode mostrar, as pessoas têm medo do que não entendem.

Para ser justa, desde o começo a avó tinha avisado Riley dos perigos inerentes a quebrar maldições. Tinha, claro, todo o aspecto do risco físico, intrínseco de enfrentar o sobrenatural. Em nome de seu talento, Riley tinha passado por tudo, de pontas dos dedos queimadas até envenenamento acidental.

Quanto às armadilhas pessoais? Bom, doíam de outro jeito.

Ela tinha crescido praticando cânticos no intervalo da escola e tentando trocar poções caseiras por Twinkies no almoço. Era alguma surpresa que, durante todo o ensino fundamental, sua única amiga tivesse sido uma gentil professora de artes de quase 60 anos? Só no primeiro ano do ensino médio, quando os peitos dela finalmente apareceram, que os meninos decidiram que "a garota bizarra das maldições" de repente era código para "faz ritos sexuais pagãos". Riley quase foi popular por uma semana — até essa fofoca acabar morrendo.

Era como a avó sempre dizia: "Ninguém dá valor a uma quebradora de maldições até ser amaldiçoado".

Como não podia ser adorada por seus talentos, Riley entendeu que, pelo menos, podia ser paga. Então, aos 31 anos, tinha jurado ser a primeira a fazer do hobby familiar um negócio legítimo.

Apesar disso, ninguém diria que ela era uma pessoa prática. Tinha voado milhares de quilômetros até um vilarejo minúsculo nas Terras Altas escocesas para arriscar a vida e os membros enfrentando um poder antigo e incognoscível — mas, ei, pelo menos ela tinha recebido cinquenta por cento adiantado.

Horas depois de pousar, doidona de jet lag e de nervosismo com o trabalho novo, Riley decidiu que o único pub da cidade era um lugar tão bom quanto qualquer outro para começar sua investigação sobre a infame maldição do Castelo de Arden.

O Coração de Lebre tinha uma quantidade boa de clientes para um domingo à noite, considerando que a população total do vilarejo não batia dois mil. Paredes cobertas com painéis de madeira escura e um teto baixo forrado com papel de parede vinho davam ao lugar já pequeno uma sensação ainda mais íntima. Parecia mais a sala de um parente idoso do que os bares elegantes de conceito aberto e cheios de quase tantas telas quanto pessoas que Riley conhecia bem demais em sua cidade.

Com sorte, depois de aquele trabalho colocar seus serviços no mapa, ela poderia parar de fazer turnos como bartender em Fishtown nos meses de vacas magras. Por enquanto, seu negócio ainda estava se estabelecendo. O escasso dinheiro que ela conseguia com quebra de maldições continuava firmemente na categoria "renda extra" — apesar de ser maior do que qualquer uma que sua família já ganhara com aquela habilidade altamente especializada. Riley sempre tinha achado meio engraçado, de um jeito mórbido, uma família de quebradoras de maldições poder ajudar todo mundo, menos a si mesma.

Por medo ou autopreservação, a avó nunca tinha cobrado por seus atendimentos. Aliás, ela havia guardado segredo a vida toda sobre a quebra de maldições, atendendo só sua minúscula comunidade rural nas montanhas. Como consequência, nunca tinha um gato para puxar pelo rabo. Ela e a mãe de Riley tinham aguentado alguns invernos duros sem calefação, indo dormir em noites de vacas magras, se não com fome, com certeza de barriga nada cheia.

Riley nunca culpara a mãe por ir embora de Appalachia e sair do manto familiar para tirar o diploma de enfermagem na pitoresca região de South Jersey. Era só por nunca ter sido boa em nada prático que Riley se via ali nas Terras Altas, torcendo para esse contrato mudar mais do que o número em sua conta bancária.

Se as pessoas ficassem sabendo que Riley tinha derrotado a notória maldição do Castelo de Arden, ela poderia passar de clientes pessoais que pagavam pouco para grandes trabalhos corporativos ou até governamentais. (Ela sabia por uma fonte confiável que estavam procurando alguém para remover a maldição da Área 51 desde os anos 1970.)

Empoleirada numa banqueta de couro no bar de mogno que dividia o pub em duas seções, Riley tinha um ponto de vista excelente para observar as pessoas. Na frente do salão, clientes que iam de 2 a 80 anos de idade ocupavam várias mesas coletivas lotadas de canecas grandes de cerveja cheias de espuma e pratos fumegantes.

A barriga dela rugiu com o cheiro de manteiga derretida e carne assada que atravessava o lugar. Depois de pedir uma bebida, ela ia querer ver o cardápio. Por mais que Riley não ligasse de batalhar contra mistérios místicos, tinha pavor de comida de avião, então não havia comido muito nas últimas dezesseis horas.

Ao seu lado, um homem de meia-idade com listras de tinta vermelha na bochecha encostou a barriga no bar para falar com a mulher gata e mais velha que estava tirando as cervejas.

— Eilean, vem sentar com a gente.

Ele gesticulou com o polegar para a área mais casual nos fundos do pub.

Por cima do ombro, Riley seguiu a direção dele até um grupo de pessoas mais barulhentas sentadas nas pontinhas de um conjunto desorganizado de poltronas já bem gastas. Todos estavam com o pescoço dobrado num ângulo desconfortável para ver uma televisão pequena e meio merda pendurada na parede.

— A gente precisa de você. O jogo está empatado e você dá sorte.

A bartender — Eilean — fez um aceno para ele ir embora.

— Mesmo que fosse verdade, eu não gastaria essa sorte com esse bando e aquela palhaçada de time de rúgbi.

Ela sorriu para Riley quando o homem se virou para voltar aos amigos, mas seus olhos tinham aquele interesse cauteloso reservado a intrusos em um lugar que sempre atendia praticamente os mesmos clientes.

— Quer alguma coisa?

Sem hesitar, Riley pediu um uísque local envelhecido com gelo, torcendo para o pedido rápido e simples transmitir que tinha vindo em paz.

Enquanto ela esperava, o homem de cara pintada e vários amigos dele se revezavam para gritar com o time esportivo na TV, seus gritos apaixonados mais altos do que o zumbido contínuo de conversa do salão.

Riley sorriu sozinha com os insultos elaborados naquele sotaque escocês carregado. Um ar de caos parecido irrompia na sala da mãe dela toda vez que os vizinhos e amigos se reuniam para serem magoados pelos Eagles. Riley nunca tinha viajado para o exterior antes, mas se sentiu um pouco mais em casa.

— Você tem bom gosto para uísque. — Eilean colocou o copo alto de líquido cor de âmbar na frente dela. — Para uma estadunidense — completou, numa provocação carinhosa.

Aparentemente, num vilarejo tão pequeno, até algumas poucas palavras com seu sotaque se destacavam. Riley levantou o copo para agradecer antes de dar um gole.

Ela saboreou o gosto forte e defumado do álcool que descia suave, com um toque sutil de tempero pairando nos lábios depois de ser engolido. Uísque bom sempre era como se deleitar numa má decisão — aquela mesma queimadura satisfatória. Esse emprego talvez a matasse, mas, tão perto de

Islay, pelo menos ela podia curtir um puro malte sem pagar frete internacional ou impostos de importação.

— Eu perguntaria o que te trouxe tão longe — disse a bartender grisalha —, mas tem só um motivo para estranhos virem a Torridon.

Quase imperceptivelmente, o olhar dela parou num casal acomodado numa mesa de canto, os dois usando algo que parecia uma camiseta artesanal engraçadinha que dizia CAÇADORES DE MALDIÇÃO.

Riley fez uma careta. Lembretes de que sua vida real era o espetáculo de circo da vida de outra pessoa podiam fazer uma garota se sentir vulgar, se ela assim permitisse.

Acostumada a usar o pedido de bebida das pessoas como termômetro de caráter, por hábito, os olhos dela checaram o que estavam bebendo. Riley soltou um gemido.

— Mojito não.

De longe, a bebida mais tediosa de se preparar. Ela revisou sua análise anterior do nível de ameaça representado pelos dois. Para piorar tudo, a mesa deles ainda tinha restos de várias rodadas.

Ela esfregou uma dor fantasma no punho.

— Toda aquela maceração.

Eilean soltou uma gargalhada.

— Então, já passou um tempo atrás do bar?

— Mais do que gostaria de admitir.

As duas riram, se solidarizando.

— Aparece muita gente curiosa?

— Não o suficiente. — Eilean franziu os lábios. — O monstro do lago Ness obviamente é um grande atrativo para trazer os entusiastas do sobrenatural às Terras Altas, mas, infelizmente, a maldição do Castelo de Arden mais assusta turistas do que atrai. — Ela pegou um pano para limpar um pouco de cerveja derramada no bar. — Os novos proprietários prometeram fazer um grande investimento para transformar o castelo num destino de férias que vai "revitalizar o vilarejo todo", mas já ouvimos essa promessa tantas vezes que nem ficamos mais esperançosos.

— Quem sabe esses caras surpreendem.

Riley puxou um cartão de visitas da carteira e estendeu a Eilean. Ninguém usava mais cartões. Apesar de ela ter conseguido uma promoção, era uma compra irresponsável. Mas adicionavam um ar de legitimidade que sua oferta nada convencional ainda exigia.

— Pelo menos eles me contrataram.

Com base no que Riley conseguia ver no site, sua nova empregadora, Cornerstone Investments, era uma incorporadora sediada em Londres. A mais recente de uma longa lista de investidores tanto públicos quanto privados a pôr o nome na escritura de Arden, era uma empresa relativamente jovem com uma equipe ávida, apesar de meio verde.

— Quebradora de maldições? — Eilean levantou uma sobrancelha belamente modelada. — Agora entendi por que aquele gerente de projetos magricela estava tão satisfeito consigo mesmo da última vez que veio aqui.

Considerando o quanto ele estivera abalado e desesperado da última vez que os dois se falaram ao telefone, uma semana antes, Riley entendeu aquilo como um voto de confiança em suas habilidades.

— Mesmo assim. — Quando Eilean devolveu o cartão, sua voz assumiu um novo tom sério. — O Castelo de Arden não é lugar para os fracos.

Com a primeira sugestão de uma pista a perseguir, Riley ficou de orelha em pé.

— Então você acredita na maldição?

Isso nem sempre era garantido, mesmo entre os locais.

— Ah, sim. — Eilean riu, mas sem humor. — E quem acha que é por escolha própria é porque chegou faz pouco tempo. Já vi na minha vida gente o bastante ser arruinada por aquela maldição para saber que a terra não quer ser de propriedade de ninguém, e a maldição garante isso.

Quando um homem do outro lado do bar levantou dois dedos, a bartender assentiu com a cabeça e começou a tirar duas novas canecas de cerveja enquanto terminava sua advertência:

— Espero que você saiba no que está se metendo.

— Eu sou profissional — garantiu Riley com firmeza enquanto devolvia o cartão ao bolso do jeans. Era parte do trabalho projetar confiança diante do desconhecido. Presença de espírito, dizia vovó, era uma característica essencial para quebradores de maldição. — Mas, quanto mais eu souber da maldição, e rápido — disse ela, inclinando a cabeça de modo sugestivo —, maiores são as minhas chances.

O pouco tempo que Riley tivera para pesquisa, entre receber o trabalho e chegar à Escócia, a deixara com mais perguntas do que respostas. O Castelo de Arden não causava nos fóruns a mesma quantidade de análise obsessiva e "relatos de testemunhas" de outras histórias sobrenaturais das Terras Altas. Uma busca superficial na internet não tinha dado muito resultado.

Talvez fosse como Eilean dizia: a proximidade do lago Ness, ou até das pedras altas de Clava Cairns, simplesmente atraía o interesse. Ou talvez fosse porque castelos, amaldiçoados ou não, eram comuníssimos no Reino Unido. Independentemente do motivo, Riley sabia que ia precisar de experiências em primeira mão e do folclore de habitantes locais como Eilean — gente que tinha crescido no quintal do castelo — para fazer o trabalho.

— Muito bem. — Eilean entortou a boca. — Acho melhor você ouvir de mim do que daqueles vândalos com as histórias sensacionalistas.

Ela mostrou com o queixo a galera das poltronas.

Riley puxou ansiosa um caderninho e uma caneta da bolsa.

— Começa do começo, por favor.

Era a aula introdutória de quebrar maldições: definir a origem.

Em sua forma mais básica, maldições eram energia incontrolável. E, quando o circuito se fechava voltando à fonte, o poder a estabilizava. A primeira tarefa de Riley sempre era descobrir detalhes específicos: quem, quando, por quê e como.

— Veja bem, eu não sou nenhuma historiadora. — Eilean abriu um pote de azeitonas e começou a espetá-las em pares enquanto falava. — Mas, com base no que sempre ouvi dizer, a maldição começou há uns trezentos anos.

Riley se inclinou à frente. Uma data de origem em algum lugar do século XVIII era uma janela ampla, mas lhe dava uma linha do tempo para começar.

— Uma guerra por terras tinha estourado em Torridon entre os Campbell, o clã que era dono do castelo na época, e os Graphm, que controlavam a região ao leste. — Eilean ficou de olho nos clientes enquanto falava, e soletrou pacientemente a versão gaélica de "Graphm" quando Riley estava anotando os nomes. — A luta foi tão amarga e mortal que quase destruiu os dois clãs.

As peças do quebra-cabeça já estavam começando a fazer sentido. A avó tinha ensinado a Riley que maldições vinham de pessoas, nasciam de suas emoções mais extremas — sofrimento, desejo, desespero —, sentimentos tão puros, tão pesados, que transbordavam e arrancavam consequências do universo.

Uma disputa de sangue era o catalisador perfeito. Todo aquele ódio fervente, a magnitude enorme da angústia de tantos entes queridos perdidos.

— Diz a lenda que, quando os números dos dois clãs tinham diminuído tanto que logo, logo o castelo não seria de ninguém — disse Eilean, com a voz grave e cantada tecendo a história como uma tapeçaria —, uma alma desesperada foi às montanhas, à procura da fada que morava para além dos teixos, decidida a fazer um acordo terrível.

Ah, a infame fada das Terras Altas. Riley amava um bom conto de fadas, especialmente quando era real.

— Mas de que lado vinha essa pessoa?

Pelo jeito, um membro de qualquer um dos clãs teria bastante a ganhar ou perder.

— O nome se perdeu na história, infelizmente. — Eilean franziu a testa. — Quem quer que fosse fez uma barganha ruim, porque as últimas linhagens dos dois clãs caíram, e o castelo ficou dormente por anos até um tenente do Vigésimo Primeiro Regimento dos Dragões da Luz comprá-lo, em 1789.

A bartender pausou para erguer a garrafa de uísque.

Com um sorriso, Riley bateu no bar ao lado do copo, aceitando a oferta de refil.

— O que quer que a fada tenha prometido para aquela pobre alma continua sem ser cumprido — Eilean serviu uma dose generosa —, e a maldição permanece como consequência, afastando todo mundo daquele castelo.

Riley mordeu a parte interna da bochecha enquanto a bartender ia atender outro cliente. Sabia que havia toneladas de nuances regionais nas maldições, mas, apesar de o folclore popular colocar as fadas dali como criaturas travessas e trapaceiras, loucas para fazer acordos com humanos desesperados, o diário da avó dela não falava nada específico sobre a influência das fadas.

O que quer que Riley estivesse enfrentando ali, ia dar trabalho.

Um sino tocou na porta de entrada do pub, tirando a atenção dela dos primeiros sinais de um discurso de encorajamento mental.

Puta que pariu. O homem que entrou a deixou sem fôlego.

Tudo, desde a linha dura do maxilar até a largura de seus ombros, estava esticado com um tipo específico de tensão que parecia... atormentada. Apesar de isso não fazer sentido. A expressão de seu rosto era perfeitamente natural; ele não estava mancando nem pingando sangue.

Enquanto ele entrava e ia na direção do bar, Riley teve uma memória repentina e visceral de uma pintura que vira certa vez. Estava longe de ser uma amante das belas artes, mas, quando ainda estava no sexto ano, a turma toda tinha ido ao Museu de Arte da Filadélfia num passeio escolar.

Riley tinha achado o dia todo imperdoavelmente tedioso — nenhuma das obras a comovia. Mas, aí, ela chegara a uma tela enorme e foi como se seus pés tivessem criado raízes no piso de mármore.

Tantos anos depois, ela ainda se lembrava de como o artista havia capturado um anjo suspenso em plena queda. Ela sentira o impulso daquela imagem estática no próprio corpo. A forma como a angústia se impunha no rosto e no corpo dele até o mergulho virar um balé, uma poesia.

Ela sentiu de novo — a sensação do quadro — agora, vendo esse estranho. O calor lambeu sua espinha, ágil e repentino como um incêndio florestal.

Olhando em retrospecto, o quadro provavelmente tinha gerado alguma espécie de despertar sexual. Pois, embora o homem do bar estivesse vestido dos pés à cabeça, inclusive de casaco, o anjo estivera nu, com sua modéstia preservada pelo perfil.

Riley se vira fascinada pelo corpo dele, o alto contraste de força e vulnerabilidade. Costelas afiadas e coxas tesas em contraste com o quanto as solas rosadas dos pés pareciam tenras. Como aquelas enormes asas cor de índigo se dobravam enquanto ele caía.

Olhando aquele homem da vida real que a lembrava a representação de um artista, Riley percebeu algo novo sobre a pintura.

Não era o desespero da pose que a atraíra. Era a provocação.

Era o fato de, mesmo no ato de cair, o anjo ter levantado um braço, fechando os dedos, estendendo a mão na direção do único lar que já conhecera, recusando-se a ir em silêncio, enquanto o outro braço permanecia colado ao peito, protegendo o coração.

O homem com a cabeça morena abaixada na direção do bar parecia preparado para o impacto da mesma forma. Para a luta que inevitavelmente esperava um anjo caído na terra.

O que a atração por essa resiliência fatigada dizia sobre Riley? Provavelmente algo doentio.

Já que ela era uma pessoa no início de uma carreira quebrando maldições, não era grande segredo o desejo de Riley de salvar as pessoas, mas ela temia as partes de si que queriam ser salvas em troca.

— Quem é esse?

Ela não tinha intenção de perguntar em voz alta, mas, mesmo assim, Eilean ouviu e respondeu.

— Ah. *Ele*. Anda causando um rebuliço desde que chegou na cidade.

Espera, aquele cara morava ali? Deixa a maldição para lá; *ele* devia ser o novo motivo de fama de Torridon.

Se bem que, a julgar pela expressão nada impressionada de Eilean, ela era aparentemente imune a todo o charme do cara.

Riley se debruçou e abaixou a voz:

— O que você sabe dele?

— É inglês. — Eilean foi repor uns guardanapos. — Que nem os incorporadores que te contrataram, apesar de, felizmente, não trabalhar para eles. O cara vem quase toda noite, então não deve saber cozinhar. E é um arqueólogo contratado para…

— Um arqueólogo. — Riley ficou alerta. — Ah, que perfeito. Eu acabei de ver um filme sobre arqueologia no avião!

As sobrancelhas cor de ardósia de Eilean se juntaram.

—… e?

— E posso usar isso para falar com ele!

Riley não se lembrava de todos os detalhes do filme — ela tinha cochilado um pouco no meio —, mas era baseado numa história real. O personagem principal vinha direto das páginas de um livro best-seller de memórias, e um estúdio importante de cinema tinha comprado os direitos da vida do cara.

— Espera. — Eilean parou de trabalhar. — Você não vai dar em cima dele, né?

— Bom, vou — disse Riley —, mas, tipo, com respeito.

Ela não tinha o hábito de dar em cima de pessoas em bares, mas com certeza não via problema em começar uma conversa com alguém que achasse bonito. E esse cara era gostoso que nem um pãozinho — mesmo vestido com as camadas repressoras de um anúncio da Ralph Lauren, incluindo uma camisa social embaixo do suéter e um blazer de tweed por cima de tudo.

— Acho que não é uma ideia muito boa, não. — Eilean começou a balançar a cabeça. — O trabalho que você aceitou...

— Ah, fica tranquila. — Riley já percebia que Eilean achava que todo mundo sob aquele teto era responsabilidade dela. — Só começo oficialmente amanhã de manhã.

Ela não misturava negócios e prazer em casa, mas era principalmente porque não queria poluir seu grupo de potenciais clientes com ex-casos. Como sua primeira viagem para a Escócia provavelmente seria a última, não parecia ser um problema ali.

— Tem alguma coisa... — Ela mostrou os dentes a Eilean.

— Não — respondeu Eilean depois de uma rápida olhada e, depois, cruzando os braços: — Acho que, na sua profissão, você sabe lidar com problemas.

— Hein?

Riley tinha se distraído olhando o homem de novo. Antes daquela noite, nunca soubera que maçãs do rosto podiam ser tão afiadas assim.

— Deixa pra lá. — Eilean fez um gesto para ela ir logo. — Boa sorte para você, quebradora de maldições.

Capítulo 2

❧

Quando Clark Edgeware sentiu a nuca quente ao entrar no Coração de Lebre, simplesmente supôs que o radiador do pub tivesse quebrado para combinar com o resto da vida dele.

Depois de tirar o casaco de lã, ele pediu uma cerveja, pronto para considerar as últimas horas como mais um dia improdutivo no trabalho que ele não devia ter aceitado neste vilarejo que se ressentia de sua presença.

Mas, aí, uns minutos depois, quando o rubor se recusou a ceder, ele se virou para a esquerda e a viu.

— Oi — disse a mulher que descia de uma das banquetas vizinhas, em um sotaque estadunidense.

O primeiro pensamento de Clark foi que ela era chamativa. Não por falar alto, mas pela aparência. Tudo nela exigia atenção. Do cabelo loiro, tão claro que era quase prateado, aos olhos, com uma sombra pesada como se ela tivesse esfregado carvão nas pálpebras, e aos lábios impossivelmente carnudos. E isso era só o rosto.

Mesmo sem deixar o olhar descer, o corpo dele estava ciente das curvas decadentes dela.

Sério, algum funcionário ali precisava resolver essa questão do termostato.

Ele tentou se apoiar casualmente no bar.

— Hum, oi.

— Meu nome é Riley.

Ela estendeu a mão, tão linda quanto o resto, com uma tatuagem em linhas finas — uma estrela explodindo em cima da terceira articulação do dedo anelar.

Ele queria perguntar da tatuagem. Também estava preocupado com um zumbido nos ouvidos.

Ele demorou, mas aceitou o aperto de mão.

— Clark.

Sabia que a estava olhando com intensidade demais, mas fazia muito tempo que nada cortava a névoa monótona que era sua vida.

Desde Cádiz, ele andava inquieto consigo mesmo, tentando recuperar sua reputação. As poucas coisas que fazia além de trabalhar eram meramente para se manter e poder trabalhar mais, se esforçar mais — comer, se exercitar, tomar banho, dormir. Ele não conseguia lembrar a última vez que tinha feito alguma coisa só porque era bom. E olhar para ela era bom.

Graças a Deus, ela não parecia se incomodar. Aliás, olhou de volta, ficou corada, como se a porcaria do radiador a estivesse afetando também. Não era incomum as pessoas o olharem, mas era incomum Clark se sentir visto.

— Olha. — Ela soltou a mão dele. — Não quero te atrapalhar se você estiver esperando alguém…

— Não estou.

No último mês, ele tinha comido todas as refeições sozinho. E, mesmo antes de chegar a Torridon, não encontrava amigos no pub havia séculos. Era má companhia mesmo antes do escândalo. E Patrick — que sempre suavizava as coisas para ele, socialmente falando — não estava mais lá.

— Tá bom, então — respondeu Riley, se aproximando um pouco mais, perto o bastante para ele sentir uma fragrância que não conseguia identificar direito, algo que o fazia pensar em verão, embora as folhas já tivessem começado a mudar na Escócia e a luz do dia ficasse mais rara com a chegada do outono. — A Eilean ali — ela levantou o queixo para a bartender que ele reconhecia de suas visitas frequentes — disse que você é arqueólogo, certo?

Aquilo o pegou de surpresa. Ele achava — esperava — ter lido um tipo diferente de interesse na abordagem dela.

— Isso mesmo. — Ele mudou de postura para se adequar melhor a uma consulta profissional. — Você está atrás de um arqueólogo?

Ela curvou a boca obscenamente linda num sorriso tímido, de lábios fechados.

— Talvez.

— Bom. — Ele pigarreou, tentando se recompor. Se ela estava querendo contratar alguém, ele precisaria saber mais sobre seus objetivos. — Sou especializado em civilização romana antiga na região mediterrânea. Tem muitos tipos de arqueólogo: comercial, industrial, forense... Depende do que você precisa.

Atualmente ele não tinha uma lista de contatos lá muito forte, mas, se pudesse, se esforçaria para dar a ela uma boa indicação.

— Ah, tá bom, não.

Riley pôs um dedo curvado na frente da boca, parecendo achar algo na resposta dele divertido.

Apesar de não saber o que era, Clark gostou da forma como os olhos dela se iluminaram.

— Foi minha tentativa de... Na verdade, eu não sei nada de arqueologia — confessou ela. — Acabei de assistir a um filme no avião, *Fora da Terra*.

— Ah.

Clark ficou tenso. Baixou os olhos para o balcão. Lógico.

— Você viu?

Ele fez uma careta. Ela estava de brincadeira?

— Não pessoalmente — respondeu ele depois de uma pausa.

Tinha havido uma estreia, várias, aliás, mas Clark só precisara dar uma desculpa para não ir à de Londres. O pai dele nem tinha feito caso. Na teoria, queria que Clark estivesse lá, mas, na prática, assim era mais simples. Sem cheirinho de escândalo para atrapalhar a grande noite dele.

— É sobre uma escavação famosa dos anos 1970…

Espera. Os olhos dele voltaram ao rosto de Riley. Ela achava mesmo que ele não sabia sobre o que era *Fora da Terra*?

—… onde eles acharam todo um navio enterrado na propriedade chique de uma dama inglesa. — Ela parecia sincera. Um pouco nervosa, falando rápido. Como se estivesse preocupada em entediá-lo com a recapitulação. — Achei que talvez você soubesse do assunto porque o personagem principal, o arqueólogo, era baseado numa pessoa real… Um cara britânico, e tenho quase certeza de que ele ainda é vivo. — Ela estalou os dedos. — Caralho, como era o nome dele… Alguma coisa com *A*.

— Alfie Edgeware — Clark enfim falou, tropeçando um pouco nas vogais do próprio sobrenome.

— Isso! — Ela apontou e quase o cutucou no peito, de tão animada. — Exato. Você conhece ele?

Aquilo era surreal. As pessoas mencionavam o pai dele o tempo todo — especialmente desde a estreia do filme —, mas não assim.

Clark respirou fundo.

— Conheço.

Até quem não ligava para arqueologia ficava esquisito ao descobrir que ele era parente do segundo cientista mais popular da Inglaterra (depois de sir David Attenborough — que, segundo Clark sempre tinha ouvido falar, era legal de verdade).

— Sério? — Riley arregalou os olhos. — Putz, que incrível. Qual a chance? Pelo jeito, o círculo de arqueólogos britânicos não é tão grande. Posso... você se incomoda se eu te perguntar uma coisa sobre ele?

— Pode perguntar.

Ele podia ser educado. Não era culpa dela o pai ser um babaca.

— Ele é...

Enquanto ela pausava para escolher bem as palavras, Clark se preparou para os adjetivos que encontrava com mais frequência: brilhante, charmoso, *solteiro*.

Pelo menos era melhor Clark receber essa pergunta do que a mãe dele.

Riley se inclinou à frente e baixou a voz a um sussurro constrangido:

—... meio escroto?

Ele tossiu, engasgando-se só com o ar.

— Perdão?

— Desculpa. — Ela mordeu o lábio inferior. — Eu sei que é para ele ser o Indiana Jones da vida real, e acho que é tipo melhor amigo da Oprah desde que ela escolheu o livro de memórias desse cara para o clube do livro, mas pareceu insuportável, mesmo antes de encontrar o navio.

A risada subiu como um vulcão na barriga e no peito dele. Até Clark precisar dar tudo de si para não a soltar.

— E aí, depois, tipo, por que ele não dá mais crédito à equipe? — continuou Riley, sem perceber como era bom ouvir alguém, qualquer um, falar o que ele pensara durante a maior parte da vida. — Não teria como ele ter encontrado aquele mastro se aquela mulher, Emory, não tivesse percebido a mudança na estrutura do solo na véspera.

Clark sorriu que nem bobo.

— Excelentes observações.

— Desculpa, de novo — ela corava de um jeito incrivelmente bonito —, se ele for seu amigo.

— Não é.

Clark teria defendido o pai contra alguma calúnia séria. Apesar de todos os defeitos, ele o amava. Mas tinha bastante certeza de que Alfie teria gostado secretamente de uma avaliação de caráter tão incisiva — se bem que, para ser sincero, não tanto quanto Clark.

Ele queria dizer: *Quem é você?* Porque o nome dela não era suficiente. Mas isso não fazia sentido, então, em vez disso, ele falou:

— Posso te pagar um drinque?

— Hum, claro — respondeu ela, rindo.

O alívio que tomou Clark foi tão gostoso quanto se fosse ele mesmo que estava rindo.

— Eu adoraria — completou ela.

Ele acenou para a bartender.

— Espera.

Riley segurou o braço dele, e isso também pareceu chamativo, essa mão nele. Alto volume. Todo o resto do salão — gente gritando com a televisão, copos tilintando, o zumbido do radiador pelo qual, afinal, ele desenvolvera um carinho — ficou mudo.

— Na verdade, desculpa. — Ela fez uma careta e abaixou o braço. — Melhor eu não beber mais. Não é você — ela se apressou a garantir, antes mesmo de o cérebro dele pensar nisso. — Tipo, nem um pouco.

Os olhos dela pausaram na boca dele e ficaram lá por um momento.

Ele molhou os próprios lábios, confuso, mas não o bastante para seu corpo ignorar o quanto estavam próximos.

— Você é muito se... — Ela se interrompeu, abrindo os olhos como se não os tivesse semicerrado de propósito. — O que eu quis dizer é que queria muito aceitar, mas acabei de entornar duas doses generosas de barriga vazia.

Clark não conseguia superar o quanto adorava o jeito de Riley falar. Não só o sotaque, mas a resolução de suas afirmações. Era tão agradavelmente direto. Tão nada inglês.

Ele pensou por um momento.

— Nesse caso, posso te pagar um jantar?

— Jantar? — Ela inclinou a cabeça. — É um compromisso e tanto para alguém que você acabou de conhecer.

Ele deu de ombros, um gesto tão incomum para ele quanto convidar uma estranha para jantar.

— Tenho uma boa intuição sobre você.

O olhar dela ficou mais suave.

— Sério?

— É um sim?

Ela era tão linda, principalmente sorrindo.

— Sim.

Eles foram até uma mesa, e um garçom levou cardápios. Clark apontou alguns de seus pratos favoritos, já tinha ido lá bastante ao longo do último mês. Sempre que não estava a fim de cozinhar no seu trailer apertado.

— Então — disse ele, depois de fazerem o pedido e receberem as bebidas. — Você obviamente não é daqui. O que te traz a Torridon?

Riley mordeu o lábio, analisando-o.

— Estou meio nervosa de te contar.

— Por quê?

— As pessoas costumam me olhar meio diferente depois de descobrir.

Clark quebrou a cabeça atrás de algo que o faria não gostar dela.

— Você trabalha com fraturamento hidráulico?

Ela fez que não com a cabeça.

— Você já ouviu falar da maldição do Castelo de Arden, né?

Ah, então, ela era turista. Fazia sentido. Clark tinha encontrado algumas pessoas que estavam visitando Torridon por causa do folclore local. Ele não a culpava por ter vergonha de dar algum crédito ao conto de fadas bobinho; a ideia de uma maldição no castelo era tão maluca quanto qualquer uma das lendas locais sobre monstros míticos.

— Já ouvi, sim.

Ele com certeza não contaria a ela que a maldição era só uma das várias coisas que dificultavam seu caminho para a redenção profissional.

— Pesquisei bastante a história do Castelo de Arden antes de vir para Torridon. — Clark procurou na maleta, puxou um dos livros que tinha encomendado de uma editora universitária local e o estendeu a ela. — Talvez você ache interessante.

Riley pegou o livro avidamente, analisando tanto a capa como a quarta-capa com atenção antes de folhear.

— Que fantástico. — Depois de mais alguns momentos de inspeção, ela devolveu o livro com óbvia relutância. — Obrigada por me mostrar. É mais difícil do que se imagina achar pesquisas sobre Arden.

— Pode ficar — respondeu ele, por impulso, entregando de volta.

Clark não ia estragar as férias dela compartilhando que nem a Historic Environment Scotland, o grupo de preservação que tinha a tarefa de proteger o patrimônio histórico, achava que valia a pena montar uma escavação adequada no Castelo de Arden.

Ele chutava que fossem uma entidade pública com pouco financiamento e parcos recursos. Mesmo assim, tinham ficado mais do que satisfeitos de deixar incorporadoras ambiciosas comprarem a propriedade histórica com a mísera condição de contratarem um arqueólogo autônomo para checar se havia algum artefato "saliente" ainda no castelo em ruínas antes de transformarem num destino turístico para rivalizar com a vizinha Nessieland.

Depois de todos os candidatos adequados recusarem a proposta, a HES nem ligou de Clark ser especializado numa época e região completamente diferentes. Desde que pudessem dizer que tinham contratado alguém com a qualificação mínima, seriam capazes de lavar as mãos por completo.

De todo modo, Clark tentou fazer um bom trabalho, trazer ao menos algum arremedo de processo e procedimento àquele trabalho. Torcia, ainda que de forma infrutífera, para encontrar algo que valesse a pena estudar. Algo que pudesse ser publicado, na verdade, para os únicos artigos de periódico com seu nome não serem aqueles sobre Cádiz — pelos quais agora ele já havia se retratado.

— Tem certeza? — perguntou Riley, olhando de novo o livro, abrindo para passar os dedos com reverência pelas páginas.

— Lógico.

Clark já tinha terminado de ler e, além do mais, comprado vários outros.

— Obrigada. — Ela colocou o livro com cuidado no colo, abrindo um guardanapo para protegê-lo. — É sempre difícil documentar maldições. Elas são difíceis de visualizar e, na metade do tempo, as pessoas que vivenciam uma maldição têm medo ou vergonha demais de escrever algo.

Uau. Ela aparentemente tinha passado muito tempo pensando em maldições.

— Você acredita de verdade nesse negócio, então? Não está me zoando?

Clark imaginou que não fosse diferente da mãe dele, uns anos antes, passando a gostar de astrologia. Aparentemente, ele era um capricorniano típico. O que quer que isso significasse. Com certeza ele não dava trela nenhuma a pseudociência, e o interesse de Riley no oculto lhe parecia um equívoco igualmente inocente.

— Ah, não, eu acredito firmemente. — Riley mudou a água de lugar com cuidado, abrindo espaço quando o garçom chegou com a comida: dois hambúrgueres e fritas. — Acho que dá para dizer que é meio uma obsessão da minha família. Minha avó escreveu um livro inteiro sobre o assunto.

— Sério?

Clark não queria, mas estava fascinado.

Embora ele não se alinhasse ideologicamente ao assunto, sabia, por colegas, como era difícil tanto escrever quanto publicar um livro. E ainda mais sobre um assunto tão polarizado. A mulher devia ter sido uma contadora de histórias realmente muito talentosa.

— É bem impressionante.

— Minha avó era muito única.

Riley colocou uma batata frita na boca, aí lambeu um grão de sal do polegar.

Por um momento, Clark esqueceu como respirar.

— Eu passava todo verão com ela nas montanhas, e ela tentou me ensinar o máximo que podia sobre maldições, mas morreu quando eu tinha 9 anos. — A voz de Riley tinha um rastro de tristeza mesmo depois de tantos anos, mas seus olhos permaneciam limpos. — Desejo quase todo dia poder fazer uma pergunta a ela, pedir seus conselhos.

— Ela parece bem especial.

Clark certamente não podia culpar Riley por se apegar a histórias contadas por uma avó amada.

Enquanto os dois limpavam os pratos, a mulher à sua frente continuou a surpreendê-lo e fazê-lo rir. Quando Clark perguntou sobre a cidade natal dela, ela descreveu o lugar simplesmente enumerando suas delícias culinárias — pretzels macios, sanduíches de porco assado com brócolis, raspadinha (que não era nem gelo, nem sorvete, mas sim uma espécie de massa que ficava no meio-termo) e algo chamado *tastykakes*, que parecia sinceramente horroroso — e falando com orgulho de como os torcedores esportivos de sua cidade estavam entre os mais odiados do país. Para surpresa dele, Riley não ligava muito para sanduíches de filé com queijo, mas insistiu que, se ele fosse comer, era para ir ao Woodrow's.

Ela também perguntou dele — de crescer em Manchester e de como tinha escolhido sua especialização em arqueologia, e se as pessoas faziam muitas piadas de Super-Homem quando ele era mais novo, por causa do cabelo escuro e do maxilar quadrado (sim).

A noite passou como um sonho, com tudo que não era Riley borrado num desfoque suave, o pub se esvaziando em torno deles enquanto os comensais iam para casa se preparar para a semana à frente.

Ele pagou, apesar de ela ter sinceramente tentado convencê-lo a dividir, sugerindo resolver o dilema numa guerra de dedão, uma oferta que Clark aceitou puramente pela chance de segurar a mão dela. A vida dele bem que estava precisando de um pouco de excentricidade.

Quando eles saíram, o céu estava escuro como piche.

— Uau — comentou Riley, levantando a cabeça. — Olha só essas estrelas.

Clark parou e também olhou para cima, para um punhado de constelações piscando para eles. Ele alternou o olhar entre o rosto hipnotizado de Riley e as maravilhas lá de cima, a barriga agradavelmente cheia, o ar fresco em suas bochechas quentes.

— Que bom que eu conheci você hoje — disse ele, como se a ousadia dela o tivesse contagiado durante a refeição.

Clark não acreditava em destino nem nada do tipo. O pai tinha garantido que ele só acreditasse em determinação e força de vontade. Mas até ele era capaz de admitir que aquilo parecia... *diferente*.

Riley se virou para ele, com a brisa agitando as mechas de cabelo loiro.

— Você quer me beijar?

Caralho. Mais do que ele queria continuar respirando. Mas algo o segurou.

— Está tarde — respondeu ele, mas não se afastou.

— Não tem toque de recolher para beijo.

A voz dela saiu meio rouca.

— Você não me conhece. — Clark olhou os lábios dela, inchados como se picados por uma abelha, pelo que pareceu a milésima e a primeira vez, e engoliu em seco. — Eu posso ser uma pessoa terrível.

— E é?

— Às vezes — sussurrou ele, sem intenção, e, aí, mais seco: — Mas, em todo caso, você não pode acreditar na minha palavra.

Desta vez, quando ela riu, Clark não conseguiu resistir. Ele subiu a mão devagar, com cuidado, e segurou a lateral do rosto dela. E, quando os olhos dela se fecharam, trêmulos, ele eliminou a distância entre eles, se abaixando para beijá-la. Os lábios de Riley eram macios como pétalas e muito quentes em contraste com o ar noturno.

Riley colocou as mãos nos ombros dele e se balançou à frente até estarem grudados do joelho para cima. O contato e a forma como o corpo dela se moldava ao dele fizeram Clark gemer naquele beijo, puxando-a mais perto, levando uma das mãos à cintura dela e subindo a outra para segurar seu cabelo.

Um segundo antes, ele conseguia ouvir os sons distantes de pessoas empilhando cadeiras dentro do pub, o assovio do vento, mas, agora, beijá-la abafava tudo. Não havia nada exceto a respiração cada vez mais pesada deles, o pequeno arquejo de Riley quando ele afundou com delicadeza os dentes em seu lábio inferior incrivelmente carnudo.

Só o clangor repentino do sino em cima da porta os fez se separar, sobressaltados.

— Desculpa — disse Eilean, não parecendo nada arrependida. — Fiquei preocupada de vocês congelarem que nem duas estátuas pervertidas se ficassem aí mais tempo.

Riley riu e Clark corou, feliz por seu sobretudo esconder exatamente o quanto ele gostara daquele beijo.

— Melhor eu voltar à pousada e tentar dormir — admitiu Riley. — Com certeza amanhã já vou estar derrubada pelo jet lag.

— Certo — disse Clark, e Eilean entrou de volta, deixando que se despedissem. — Você fica por quanto tempo na cidade?

— Difícil saber. — Riley pressionou os lábios, atraindo os olhos de Clark de novo, até ele se forçar a olhar um pouco por cima do ombro dela, por medo de tentar puxá-la de volta para seus braços. — Pelo menos uma semana.

Uma semana. Era mais do que ele esperava para uma viagem a um vilarejo tão pequeno.

— Eu queria ver você de novo, se…

— Com certeza — respondeu ela, antes de ele conseguir terminar de falar. — Aqui. — Ela pôs a mão no bolso e puxou um cartão de visitas, deslizando para a palma dele. — Aqui tem meu contato.

— Ótimo, valeu.

Ele ficou olhando-a voltar à pousada, cuja entrada ficava perto o suficiente naquela mesma rua para ele conseguir enxergar dali.

Foi só quando ela entrou, virando-se uma vez para acenar, que Clark baixou os olhos e examinou o papel.

Riley Rhodes, leu ele, *quebradora de maldições por encomenda*.

Capítulo 3

❧

Na manhã seguinte, Riley entrou no castelo correndo pela entrada de pedestres, tropeçando em paralelepípedos molhados enquanto a névoa fria causava condensação em sua testa e bochechas. Quem imaginaria que a Escócia era tão úmida? A previsão do clima da semana no celular dela era simplesmente deprimente — uma parede sólida de nuvens de chuva. Pelo jeito, ela ia ter que se comprometer com o look molhado durante toda a estadia.

Sua reunião com Martin Chen, gerente de projetos que a contratara, começava às oito. Uma olhada apressada no relógio mostrou que eram oito e quinze. Não era exatamente um ótimo começo para alguém que queria provar sua capacidade de lidar com trabalhos importantes.

Com sorte, ele atribuiria o atraso à excentricidade charmosa dela. Em geral, Riley conseguia se safar com um bom tanto de volatilidade em virtude de sua profissão. Ninguém confiava em uma ocultista que parecesse composta demais.

A pousada ficava a só um quilômetro e meio do castelo, mas ela teve que percorrer todo o caminho a pé, pagando o preço por ter apertado o botão de soneca não uma, mas duas vezes, de manhã. *Culpa do Clark*, pensou ela, sorrindo sozinha. Ele era pior para o sono dela do que a mudança de fuso horário. Ela ficou acordada metade da noite, deitada na cama com corações de desenho animado em volta da cabeça. Pensando na graça de anjo caído dele. Em como tinha sido rápido em lhe oferecer um livro quando soube que ela estava interessada em algo. Ela suspirou. A maneira como o nome dela soava com o sotaque dele.

Sinceramente, era constrangedor ficar tão doida por um cara aleatório que ela tinha conhecido em um pub, mas pelo menos era o tipo seguro de erro. Quanto dano uma aventura inofensiva do outro lado do oceano poderia realmente infligir à vida dela?

Finalmente, atravessou a passarela — o lugar tinha um fosso de verdade. Aninhado em um penhasco com vista para o mar do Norte, o Castelo de Arden era majestoso e imponente mesmo depois de séculos de negligência. Fortificado por quatro torres, uma em cada canto, a construção era basicamente um contorno retangular gigante que protegia uma ala interna ao ar livre. De alguma forma, ela havia acidentalmente entrado pelos fundos.

Riley não teve tempo de parar e admirar a exuberante plantação de flores silvestres na grama alta. *Mais tarde*, ela prometeu a si mesma, passando por uma seção de pedra que parecia ter sido destruída por tiros de canhão em algum momento. Riley planejava descobrir todos os segredos daquele castelo.

Assim que ela cruzou a soleira, o cheiro da maldição atingiu suas narinas. Uma combinação de fumaça, metal e terra — ozônio — escondida sob outros odores mais fortes. Pedra úmida e musgo, o odor levemente adocicado da decomposição.

Rastrear era uma habilidade que se aprendia, como qualquer outra. Foi um dos primeiros truques da profissão que a avó dela havia introduzido ao esconder objetos amaldiçoados vindos de todas as partes do mundo para que Riley os encontrasse. Elas começaram dentro da pequena casa de campo e, mais tarde, foram para a floresta, onde havia muitos outros aromas concorrentes.

— É como um jogo de esconde-esconde — garantira a avó.

E de fato era: a mesma emoção da caçada, a pressa da descoberta. Mesmo agora.

Esse treinamento, sua sintonia refinada com o cheiro de poder, era o que a fazia saber que uma maldição a aguardava neste castelo: escondida, mas queimando. Riley esfregou os braços, tentando se livrar dos arrepios repentinos, enquanto o Castelo de Arden invocava algo profundo em seu sangue.

A luz que refratava os vitrais restantes em uma série de janelas fazia com que as cores cintilassem pelo chão como o interior de um caleidoscópio. Ela prendeu a respiração enquanto inclinava a cabeça para trás, olhando bem, bem, bem para cima, para os tetos abobadados onde o esqueleto de um lustre balançava com a brisa. Devia ter sido algum tipo de salão nobre.

— Oi? — A voz dela ecoou no salão cavernoso. — Sr. Chen?

O castelo permaneceu silencioso como um túmulo. Camadas de poeira abafavam seus passos enquanto Riley adentrava mais, cada pisada levantando nuvens que circulavam e se acomodavam ao seu redor. Olhando as ruínas de bancos de madeira se atrofiando até virarem palitos de fósforo, era fácil imaginar quanta gente tinha passado por aquele salão, nenhuma delas aguentando a maldição por tempo suficiente para deixar mais do que pegadas desvanecentes.

Quando ela chegou à beirada do corredor, ouviu pedaços de uma conversa vindos de algum lugar à frente. Martin devia ter trazido um colega para dar as boas-vindas a ela.

Ela se apressou e conseguiu distinguir a frase seguinte.

— Eu não posso só dar um pé na bunda da garota — argumentou alguém. — Ela veio lá dos Estados Unidos.

Ah, merda. Imediatamente, Riley abraçou a parede, ficando de olho em onde estava a própria sombra. Era uma bisbilhoteira de mão cheia.

— Não vem com essa — opôs-se outra voz. Os dois pareciam ingleses, o que fazia sentido, já que a sede da empresa era em Londres. — Você já entrou no site dela? Todos aqueles depoimentos falsos? Os produtos? Sinceramente, você devia ter vergonha de ter contratado essa pessoa, para começo de conversa. — Riley enfiou as unhas na palma da mão. — Eu vim aqui como cientista profissional, esperando encontrar um ambiente de trabalho produtivo. — A voz do homem estava tão grave que era praticamente um grunhido. — Eu tenho ph.D. de Oxford, pelo amor de Deus. Me recuso a permitir que uma golpista arrisque a possibilidade de pesquisa legítima. Se o conselho da Historic Environment Scotland soubesse disso...

— Com todo o respeito — interrompeu a outra voz —, a HES te contratou para procurar artefatos na propriedade há um mês, e você até agora só trouxe uns cacos de cerâmica quebrada.

— Eu sei que para você pode não parecer, mas estou avançando — disse, entre dentes, o que estava protestando. — Circunstâncias de força maior causaram atrasos inesperados.

Circunstâncias de força maior. Atrasos inesperados. Pois é, parece uma maldição, babaca.

Riley mudou de posição, tentando ver o reflexo de quem estava falando na janela oposta sem entregar que estava ali, mas só enxergou um pedaço das costas de alguém que andava de lá para cá.

— Peço desculpas por não termos te alertado com antecedência. — O primeiro interlocutor tentou consolar o companheiro. — Mas estamos todos ansiosos para o castelo estar limpo e pronto para a construção. Com certeza não vai fazer mal ter ela aqui, né?

Quer apostar? Riley já tinha ouvido o suficiente. Hora de dar o melhor sermão da vida desses escrotos.

— Bom dia. — Ela fez uma cena, se apoiando no batente da porta. — Desculpa pelo atraso.

— Riley — disse Clark, soltando os braços cruzados.

A cara dele realmente tinha sido feita para demonstrar angústia.

O estômago dela foi parar lá no joelho.

Como não havia piedade neste mundo, o suéter verde-escuro que ele vestia destacava seus olhos.

Ela repassou em câmera lenta a conversa que tinha acabado de ouvir.

— Você trabalha aqui? — Riley dirigiu a pergunta a Clark, embora Martin tivesse se adiantado com um grande sorriso que mostrava que estava querendo evitar um escândalo.

Clark fez uma careta.

— Eu...

— E está tentando me fazer ser demitida?

Apesar de toda a raiva inflamada de um segundo atrás, a voz dela saiu traiçoeiramente fraca. O mesmo homem que a fizera rir na noite anterior, que lhe pagara um jantar e a beijara sob as estrelas tinha acabado de chamá-la de golpista com tanta malícia na voz que Riley ainda sentia o ardor do ataque.

Ele realmente a odiava tanto? Já?

Ela fechou os olhos para bloquear as memórias amargas do pai fazendo as malas uma semana após o velório da avó dela. Enquanto guardava a roupa lavada de Riley, ele tinha encontrado o diário dela na gaveta, e o segredo da família toda se desenrolara como um enorme novelo de lã.

"Eu sempre soube que sua mãe era uma porcaria de uma caipira pagã. Por nove verões você deixou ela poluir a nossa filha com essa merda de vodu?"

"Vai embora", dissera a mãe dela, calmamente, em reposta à mordacidade do pai. Apesar de ela nunca ter feito um único feitiço nem realizado um ritual. De ter ido embora das montanhas no minuto que fez 18 anos.

Depois disso, Riley passara vinte anos sem tocar no diário da avó. Tinha tentado esquecer aquilo, só tirando o livro do depósito quando chegou seu aniversário de 30 anos e ela decidira que não queria passar o resto da vida como bartender.

— Você não entende — falou Clark, com a voz suplicante.

— Ah, é? — O sangue de Riley ferveu nas veias. Ela tinha passado tempo suficiente deixando um homem usar humilhação para fazê-la ignorar suas habilidades. — O que exatamente eu não entendi? Que você tem um ph.D. de Oxford? — Ele teve a pachorra de olhar para o chão. — Você mente para todas as mulheres que chama para sair?

Riley tinha achado que ele era tão generoso, tão sincero. A porra de um anjo caído. Praticamente se jogara em cima dele na noite anterior. Falando daquele filme idiota, se derretendo nos braços dele.

Algo que talvez fosse arrependimento passou pelo rosto de Clark, mas sumiu tão rápido quanto veio.

— Você não me disse o que tinha vindo fazer aqui.

— É sério? Eu te contei que vim por causa da maldição. Eu te contei que minha família...

— É. Mas eu achei que você fosse uma turista sentimental, não uma golpista.

Ele não tinha nem perguntado. Não tinha dado a Riley a cortesia de se defender, de defender seu negócio. Ela tinha mesmo estado tão zonza do jet lag na véspera? Tão dominada pela atração? Ela sabia que tinha mais de um jeito de estar errada sobre alguém, mas, pelo visto, tinha simplesmente... tropeçado em... todos eles.

— Um de nós é mesmo bem desonesto, mas não sou eu.

Riley fechou os punhos, sua humilhação queimando e se transformando num sentimento mais útil.

Sentindo a tensão palatável na sala, o gerente de projetos deu um passo à frente.

— Senhorita Rhodes, com licença. — Martin passou a mão pelo cabelo. Tinha aquele corpo alto e ligeiramente esticado de quem cresceu durante um único verão e nunca se recuperou. — Obrigado por ter vindo. Eu estava só...

— Se preparando para me demitir?

Ela manteve o tom inocente e questionador. Não era a primeira vez que alguém tentava passar a perna nela. E, além do mais, Riley era casca grossa.

— Não. Não, lógico que não. — Martin deu mais um passo à frente para segurar a mão dela. — A gente precisa de você. Eu acredito cem por cento que temos evidências de forças sobrenaturais em jogo nesta propriedade. Precisamos que essa maldiçãozinha chata acabe para ontem.

Clark gemeu.

— Você mesmo não alegou que suas ferramentas sumiram? — ralhou Martin. — E na semana passada você relatou uma explosão espontânea no cômodo que estava examinando.

— Eu estava no depósito de armas. — Clark olhou criticamente para o gerente de projetos. — Tem tanta pólvora de canhão instável lá que é um milagre este castelo inteiro não ter virado cinzas.

— Bom. — Martin soltou Riley e puxou a manga de sua camisa social. — Se você estiver desconfortável com a presença da srta. Rhodes no projeto, sempre tem a opção de se afastar.

— Posso garantir — disse Clark, apertando a ponte do nariz — que não tenho.

— Ah. — Uma expressão sombria passou pelo rosto de Martin. — Verdade, esqueci.

Esqueceu o quê? Riley não via compaixão nenhuma na posição de Clark.

— Peço desculpas, dr. Edgeware. — Martin abaixou a cabeça. — Só supus que, como seu pai arranjou este trabalho para você, ele poderia… Bom, deixa pra lá. Estamos em dívida com ele pela indicação em nosso momento de necessidade.

— Espera aí. — Riley deu um passo à frente. — Seu sobrenome é Edgeware?

Que nem o cara do filme. O cara que ela basicamente tinha descascado na frente de Clark.

— E ele acabou de falar "pai"… Meu deus do céu. Alfie Edgeware é seu pai?!

Clark se encolheu.

Que ótimo. Claro, por que não adicionar mais lenha na fogueira de Riley-com-cara-de-trouxa?

— E ele conseguiu este trabalho para você? — Ela riu, sem saber o que fazer, e segurou uma pontada na barriga.

— Putz. Pelo jeito, o nepotismo está com tudo. Era por isso que estava com tanta pressa de me tirar daqui? Estava com medo de eu descobrir?

E pensar que ela tinha ficado a fim desse tosco por doze horas.

— Nada em você me dá medo.

Clark manteve contato visual com ela por um longo momento carregado.

Parecia um desafio de quem desviaria o olhar primeiro.

Riley não estava nem aí se ele tinha medo dela — a reação que desejara a vida inteira era respeito e, claramente, nunca ia conseguir isso dele.

Tudo que antes ela tinha achado lindo no rosto de Clark agora a enchia de raiva. Aquelas sobrancelhas escuras e pesadas. O maxilar afiado, com barba por fazer. Sua boca fina e cruel.

— Como você tem tanta certeza de que a maldição não existe?

Riley não acreditava que tinha se permitido ficar tão aberta e vulnerável com ele.

— Navalha de Occam — respondeu Clark. — Quer dizer…

— Eu sei o que quer dizer — interrompeu Riley.

Que a explicação mais simples em geral era a correta. Em geral, mas não sempre.

— Quer saber? — Ela limpou as palmas das mãos no jeans. — Não precisa acreditar no que digo. Eu posso provar.

Clark fez um barulho de desdém.

— Você vai provar que este lugar é assombrado?

— Amaldiçoado — corrigiu Riley.

Martin levantou um dedo.

— Qual a diferença?

— O fato de a pessoa que está fodendo tudo ainda viver aqui ou não.

Era um equívoco bastante comum, que ela teria alegremente explicado com mais detalhes, mas, naquele momento, Riley precisava arrancar aquela arrogância da cara de Clark antes de fazer algo pior.

Martin apontou com o polegar para a porta.

— Então, vou esperar lá fora, tudo bem?

— Melhor não ir longe. — Riley fechou os olhos por um instante, ancorando-se. — Não vai demorar.

De novo? Era o que a avó dela sempre perguntava quando terminava um exercício de rastreamento, e a resposta era sempre sim. Até Riley conseguir seguir o olfato mesmo no meio de uma tempestade de verão.

Ali. Sob o cheiro de seu próprio sabonete e um aroma picante e sedutor de sândalo e cítrico que ela estava aterrorizada de poder vir de Clark, ela detectara. Leve, mas presente. Um rastro.

Riley saiu à toda da sala na direção de uma escadaria enorme e imponente com ervas daninhas crescendo nas rachaduras da pedra.

— Espera aí. — Clark parou ao lado dela, segurando uma longa lanterna de metal. — Se você insiste em manter esta farsa, pelo menos, leva minha lanterna.

Apesar dos pedaços faltando no teto, o castelo era meio escuro, já que não havia eletricidade. Riley era capaz de rastrear no crepúsculo com a menor nesga da lua da colheita. Mas na floresta que conhecia. Com a avó às suas costas. Se ela torcesse o pé ou caísse num buraco nas tábuas apodrecidas, seus planos de vingança seriam arruinados. Ela segurou aquele negócio relutantemente.

— Não vai achando que isso compensa você fingir ser legal comigo ontem à noite.

— Eu não estava fingindo — protestou ele, seguindo-a escada acima.

— Ah, por favor. Ninguém muda da água para o vinho tão rápido. O mínimo que você pode fazer é admitir que é um escroto.

— Ei. — Ele usou as pernas compridas para ultrapassá-la e se virou para fazer com que ela parasse. — Não sou eu que ganho dinheiro me aproveitando do desespero alheio.

Riley ficou possessa. Era isso que ele achava mesmo dela?

— Eu *não* me aproveito dos outros.

Ela cobrava um preço justo e tinha um código moral estrito sobre o tipo de cliente que aceitava. Só um cínico amargo pensaria aquilo.

— Como você pode dizer isso? Ontem à noite eu passei horas no seu site. Seus únicos clientes são adolescentes do ensino médio e gente solteira desesperada.

— Tá bom, em primeiro lugar — ela agarrou o corrimão para se impulsionar e o empurrou para o lado —, os Cherry Hill Bobcats não me contrataram sozinhos. O técnico do time de futebol americano me pediu para quebrar a maldição que estava causando a sequência de dez anos de derrotas deles. — Clark continuou a seguindo. Ela sentia o calor do corpo dele às suas costas. — Em segundo lugar, não tem nada de desesperado em querer remover as forças sobrenaturais que te impedem de achar amor. A Courtney Oberhausen é uma mulher maravilhosa! O que mais ela ia fazer depois de o terceiro encontro seguido de Tinder tentar abrir um monte de cartões de crédito no nome dela?

A coitadinha tinha sido traída, manipulada, sofrido *ghosting* e golpes num nível revoltante. Até para New Jersey.

Eles agora subiam os degraus lado a lado, com Riley acelerando para acompanhar o ritmo das passadas mais largas de Clark, de modo que ele não conseguisse se adiantar. Conforme subiam, a escadaria se estreitava, e eles roçavam os ombros lutando pela dianteira.

— E, além do mais, quem é você para se achar tão moralmente superior? Ontem à noite, você me beijou e, hoje de manhã, me apunhalou pelas costas.

A boca dela ainda ardia da pressão dos dentes do arqueólogo.

— Você me pediu para te beijar.

Clark soltou um gemido que podia ser de frustração ou esforço físico.

— Não, eu te perguntei se você queria me beijar. — Riley se empurrou à frente, com as coxas começando a queimar. *Essa escadaria ia até a Lua, por acaso?* — É bem diferente!

— Beleza. Eu que sou o vilão aqui.

A respiração de Clark estava levemente pesada.

— Correto.

Teias de aranha se penduravam das vigas como renda. Riley fez uma anotação mental de investir em algum tipo de chapéu para o loiro oxigenado de seu cabelo não ser tão convidativo a bichos quanto parecia ser a boys lixo.

— Eu tentei te avisar — disse Clark, tão suavemente que ela quase não ouviu.

— Como, com aquele olhar de cachorrinho perdido e aquela palhaçada de "eu posso ser uma pessoa terrível"? Dá um tempo! — Riley não ficaria surpresa se começasse a sair fumaça das próprias orelhas. — Da próxima vez — falou, mordida —, se esforce mais.

Clark inclinou a cabeça, confuso.

— Da próxima vez que eu te beijar?

Quê?

— Não. — *Merda.* A caminhada raivosa dela virou uma corridinha raivosa. — Cala a boca.

Eles chegaram a um patamar. Não ao fim da escadaria, mas a uma pequena alcova apertada com uma janela grande.

Quando ela parou para recuperar o fôlego, Clark fez o mesmo.

Ele estava impiedosamente bonito na luz natural. Belo. Talhado. Podia ser um príncipe reencarnado de conto de fadas. Riley tinha quase certeza de que o odiava.

Ela não queria que ele soubesse que a tinha magoado. Dali em diante, ele não veria a Riley vulnerável, que estava se esforçando, que não sabia bem o que fazer com aquele trabalho ou na vida. Ele veria o que ela queria: alguém tranquila, confiante e composta.

Atrás dele, pela janela, um clarão de metal sob o sol chamou a atenção dela.

— O que é aquilo? — Ela protegeu os olhos com a mão na testa. — Por que alguém estacionaria um trailer...

Clark ficou tenso.

Não. Ninguém era tão bobo. Tão ridículo e excêntrico.

— É conveniente. — Ele cruzou os braços diante do peito. — Assim, posso ficar no local enquanto trabalho.

— É um Winnebago! Quem é pai compra para levar os filhos em parques nacionais.

— Economiza tempo e dinheiro durante as escavações — disse ele, de forma arisca.

Riley jogou os braços para o ar.

— Mas isto não é uma escavação. Você escutou o homem lá embaixo. Você é praticamente uma equipe de limpeza supervalorizada para que as incorporadoras possam se esquivar das regras da sociedade de preservação histórica. — Ela ficou na ponta dos pés, tentando ver melhor o trailer. — Esse negócio por acaso tem chuveiro?

Ele deu um sorriso irônico.

— Bem rapidinha em me imaginar pelado, né, querida?

— Não me chama por apelidos carinhosos — alertou ela, torcendo para ele atribuir sua respiração pesada à subida.

Infelizmente, nada a afetava tanto quanto um desafio.

— Olha. — Clark colocou a mão no braço dela, para a aplacar. — Por que você não desiste agora, em vez de desperdiçar nosso tempo? Sério, que raio de evidência você poderia produzir?

— Pode acreditar, *meu bem*. É que nem pornografia. — Riley deu duas batidinhas com a palma da mão na bochecha dele. — Quando vir, você vai saber.

Capítulo 4

❧

Clark tinha torcido para deixar de sentir atração por Riley Rhodes depois de descobrir suas práticas comerciais nefastas na noite anterior. Infelizmente, vê-la de manhã, com as bochechas rosadas de raiva enquanto dava uma surra verbal impressionante nele, provou que pelo menos seu corpo ainda gostava dela.

A indignação emanava dela em ondas tão justiceiras que Clark se sentiu mesmo meio mal por tentar fazer Martin se livrar de Riley. Mas só porque alegava ser inocente de qualquer negócio escuso, ele se lembrou, não era motivo para acreditar nela.

Clark tinha uma bússola interna falha. Tinha confiado em Patrick em Cádiz mesmo depois de as primeiras prospecções parecerem boas demais para serem verdade. Distinções, elogios, convites para falar em palcos internacionais. O pai dele o levara ao clube e lhe comprara um charuto cubano. Depois de fumar, Clark tinha vomitado no banheiro, mas tudo bem. As coisas foram maravilhosas. Por um tempinho.

O despertar fora duro e rápido. Retratações impressas nos periódicos. A demissão de Patrick. O longo e intenso suspiro do pai.

Clark precisava de redenção. Sua carreira não podia acabar às duas e meia. O Castelo de Arden não era um trabalho premium, nem de longe. Mas tinha potencial se, desta vez, ele neutralizasse a charlatã que estava prestes a transformar a coisa toda numa piada.

Por mais que sua traição magoasse Riley. Por mais que ver os olhos dela irem de arregalados a fechados quando entendeu o que ele havia feito acabasse com Clark por dentro. Claramente, ela já estava recuperada o suficiente para o atacar por causa do pai. Ele precisava endurecer sua determinação.

Clark a seguiu até onde a escadaria enfim terminava, no topo da torre de vigia sudeste. Ele ainda não tinha analisado os artefatos ali, mas, naquele ponto, já conhecia a planta do castelo como a palma da mão.

— Bom, chegamos. — O pequeno espaço circular não tinha mais de doze passos em qualquer direção. E não havia nada ali. — Acabou a escada. E agora?

Clark apostava que ela não tinha um plano. Obviamente, Riley achava que podia subir ali de fininho para se recompor, mas ele não lhe dera essa chance.

Ignorando-o, Riley apagou a lanterna e devolveu a ele. Uma única janela deixava entrar luz o suficiente para iluminar o espaço, mesmo com as trepadeiras que estrangulavam o gradil. Clark guardou a lanterna em segurança no bolso.

Enquanto Riley começou uma volta no cômodo, Clark não conseguiu deixar de admirar a atuação — a forma como ela pausava de vez em quando para fechar os olhos e enrugava a testa em concentração. Ele quase tinha pena por o joguinho dela acabar em breve.

De repente, ela parou, puxou a manga para cobrir a palma e estendeu a mão para uma das vigas de madeira pesadas que apoiavam a parede curvada de pedra, cobertas com ervas daninhas que pareciam carnívoras.

— Não faz isso — alertou Clark, lançando-se à frente por instinto.

Riley paralisou, mas não retraiu o braço.

— Por que não?

— Só... — Ele puxou as luvas do cinto. — Aqui, usa isto. A manga dela mal cobria metade da mão.

Como ela não se mexeu, ele sacudiu o tecido para ela.

Riley olhou a oferta de nariz empinado.

— Para de me dar coisas para apaziguar sua consciência pesada.

Ah, pelo amor de... Ela obviamente não tinha ideia do que estava fazendo. Este castelo tinha mil anos e era negligenciado, cheio de perigos estruturais e elementares. Alguém precisava tomar conta dela. Como Clark era o único ali, esse encargo era dele. Não que pessoalmente ligasse se ela se cortasse com as farpas de madeira ou as pedras afiadas. Ninguém poderia culpá-lo se, por descuido próprio, aquele corte ficasse infectado e ela morresse.

Tentando não demonstrar o desconforto na voz, ele se obrigou a parecer entediado.

— Você quer mesmo tocar em alguma coisa aqui com os dedos expostos?

Clark observou-a lutar por um momento com a decisão, pesando o tanto que o detestava e a ajuda que podia oferecer, com o que ele supôs ser um pequeno grau de pragmatismo.

— Tá bom.

Riley arrancou as luvas dele e deu meia-volta, ficando de costas para ele.

E, assim, sério? *Não é um sofrimento, querida.* A mulher tinha uma bunda de parar o trânsito. Ela era inteira maravilhosamente curvilínea. Clark precisou passar a mão pelo rosto, cortando a vista de babar.

Como ele ainda podia desejá-la sabendo o que sabia sobre os trambiques desprezíveis dela?

Não parecia existir superioridade moral capaz de diminuir seu ardor. Ele não era assim — nunca permitia que as emoções ficassem tão à flor da pele. Desde criança, era implacavelmente calmo, sempre monitorando, tentando garantir que ninguém se chateasse — consequência de crescer com um pai altamente emotivo. Por algum motivo, Riley Rhodes dava curto-circuito nele.

Em retrospecto, Clark pensou que, do jeito que andava sua sorte, ele deveria ter ficado menos surpreso quando ela limpou uma cortina grossa de videiras da parede e revelou uma adaga presa entre duas vigas.

Enquanto ela guinchava, triunfante, Clark ficou boquiaberto.

Como ela tinha... Onde ela tinha...

— Que caralhos?

Riley se virou e sorriu, irônica, por cima do ombro.

— Eu avisei que sabia o que estava fazendo.

Clark chegou mais perto, meio que esperando que a adaga desaparecesse como uma miragem. Mas não foi o que aconteceu: o metal reluziu quando bateu um raio de sol.

— Não consigo entender.

Ele tinha inspecionado quarenta e sete dos noventa e três cômodos do castelo no último mês, sem achar nada de valor. Esta propriedade tinha mudado de mãos tantas vezes nos últimos trezentos anos, passado por guerras, saques e a destruição de inúmeros invernos tenebrosos das Terras Altas. E ela havia simplesmente... achado a porcaria de uma adaga inteira em quinze minutos?

Será que Riley tinha dado a imensa sorte de escolher aleatoriamente o único cômodo que escondia um artefato valioso? Aquilo desafiava os limites da lógica.

A não ser que, de algum jeito, ela soubesse que estava lá. Talvez um morador do vilarejo tivesse dado uma dica. Era improvável, mas não mais absurdo do que a explicação alternativa: que ela tivesse realmente feito o que alegava.

— Quem te disse que isso estava aí?

— Ninguém. Ao contrário de você — ela lhe deu um olhar abrasador —, eu sou boa o bastante no meu trabalho para não depender dos outros.

Sem um pingo de hesitação, Riley fechou a mão enluvada no punhal da adaga, apoiando a outra mão na madeira coberta de videiras e, antes que Clark pudesse impedir, puxou o objeto.

A madeira devia ter apodrecido ao longo dos anos, porque a adaga se soltou com tão pouca resistência que Riley cambaleou alguns passos, as costas quentes batendo no peito dele.

Ele segurou-a pelos braços e moveu-se instintivamente para apoiá-la. Por um momento, respiraram juntos, os corpos quentes.

— Me solta — disse Riley, num tom baixo e ameaçador, assim que conseguiu se estabilizar.

Clark a soltou na hora. Da próxima vez, ia deixá-la cair em cima daquela bunda perfeita.

A adaga cintilou quando Riley a levantou, girando para lá e para cá.

— Uau. — Ela limpou as camadas de sujeira que obscureciam o desenho intrincado do cabo. — É meio linda.

Pela primeira vez no dia eles concordavam em alguma coisa.

A julgar pelo desenho, talvez fosse do século XVIII. Uma liga de prata, ele imaginava. Uma extensa filigrana a marcava como arma particular, não militar.

Clark se encheu de uma esperança louca. Era a primeira pista real da história daquele castelo. Uma peça assim poderia ser datada precisamente por carbono, o estudo de sua composição revelaria muita coisa de cada componente individual. Ele estimou por cima o comprimento da adaga, a natureza delicada da lâmina.

— Parece ter sido feita para uma mulher.

A manufatura era ornamentada o bastante, mesmo sem pedras preciosas incrustadas, para talvez ser presenteada.

— É? — Riley parecia tão satisfeita consigo mesma que quase pulava de um pé para o outro enquanto estocava e se esquivava com a adaga, numa estranha comemoração. — Bom, amém.

Clark sabia, desde cedo, que seu caminho seria mais fácil se ele fizesse qualquer outra coisa que não seguir os passos gigantes do pai. Apesar daquilo, tinha passado as férias de verão em escavações. Ralando joelhos e sofrendo queimaduras de sol e dormindo no chão frio e duro. Clark adorava as escavações, mas sempre tinha vivido por isto — momentos de descoberta que ajudavam a desenredar o mistério das pessoas. Por mais triste que parecesse, a distância o ajudava a entender os mortos com muito mais facilidade do que ele jamais entendera os vivos.

Aquela adaga significara algo para alguém. A pessoa havia segurado na mão, neste cômodo, como Riley fazia agora, séculos depois, no mesmo local. Por um momento, Clark esqueceu tudo e sorriu.

Ele deve ter ficado parecendo um maníaco, porque a expressão de Riley mudou, sua própria exuberância dando um pulo, como um disco.

— Viu? — Ela baixou os olhos, dele para o chão. — Eu falei que ia provar que a maldição é real.

— Como assim?

Clark não conseguia explicar como ela encontrara aquele artefato, mas nem por isso estava disposto a atribuir a descoberta a algum tipo de habilidade mágica.

Ele se recusava a ficar mais uma vez com cara de tonto. Alfred Edgeware podia ter sido condecorado como cavaleiro pela porcaria da Rainha Mãe por suas contribuições à cultura inglesa, mas a família dele continuava composta por novos ricos com sotaques operários do norte e milhares de brechas de etiqueta contando contra eles.

Mesmo antes de Cádiz, Clark tinha crescido recebendo desdém. O pai o enviara a um colégio interno nos Alpes Suíços assim que o primeiro grande cheque do livro foi depositado, tentando fazê-lo se enturmar com a aristocracia. Mas Clark sempre fora um estranho entre os acadêmicos cavalheirescos. Sempre se importara mais com os estudos do que os filhos de condes e viscondes que tiravam diplomas sem nenhuma intenção de jamais usá-los.

— É só uma adaga — comentou ele, com um tom que não dava espaço para discussões.

O rosto de Riley endureceu.

— Só uma adaga, é?

Ela jogou a arma para cima e a pegou de ponta-cabeça no ar, sem dificuldade e pelo cabo.

Involuntariamente, Clark deu um passo para trás.

— Onde você aprendeu a fazer isso?

Nada no brilho do olhar dela o deixava confortável.

— Você não achou que maldições acabassem pacificamente, não é?

Ele engoliu em seco.

— Bom, trate de não fazer nada precipitado.

— Ah, jamais. — O sorriso que ela lhe deu causou um frio na espinha dele, a sensação de alguma mescla aterrorizante de emoções que ele não ousava nomear. — Mas, sabe, tem algo nesta adaga. — Riley olhou contemplativa para o teto de pedra. — Parece que, quanto mais eu a seguro, mais sanguinária me sinto.

Clark via aonde aquilo estava indo. Mais cedo, ele a tinha emputecido. Agora que não havia testemunhas, Riley queria que ele sofresse, fingindo estar possuída por algum tipo de espírito maligno ou alguma bobagem assim.

— Haha. — Ele manteve os olhos na lâmina. — Muito engraçado.

— Não. É sério, Clark. — Riley começou a rondar na direção dele, girando a adaga com uma irreverência alarmante e balançando os quadris. — É como se tivesse uma névoa vermelha tomando minha visão.

A cada passo, ela bloqueava o caminho dele até a escada. De algum jeito, as costas dele encontraram a parede.

— Você está tentando mexer comigo. — O cérebro dele sabia disso, mesmo que o corpo não: todos os seus pelos estavam eriçados e a adrenalina corria pelas veias. — Não vai funcionar.

Riley mirou a lâmina no esterno dele, com a ponta da adaga mal tocando um dos botões da camisa.

— Certeza?

A respiração de Clark ficou mais pesada. Tinha alguma coisa nessa mulher que ele não conseguia descrever com palavras. Não era só por causa da adaga — ele achava que não ia ficar de pau duro com qualquer uma que o ameaçasse com uma faca —, era ela. Não só o fato de ela ser bonita — tinha muita gente bonita que não o afetava. Riley era… algo mais.

Assim de perto, cada inspiração trazia o aroma do xampu dela: morango barato e artificial. *Parece a porra de um lubrificante*. Ele segurou um gemido.

— Qual o problema? — Riley se inclinou à frente para sussurrar no ouvido dele, sua respiração quente caindo na pele molhada de suor de Clark. — Achei que você não tivesse medo de mim.

— Não tenho mesmo — ele conseguiu dizer com o maxilar tenso.

Um desejo amedrontado ameaçou fazer seus joelhos cederem.

— Não? — Riley levou a adaga ao peito dele e a descansou na cavidade do pescoço exposto. — Você me parece bem nervoso.

Aquilo era um pesadelo absoluto. Uma mulher sem noção de certo e errado estava com uma faca a pouco mais de um centímetro de sua jugular — Clark teve que engolir suas expirações para evitar um corte — e ele só conseguia pensar em se aproximar, a morte que se danasse, para beijá-la de novo.

— Me diz uma coisa, meu bem — falou ele, numa tentativa desesperada de se distrair.

— "Meu bem", é? — Riley quase parecia impressionada. — Bem ousada essa demonstração de carinho do lado errado de uma lâmina.

— Vamos dizer que a adaga seja amaldiçoada. — Ele espalmou as mãos nas coxas para se impedir de tocá-la. — Você não devia, sei lá, *consertá-la*?

— Eu? Mas eu sou uma charlatã. — Ela aproximou a adaga até quase, só quase, acariciar o ponto do pescoço dele em que o sangue latejava. — A não ser que você tenha mudado de ideia.

— Não mudei. — Bastava desse jogo. Sem aplicar força, Clark fechou a mão no pulso da mão dela que segurava a adaga. Apesar de mal a tocar, a ameaça estava lá. — Solta, senão eu vou te obrigar.

Ele sentia a disposição delicada dos ossos dela, a tensão de seus tendões.

Riley olhou a mão dele e mordeu o lábio.

— Vai em frente — disse ela, meio sem fôlego.

Clark apertou até a mão dela se torcer, controlando a pressão para forçá-la a soltar a arma.

Eles ficaram parados assim por um segundo, Clark segurando o pulso dela, os olhares furiosos dos dois travados um no outro, antes de Riley se soltar com força.

— Só para você saber, não é assim que as maldições funcionam.

— Quê?

Clark mal tinha sangue sobrando na cabeça para respirar, quanto mais pensar.

Riley sacudiu o pulso.

— Uma maldição não é capaz de fazer lavagem cerebral em ninguém. Não dá para alterar o livre-arbítrio.

Ela estava admitindo que tinha inventado a coisa toda, então? Não só aquelas preliminares no papel de assassina?

— Não estou entendendo.

Riley apertou os lábios.

— Você acredita em destino?

— Não.

Clark acreditava em ciência.

— Tá, nem eu — respondeu Riley. — Mas você entende o conceito geral, né?

Ele entendia.

— Uma sentença fixa segundo a qual a ordem das coisas é prescrita.

— Exato. — Os olhos de Riley caíram distraídos na adaga, ainda largada na poeira aos pés deles. — Os parâmetros de uma maldição são parecidos. Ela não consegue controlar como as pessoas pensam ou o que sentem, mas consegue manipular forças externas, jogar obstáculos no seu caminho, obscurecer informações para evitar que você as descubra.

Ela fazia maldições parecerem uma bisbilhoteira que gostava de interferir nas coisas.

— Acho que vou precisar de um exemplo.

— Que nem com aquele time de futebol americano que eu ajudei.

Clark assentiu com a cabeça. O do site dela.

— A maldição deles não podia possuir o *quarterback* e fazer com que ele fizesse passes horríveis, mas podia garantir que as páginas do manual de jogadas saíssem voando ou que a rua que ele sempre pegava fosse fechada por obras para ele não conseguir chegar ao treino.

Fascinante. Se ela não tivesse acabado de admitir que tinha mentido para ele, Clark talvez sentisse uma pontada de interesse nas teorias dela sobre o sobrenatural.

— E aquela maldição só existia há uma década. A força se multiplica com o tempo. A maldição do Castelo de Arden está aqui há pelo menos três séculos.

Ele pegou a adaga.

— Preciso reconhecer. Você criou muita profundidade na sua fraude.

Apesar de as luvas dele ficarem enormes nas mãos dela, Clark ainda conseguiu distinguir que Riley estava mostrando o dedo do meio ao sair do cômodo.

— Vou avisar ao Martin que encontrei o primeiro artefato amaldiçoado.

— Achei que tivéssemos concordado que não é amaldiçoado, não? — gritou ele atrás dela.

Virando a lâmina na mão, Clark não sentiu nenhuma mudança emocional. Continuava com raiva, confuso e excitado — e continuava com raiva e confuso por estar tão excitado.

— Dá uma olhada na sua mão — devolveu Riley.

E, de fato, vergões vermelhos feios tinham começado a inchar na palma que segurara o punhal da adaga.

— Ah, puta que pariu.

Capítulo 5

❧

Quando uma batida incessante acordou Riley antes de o sol nascer no dia seguinte, ela teve a sensação de saber quem era.

Rapidamente, colocou uma calça jeans e uma blusa de lã larga, para não enfrentar o inimigo de pijama.

E, de fato, ao abrir a porta…

— O que diabo você fez comigo?

Clark Edgeware a olhou de volta, erguendo o punho todo manchado.

— Puxa vida. — Riley estalou a língua, sem se dar ao trabalho de esconder a alegria crescente. — Tem alguém de mau humor nesta manhã.

Ela perguntaria como Clark sabia onde ela estava hospedada, mas a cidade só tinha uma pousada com dez quartos. E Riley ficou sabendo quase assim que chegou que o proprietário, além de trabalhar na recepção, fazia bico de fofoqueiro.

As narinas de Clark se abriram.

— Você também estaria mal-humorada se tivesse passado metade da noite tentando garantir que não ia passar uma coceira ardente para suas partes.

Riley lançou um olhar afiado para as marcas vermelhas e irritadas que cobriam as mãos dele e fez uma careta.

— É melhor você cuidar disso.

— Por que você acha que estou aqui? Me diz o que você usou para eu poder reverter.

Riley se encostou na porta e deu uma olhada no corpo dele inteiro. Mesmo sem contar as urticárias, ele estava diferente hoje. A linha de sua mandíbula havia passado de levemente sombreada para uma superfície de ébano criada pela barba por fazer. *Na pressa de vir aqui fazer cara feia para mim, ele deve ter deixado de fazer a barba.*

Com aquele rosto e o tipo de roupa que ela o tinha visto usar na noite em que se conheceram — simples, mas impecavelmente ajustada, cheirando a dinheiro —, Riley imaginou que ele fosse bem vaidoso. Mas, aparentemente, uma visita ao quarto dela não valia o esforço.

— Sinto muito que não esteja bem, dr. Edgeware. — A sensação de afetá-lo depois de ele ter zombado dela e da maldição era tão doce. — Mas eu simplesmente não posso ser responsabilizada por suas ações.

A culpa era dele mesmo, na verdade. Clark havia selado seu destino com um falso cavalheirismo. Se ele não tivesse insistido em lhe dar as luvas, teria sido ela a ficar manchada, já que a manga não era proteção suficiente contra a urtiga do punhal.

Ela reconheceu imediatamente as folhas que brotavam perpendicularmente umas às outras em pares — verde--escuras e oblongas com pontas afiladas — e aceitou o risco para recuperar o artefato amaldiçoado.

Sua avó lhe ensinara desde cedo o valor das plantas e ervas — para ajudar ou atrapalhar —, e Riley as estudava desde então.

Ele olhou para ela com desprezo.

— Você está dizendo que uma adaga amaldiçoada fez isso?

— Não exatamente.

Ela não tinha a menor dúvida de que a adaga estava amaldiçoada. Estava encharcada com o odor característico. Mas no dia anterior ela não poderia ter dito exatamente "Aqui, cheira isto" sem que Clark a achasse ainda mais ridícula.

Não importava que Riley soubesse que estava certa. Não existia nenhuma ferramenta para fornecer o tipo de evidência em que ele acreditaria. Ela não tinha nada para mostrar, nenhuma maneira de fazê-lo entender o que ela sabia em seus ossos.

Se Clark não aceitava a palavra dela de que a adaga estava amaldiçoada, por que ela diria que estava coberta de urtiga? Ela sabia que o arqueólogo uma hora pegaria o artefato, então decidira extrair uma pequena vingança própria nesse meio-tempo.

Sinceramente? Ela tinha sorte de as alergias terem aparecido tão rápido. Pelo jeito, Clark tinha a pele sensível.

— Os livros mostram que se enfiar num castelo amaldiçoado e negar a existência da supracitada maldição é uma maneira perfeita de tomar no cu.

Riley abandonou a porta. Já tinha desperdiçado tempo suficiente com Clark Edgeware.

— É isso que seus livros dizem? — Ele avançou sobre o carpete com estampa de caxemira, desviando das malas de Riley. Evidentemente, tinha tomado o fato de ela não ter batido a porta na cara dele como permissão para segui-la. — Acho que eu não devia me surpreender, considerando o quanto o sistema educacional estadunidense é bizarramente mal financiado.

Riley abriu um batom e se debruçou por cima da penteadeira na direção do espelho.

— É incrível você manter esse ar de superioridade logo depois de ser incapacitado por uma erva daninha qualquer.

Riley passou a cor vinho-escuro na boca, ao mesmo tempo se deleitando com o reflexo da carranca que ele fez.

Se ele queria tanto, que ficasse ali assistindo enquanto ela se arrumava. Riley com certeza não ia ficar entretendo-o só porque ele tinha entrado sem ser convidado.

Enquanto Clark tentava derretê-la com os olhos, ela demorou um tempo irritante contornando os lábios, dando batidinhas e reaplicando até a cor estar bem vampiresca.

Foi só quando terminou e recolocou a tampa que ela viu um movimento de canto de olho. Clark foi até o mural de cortiça pendurado onde antes havia uma benigna paisagem de um campo de urbe.

— Por que você instalou um mural de assassinato no seu quarto?

— Não é um mural de assassinato.

Se bem que Riley precisava admitir que via a semelhança. Ela tinha dividido o grande retângulo em quatro colunas usando cordas — O QUÊ, QUANDO, POR QUÊ, COMO — e aí grudado Post-its com ideias e informações potencialmente relevantes sobre a maldição embaixo de cada seção correspondente.

Marchando até lá, ela estendeu a mão para pegar o Post-it que ele havia arrancado sem nenhum cuidado da tachinha, mas ele desviou no último segundo.

— "Clark sugere que a adaga é de mulher" — ele leu em voz alta, girando para evitá-la. — É esta sua estratégia profissional para quebrar maldições? Escrever as coisas que eu digo?

Riley passou por baixo do braço dele para agarrar a anotação, sem querer batendo nos nós dos dedos dele o tubo de metal do batom que ainda estava segurando.

Clark soltou um sibilo, aninhando a mão vermelha e em carne viva junto ao peito.

— Ai. Caralho.

Ela devia deixá-lo sofrendo. Ver quantos dias ele levava para descobrir a combinação correta de hidrocortisona e anti-histamínicos para acabar com o inchaço.

Mas Riley não gostava de ver ninguém com dor — mesmo que tal pessoa vivesse com a cabeça tão enfiada na bunda que não conseguisse nem ver a luz do dia. Ela marchou para o banheiro da suíte e remexeu em seu exército de loções e poções, procurando um frasquinho marrom com rótulo caseiro.

Era uma de suas melhores criações. Adaptada de uma receita do diário da avó, melhorada depois de ler os guias de estudo da escola de enfermagem antigos da mãe. Riley tinha brincado com a fórmula por anos, trocando erva-de-são-joão por calêndula, adicionando e removendo rosa, depois hortelã-pimenta.

Após encontrar no fundo do nécessaire, ela olhou para os ingredientes e a data de fabricação que ela mesma anotara. Riley sabia por experiência própria que esse unguento ajudava a acalmar tudo, de inchaço a irritação, em tempo recorde, mas Clark provavelmente desprezaria qualquer coisa que ela lhe desse.

Bom, disse Riley a si mesma, se ele fizesse isso, seria a segunda vez que causava o próprio sofrimento por subestimá-la.

— Aqui. — Voltando ao quarto, ela lhe entregou o frasco com gentileza. — Isso vai tirar o ardor dos vergões e reduzir a vermelhidão até sarar.

Clark passou o polegar pelo rótulo que estava desgrudando, provavelmente achando que a letra dela era feia.

— Você que fez?

Riley confirmou com a cabeça. Sempre tinha achado interessante a aplicação medicinal das plantas — e chegado a pensar em virar enfermeira, como a mãe dela, após o ensino médio.

Mas ela só finalizou dois semestres da faculdade. A mãe queria que ela continuasse, tinha feito empréstimos para possibilitar os estudos, mas Riley via como as contas cada vez maiores — não só de mensalidade, mas de livros didáticos e suprimentos de laboratório — a estressavam. Como ela ficava sentada à mesa da cozinha depois de um plantão noturno no trabalho, fazendo contas sem parar no velho bloco amarelo.

Eu não gostei, dissera Riley, mencionando casualmente que havia largado a faculdade numa terça-feira normal. A mãe não respondera nada, apenas dando um beijo no cabelo dela enquanto saía pela porta para mais um plantão dobrado.

Clark tirou a tampa do frasco e enfiou o nariz, enrugando-o após um momento.

— Tem cheiro de pirulito.

— Então não usa.

Riley estendeu a mão para pegar de volta, mas, outra vez, ele desviou. *Mas que droga essa envergadura dele.*

— Não, não, espera aí. — Clark analisou a reação dela enquanto segurava a mistura longe de seu alcance. Ela tinha a sensação de que ele tratava todo mundo como uma lâmina sob um microscópio. — Foi uma observação neutra. Eu não rejeitei seu ato de clemência.

— Aham, pois é. — Ela exalou pesado pelo nariz, lembrando a si mesma que estava tentando parecer calma e impassível. — Não vai se acostumando.

— Pode deixar — respondeu ele suavemente, baixando os olhos para a oferta em suas mãos. — Mas obrigado. — Clark levantou os olhos e encontrou os dela. — Você não precisava fazer isto. Eu agradeço.

Não era um elogio, não de verdade, mas, mesmo assim, algo nela se aqueceu.

Ele não vai perder a batalha de vista, ela recordou a si mesma. *Vai procurar a primeira oportunidade de prejudicar você.* Ele nem tinha concordado em deixá-la levar a adaga para a pousada para poder analisar. Martin os obrigara a chegar ao acordo de manter tudo o que qualquer um dos dois descobrisse no castelo, em um dos cofres à prova de fogo de Clark.

— Pensando bem, quer saber, deixa pra lá. Por favor, permita que esta interação te convença a sentir uma sensação falsa de segurança antes de nós dois voltarmos ao castelo.

Clark soltou uma risada grave.

— Acho que te vejo lá, então.

Riley experimentou um momento de luto pelo homem que conhecera no pub — aquele que tinha parecido entretido, não irritado, por sua excentricidade.

Ele estava quase no corredor quando tropeçou na alça de um sutiã que caíra da mala desfeita pela metade.

Pelo menos era um dos mais bonitos.

O rosto de Clark ficou corado, combinando com a renda rosa-choque. Agachar-se para desenroscá-la do próprio tornozelo fez com que ele ficasse na altura da calça jeans dela.

— Você não está planejando ir trabalhar no castelo com essa calça, né?

— Estava. — Riley passou as mãos pela frente da calça, procurando manchas ou buracos que talvez não tivesse visto, mas… não, estava tudo bem. — Por quê? Qual o problema?

— Você não pode estar falando sério. — Ele se levantou, fazendo uma cara feia. — Olha o estado da barra.

— Hummmm.

Até que estava meio puída, sim.

— O castelo é perigoso. Tem pedras soltas, iluminação insuficiente, parapeitos obstruídos pela vegetação. — Ele foi direto para a cômoda dela. — Quais são as outras opções?

— Dá licença. — Riley correu e pressionou as costas nas gavetas de madeira, mantendo-as fechadas. — De jeito nenhum que vou deixar você ficar fuçando as minhas roupas.

A profundidade da arrogância dele era insana. Só alguém nascido em berço de ouro sonharia ter direito de mandar no que outra pessoa vestia.

Clark passou os dedos pelo cabelo escuro, parecendo incomodado.

— E se eu pedir por favor?

Riley soltou um barulho de desdém.

— Nem se você se ajoelhar.

Os dois ficaram imóveis. *Por que tinha parecido um convite?*

— Eu... é...

Quando Clark mordeu os lábios, parecendo que não era completamente contra a ideia, Riley esfregou distraída os pulsos, percebendo que seu coração estava acelerado e havia um eco do aperto firme dos dedos dele. A forma como aplicara pressão tinha sido tão comedida, apesar de seus olhos a devorarem. Com a força exata suficiente para ela sentir.

Sob a blusa, os mamilos dela endureceram. *Merda.*

— Nem pensa nisso.

Ela talvez estivesse falando consigo mesma, mas ele não precisava saber.

Clark pigarreou.

— Se está tão desesperada para manter o trabalho, pelo menos, considere os riscos.

— Se você me chamar de desesperada mais uma vez...

Riley lhe deu o sorriso que reservava para homens que achavam que uma gorjeta iria convencê-la a tirar a roupa.

Ele apertou a mão contra o peito, esfregando, como se as palavras seguintes tivessem sido arrancadas de sua pele.

— Só estou tentando garantir a sua segurança.

Não, ela disse à parte de si que queria se apoiar jogada na cômoda ao ouvir aquilo. *Não dê atenção a ele.*

Riley não culpava a mãe por se afastar de maldições — na maior parte do tempo —, mas, às vezes, queria ter companhia naquelas missões. Queria mais orientação, mais conforto do que as páginas amarrotadas do diário da avó podiam dar.

Ela amava quebrar maldições, e que se danassem os críticos. Mas seu chamado tinha um custo. Significava que ela estava sozinha. Não só aqui, tão longe de casa, mas na vida. Sempre isolada. Sempre diferente.

A forma como Clark a olhava era uma sacanagem do universo. Aquele jeito tão lindo e sincero.

— Você não pode tentar me fazer ser demitida e aí alegar que se importa com o meu bem-estar.

Se Clark realmente estivesse aí para o que acontecia com ela, não teria decidido que suas ambições eram importantes e as dela não.

— Tá bom. — Clark apertou a mandíbula. — Eu sabia que você dificultaria tudo.

Aff. O sangue dela ferveu.

— Foi você que se convidou para entrar no meu quarto! — Ela não tinha pedido uma consultoria de moda, do mesmo jeito que não tinha pedido para suas emoções serem mastigadas e cuspidas desde o momento que se conheceram.

— Se quer saber, esta calça sobreviveu a turnos de oito horas servindo shots de uísque com água de conserva de pepino para torcedores irados da Filadélfia. Isso mesmo, os caras que jogaram bolas de neve no Papai Noel.

Clark inclinou a cabeça.

— Você está me dizendo que é bartender?

Ops. *Boa, Riley*. Por que não dar mais munição para a campanha "ela é uma fraude"? Ele pegaria o celular e ligaria para Martin a qualquer momento.

— Olha. — Ela cruzou os braços. — Não que eu precise justificar nada para você, mas o ramo de quebrar maldições é meio novo para mim. Não a prática, mas a coisa de cobrar de verdade para fazer o trabalho. E ainda não é tão lucrativo. Especialmente com babacas britânicos tentando me expulsar dos trampos. — Clark abaixou o queixo, de leve, em reconhecimento. — Eu pego alguns turnos quando preciso, e o bar, na verdade, é um lugar ótimo para encontrar pistas de maldições. Mais de um cliente meu começou vindo afogar as mágoas sem perceber que seus problemas recorrentes tinham origem sobrenatural. Estou começando a construir uma boa rede no boca a boca.

— Entendi — disse ele, mas suas sobrancelhas escuras se juntaram. — Na verdade, não. Não entendi. Você obviamente é uma empreendedora. Por que apostar em quebra de maldições?

Certo. A escolha dela devia parecer boba e tacanha para ele.

Mas a resposta era complicada, dolorida.

Parte de Riley quebrava maldições para honrar as mulheres da família Rhode que a criaram — sozinhas — com recursos limitados e sem o luxo de uma rede de apoio. Outra parte queria ajudar pessoas, protegê-las, dar-lhes um caminho para a cura.

Alguns dos indivíduos com quem ela trabalhava sofriam as consequências de uma maldição por anos enquanto amigos e familiares bem-intencionados lhes diziam que as experiências eram só coincidência ou acaso. Quando Riley levava os medos deles a sério, via em seus olhos e em sua postura que estavam gratos só por alguém acreditar neles.

Mas havia uma última parte que ela só conseguia admitir a si mesma em dias sombrios: uma necessidade egoísta de ser especial. De ser alguém capaz de fazer o que os outros não conseguiam.

Riley gostava de quem era quando quebrava uma maldição. Poderosa, útil, respeitada. Necessária — mesmo que só temporariamente.

Mas, em seu âmago, Riley sabia que nenhuma dessas respostas apaziguaria Clark.

— Acho que nós dois sabemos que nenhuma resposta minha vai fazer você ver o que eu faço como nada além de um golpe.

Clark já tinha provado que nunca acreditaria em algo que não conseguia entender.

— Talvez você tenha razão — respondeu ele, no fim, mas aí, como se não conseguisse se segurar, completou: — Mas você deve saber que é uma batalha árdua. Se dinheiro é uma questão, com certeza daria para você fazer outra coisa, não? Um caminho mais fácil.

Riley quase queria rir. Que coisa masculina achar que podia entrar do nada na vida dela e oferecer a solução que ela não tinha conseguido ver bem embaixo do seu nariz.

— Quer saber? Tem razão. — Ela deu um tapa na testa. — Eu devia ir logo fazer algo mais fácil. *Superobrigada por chamar minha atenção para essa oportunidade.*

— Ah. — Clark fez uma careta, parecendo sinceramente arrependido. — Eu fui meio desastrado. Não estava querendo te insultar.

Será que não?

— Tá. — Riley bufou. — Com certeza é só consequência de crescer como um mimado esnobe que construiu uma carreira usando o nome do papai.

O trabalho dela era perigoso o bastante sem ela ser humilhada o tempo todo pela última pessoa que tinha beijado.

O rosto de Clark ficou branco, depois vermelho-escuro.

Mas ela não tinha dito nenhuma mentira. Riley deixou os vapores da própria raiva afogarem qualquer rastro de culpa.

— Vamos ser claros sobre o que aconteceu aqui. Você fez tudo o que pôde para me prejudicar na frente do meu empregador. — Ela deu um passo à frente, até encostarem os dedos dos pés. — Você insultou meu caráter, minha ética profissional e, agora, minha inteligência.

Ele balançou a cabeça.

— Eu não queria...

— Se você tivesse um pingo de honra — falou ela, por cima da interrupção —, faria as malas e voltaria para casa. Porque eu juro que não vou embora e, se tiver a oportunidade de te dar o troco, vou aproveitar.

— Apesar do que você pensa — o tom dele estava tenso, e suas mãos, cruzadas atrás das costas —, eu não posso abandonar este trabalho. — Riley reconheceu as palavras que ele dissera antes a Martin. — Minha carreira depende de tirar alguma coisa boa desta piada de serviço, mas... — Suas palavras deixaram de ser cortantes. Clark passou a mão pelo cabelo, parecendo frustrado, como se ela não parasse de atrapalhar seus planos. — Não precisa ser uma batalha entre nós.

Rá. Fácil para ele dizer. Os dois podiam ter algo a provar profissionalmente, mas, sem a segurança do dinheiro e das conexões do pai de Clark, Riley sempre teria mais a perder.

— Eu posso garantir — disse ela, sentindo o potencial de aquele trabalho ser tudo ou nada para ela, sabendo que a boca macia de Clark a cortaria tanto quanto a adaga que haviam encontrado — que precisa, sim.

— Muito bem, então.

A postura dele mudou e se enrijeceu, como se qualquer tentativa de ser conciliatório tivesse dado lugar a uma provocação.

Riley podia ter feito o que era mais nobre, declarado suas intenções, mas o brilho malicioso dos olhos dele dizia que ela ia se arrepender.

— Inimigos, então — completou Clark, com todas as consoantes nítidas e um escárnio malcontido. — Que vença o pior.

Capítulo 6

❧

Só para registrar, Clark sabia que uma coisa do tipo aconteceria.

Idealmente, depois de lançar o desafio na porta do quarto de Riley, ele sairia pisando forte, com a capa metaforicamente voando. Mas, na realidade, os dois estavam indo para o castelo — os dois saíram ao mesmo tempo —, então, o que se passou foi uma caminhada bizarramente desconfortável. Ele tinha uma vantagem de alguns minutos e deu o máximo para se apressar sem parecer que estava apressado, mas não conseguiu em nenhum momento se adiantar muito.

— Vou trabalhar no salão de música — Clark disse a ela quando ambos chegaram ao portão da frente. — Só peço para você não me atrapalhar.

— Não estou nem aí. — Riley fez um aceno de desprezo. — Vou ficar com a adaga nesta manhã.

— O que você planeja… Quer saber, deixa pra lá. — Quanto menos ele soubesse, melhor. Clark precisava manter a possibilidade de negar que sabia sobre a calamidade que ela sem dúvida acabaria causando. — Só tenta não causar danos.

Doía nele permitir que ela lidasse com qualquer artefato histórico, mas, graças à apatia da HES e à recusa de Martin de ser sensato, ele não tinha exatamente jurisdição para impedi-la.

Depois que se separaram, indo para alas diferentes, Clark montou tudo. Tirou da maleta suas ferramentas e sua confiável caixa de som Bluetooth carregada por energia solar, além de alguns lampiões a pilha para suplementar a luz baixa das janelas empoeiradas.

Com uma mescla de gratidão e trepidação, ele aplicou o bálsamo que Riley tinha lhe dado, soltando um suspiro fundo quando a mistura fragrante acalmou sua pele irritada. Supondo que a poção não acabasse deixando suas mãos roxas ou coisa assim, ela tinha sido legal de oferecer. Surpreendentemente legal, considerando que nas últimas vinte e quatro horas ele só tinha emputecido a mulher. Clark ainda não fazia ideia de como ela conseguira causar a irritação. Talvez ele tivesse tido uma reação alérgica a algo na torre e ela só houvesse se aproveitado do momento conveniente.

Apesar de Riley ter dito que estavam em guerra, ele esperava que algum grau de civilidade pudesse ser mantido durante o tempo que passariam juntos no castelo. Ignorá-la seria um desafio, mas, se Clark simplesmente mantivesse o próprio sistema, poderia terminar seu trabalho ali com o mínimo de interrupção adicional.

Ele queria fazer um bom trabalho, mesmo que sua tarefa fosse uma farsa. Como Patrick havia apontado em algum momento do último ano de escola, Clark sempre foi desesperado por aprovação. Ainda assim, aquele pobre castelo difamado merecia mais do que cair nas mãos de lobos capitalistas sem a devida atenção ao seu legado. Arden havia sido moldado e cercado, queimado e reivindicado, de uma fortaleza do século XIII a uma sede de clã do século XV, até ser finalmente transformado em uma mansão no final dos anos 1700.

Os rumores de uma suposta maldição contribuíram para que a propriedade tivesse passado como uma batata quente entre pequenos aristocratas e investidores privados nos últimos séculos. Ninguém durou tempo suficiente para terminar nada do que começou. Para onde quer que ele olhasse, encontrava andaimes, pisos mal assentados, papel de parede descascado e afrescos desbotados.

Pelo lado positivo, aquele cômodo estava em melhor estado do que a maioria dos demais. Embora os danos causados pela água tivessem deixado marrom o teto que antes era branco, e as molduras de madeira das paredes — curvadas e deformadas — estivessem agora sustentadas por vigas de metal colocadas em esforços de restauração previamente abandonados, restos parciais de molduras e arandelas douradas indicavam uma antiga grandeza.

Não se tratava de uma escavação propriamente dita — ele não tinha permissão para cavar —, mas Clark ainda segmentava cada cômodo acessível com fita adesiva e um dispositivo de medição digital, adaptando o método de pesquisa para garantir a busca de artefatos do jeito mais próximo possível de um processo científico. Era por isso que, além dos contratempos aleatórios que Martin havia mencionado, ele estava demorando mais que o previsto para concluir a análise contratada.

Com cuidado, ele vasculhou as pilhas de detritos e resíduos. Outros cientistas poderiam ter apressado a coisa, e a HES até parecia esperar que ele o fizesse — certamente era o que Martin teria preferido —, mas este trabalho era mais do que uma redenção profissional para ele. Clark precisava provar a si mesmo que conseguia trabalhar sem Patrick, que estava bem — *olha como ele estava bem* — depois da traição e dos meses de desânimo que se seguiram.

Ele tiraria o melhor proveito possível de uma situação ruim. No fim das contas, o trabalho solitário era adequado para ele. O fim repentino dos convites, tanto pessoais quanto profissionais, o havia perturbado no início. Mas agora ele achava o isolamento não mais doloroso do que um hematoma que desvanecia, algo que só doía quando ele apertava.

Nos seis meses desde o estouro do escândalo, Clark passou a tolerar a solidão — aprendeu a preencher o silêncio com música clássica, concertos tão frenéticos, tão imersivos, que ele se perdia nas notas. Acompanhado por Johann Sebastian Bach, ele poderia consertar esse trabalho caótico. E a si mesmo. Em breve — a qualquer momento —, ele pararia de sentir que a única pessoa que havia gostado dele de verdade devia ter mentido sobre isso também.

Assim que o *Concerto de Brandenburgo nº 2* parou, ele supôs que as pilhas da caixa de som tivessem acabado. O castelo estava dando trabalho desde que ele chegara ali. Nada no calibre de uma "maldição", veja bem — todos os sítios arqueológicos tinham seus desafios e suas peculiaridades. Este era só mais... tenaz. Mas então... Uma nova música começou, uma batida vagamente familiar.

Será que o celular dele tinha, de algum jeito, mudado para outra playlist aleatória? O rosto de Clark se enrugou de confusão. Aí, a letra começou:

> *I've known a few guys who thought they were pretty*
> *smart*
> *But you've got being right down to an art*

Mas que raios…

You think you're a genius, you drive me up the wall

Clark foi até lá, pegou a caixa de som e, lógico, dizia: *Aparelho conectado: iPhone de Riley.*

Ele fez um barulho que lembrou de forma alarmante uma galinha. Esse tipo de tolice — essa falta de respeito por um ambiente profissional — era o exato motivo para não querer a mulher ali. Sequestrar a caixa de som era muita infantilidade. E a escolha de música. Tem gente que tem muito mau gosto, mesmo.

Oh-oh, you think you're special

Espera aí… Essa letra sobre um cara que se achava demais não podia ser direcionada especificamente a ele, né?

Não. Ela não faria isso. Faria?

Claramente, Riley tinha escolhido uma música para irritá-lo — uma balada alegre e empoderada de Shania Twain —, mas não era como se ela o achasse…

A música mudou de repente, e a próxima abertura tinha um conjunto de acordes inconfundível.

Clark soltou a caixa de som com cada vez mais receio, esperando a letra começar.

*You walked into the party like you were walking into a yacht**

---

* A letra em tradução livre: "Conheço alguns caras que se acham bem espertos, / Mas sua maneira de estar certo é quase uma arte / Você se acha um gênio, me deixa louca / Ah-ah, se acha tão especial / Você entrou na festa como se entrasse num iate". [N.E.]

Ah, pelo amor de deus. Ele nem era vaidoso!

Quando mais novo, ele não era nada de especial. Orelhas grandes demais, gordura de criança. Tinha emagrecido quando seu crescimento súbito enfim se dignou a chegar… com dois anos de atraso. Mais ou menos na mesma época, ele finalmente ficou com um tamanho que combinava com o dos dentes.

Clark sabia como era sua aparência agora, sabia que tinha quem gostasse, mas não sentia nenhum prazer especial com isso. Aliás, muitas vezes achava que seu rosto era um obstáculo para criar conexões — as pessoas rapidamente projetavam nele fantasias que deixavam pouco espaço para a realidade.

Enquanto Carly Simon continuava tirando sarro dele, Clark espumou de raiva. Não podia aceitar essa indignidade, sua única escolha era se vingar. Se o celular dela estava ao alcance… era um jogo para dois.

Mas que música escolher? Clark precisava de artilharia contra a invasão dela. Algo que mostrasse que ele não era o elitista pomposo que ela imaginava. Ele passou por suas playlists, mas nada era exatamente o certo. Indo à barra de buscas, ele digitou *mulher vingativa*, mas só vieram playlists de Fiona Apple e Taylor Swift. Que caralhos? Um músculo do maxilar dele vibrou.

Até, enfim, ele achar a escolha perfeita. Clark chegou a balançar a cabeça com a introdução.

American woman
Stay away from me

Clark aumentou o volume.

American woman
Mama, let me be[*]

Ele deu um sorrisinho arrogante. Ela não ia conseguir se recuperar de uma música que mandava a americana se afastar.

Mal chegou no terceiro refrão quando a música de novo foi trocada com um *click* abrupto.

Payback is a bad bitch
And baby, I'm the baddest

Ele revirou os olhos. Quem é que cantava isso de vingança ser horrível, mas ela ser pior ainda? Alguma adolescente?

Now you're out here looking like regret
Ain't too proud to beg, second chance, you'll never get[**]

Meu senhor. Clark mal conseguiu se impedir de rir da letra sobre um homem implorando uma segunda chance, abafando a risada com o punho fechado. Ele estava quase se divertindo — tinha que acabar imediatamente com aquilo.

Com urgência, ele apertou o botão de desligar a caixa de som, mergulhando o cômodo de volta no silêncio. Simplesmente não poderia tolerar aquelas brincadeirinhas que desperdiçavam tempo. Colocando o aparelho de lado, ele foi encontrá-la. Estavam prestes a ter uma conversinha com palavras fortes.

---

[*] A letra em tradução livre: "Mulher americana / Fique longe de mim / Mulher americana / Mama, me deixe em paz".
[**] A letra em tradução livre: "Vingança é uma megera / E, querido, eu sou a maior de todas / Agora você está aí parecendo arrependimento / Não é orgulhoso demais para implorar, segunda chance, que nunca terá".

— Riley — chamou ele, atravessando o celeiro na direção do salão dos empregados.

Ela não podia ter ido tão longe e continuar ao alcance da caixa de som.

Alguns passos além, um cheiro forte atingiu seu nariz. *Isso era...* Clark acelerou, começando a correr quando o toque de fumaça ficou mais forte.

— RILEY. — Clark entrou com tudo no salão e a encontrou de costas para ele, parada na frente da lareira. — Não me diz que você está intencionalmente colocando fogo em alguma coisa.

Ela arqueou o corpo para olhá-lo por cima do ombro.

— Você quer que eu minta?

Não era hora de a situação dele melhorar? Ele merecia mesmo esses tormentos incessantes? Não tinha passado tempo suficiente da vida limpando a bagunça feita pela irresponsabilidade alheia?

Seu pai era talentoso e importante, e todo o resto ficava de lado. Pagamentos da escola de Clark que ele dizia estarem resolvidos, consultas médicas da mãe. Cada viagem de férias de família estava à mercê de sua carreira. Clark tinha aprendido a checar duas, três vezes cada contrato, agendamento e compromisso, a pagar a mais no seguro-viagem, a ficar sempre, sempre em alerta.

Ele marchou em frente.

— O que deu em você para fazer uma coisa tão imprudente?

— Estou usando a lareira — protestou Riley.

De fato, ela tinha colocado uma pequena pilha de gravetos secos e mato na lareira enegrecida e estava segurando um fósforo, ainda ardente.

Por onde ele podia começar a listar os problemas daquele plano? Ah, sim, que tal:

— Essa lareira provavelmente está bloqueada há um século.

— Ah. — Ela ficou olhando sua minúscula fogueira, as chamas dançando alegremente em tons de laranja e dourado, depois dobrou os joelhos para verificar dentro da chaminé. — Isso não é nada bom.

Pelo menos o chão daquele cômodo era de terra. Murmurando baixinho, Clark começou a usar as botas para chutar uma pilha grande o suficiente para apagar o fogo.

— Da próxima vez que tiver frio, tenta pôr um gorro.

Vendo o que ele estava fazendo, Riley começou a usar as próprias botas.

— Até parece. Não sou tão frágil.

As palavras dela atraíram os olhos de Clark dos pés de Riley às coxas grossas, ao quadril largo e à concavidade suave da cintura. Clark desviou o olhar antes de subir mais.

— Eu quero fazer um diagnóstico da adaga que a gente achou.

Um diagnóstico? Mas então por que…

— Espera, você ia pôr a adaga *dentro* do fogo?

Ele não achava que conseguiria perder mais a compostura hoje, mas, outra vez, Riley o atingira.

Ajoelhando-se, ele começou a pegar terra da pilha nas mãos em concha.

— Eu sei que o Martin disse que você podia examinar os artefatos que achar, contra meu conselho, aliás, mas isso não quer dizer que pode tratá-los com essa displicência, indo atrás de cada ideia doida que te vem na cabeça.

— Eu não estou inventando as coisas de improviso. — Imitando-o, Riley também pegou terra e os dois começaram a apagar o fogo. — Minha avó tinha um processo para quebrar as maldições. Um sistema de análise e eliminação.

O calor das chamas que morriam rapidamente esquentou as mãos e os braços de Clark.

— Que tipo de processo, exatamente?

— Por que eu contaria para você? — A carranca não combinava com as feições dela. Suas maçãs do rosto rosadas e o queixo com uma covinha leve eram feitos para exuberância. — Não estou nem aí se você acredita em mim ou não.

Estava começando a parecer impossível eles um dia terem passado uma noite toda bebendo sem discutir. Quanto mais só dois dias antes. Nesse ritmo, Riley Rhodes nunca mais ia sorrir para ele sem maldade. Era uma pena. A boca dela era maravilhosa.

Clark pensou no cuidado que ela tivera com o site. No cartão de visitas. Em como estava na defensiva ao lhe entregar o bálsamo de manhã.

— Acho que está, sim — disse ele, devagar.

Riley se eriçou.

— Oi?

— Todo o seu comportamento é uma armadura. — Clark deixou o lado de cientista do seu cérebro assumir, entregando-se ao impulso de interpretá-la como uma descoberta. — Por que acha que até perguntas inócuas soam como insultos aos seus ouvidos?

— Porque você é um babaca.

Ela jogou um último punhado de terra na lareira num ângulo que fez um pouco voar de volta para a camisa dele.

— E mesmo assim você se importa com o que eu penso. — A chama diminuiu e virou brasa. Clark tirou um lenço do bolso traseiro para limpar as mãos. — Apesar de isso te matar.

Ele estendeu o lenço para ela, mas, com uma tempestade em formação nos olhos, Riley limpou as mãos imundas na calça jeans — a que ele não queria que ela usasse.

— Você quer que eu morda a isca? Tá bom. — A curiosidade dele sobre Riley, sobre os detalhes cada vez mais elaborados da história dela, persistia como uma coceira que Clark não conseguia resistir a coçar, mesmo sabendo que só pioraria tudo. — Me conta como funciona a quebra de maldições.

Se ele ia ter que passar uma quantidade de tempo indeterminada perto dela, queria saber seus planos. Mais que isso, percebeu que queria saber como ela pensava. Como tinha construído uma proposta comercial convincente de uma cortina de fumaça. Pior de tudo, ele descobrira um prazer sem igual em provocá-la. Seu corpo todo zumbia de expectativa pela próxima movimentação dela. Riley ia atacar ou se esquivar?

Riley balançou a cabeça, olhando para o chão, os lábios carnudos apertados, e Clark teve certeza de que o jogo, pelo menos aquele jogo, tinha acabado, mas aí…

— Cada maldição é diferente. — A tensão na voz dela dizia que ela o faria pagar por aquilo, apesar de Riley continuar falando. — Mas tem quatro técnicas principais, aplicadas de forma isolada ou combinada, ou numa escala de dificuldade ascendente. Amuletos, purificação, sacrifício e ritual.

— O fogo te diz qual usar?

Aquilo parecia… incrivelmente prático.

Se alguém tivesse pedido para ele descrever lendas mágicas artificiais, ele teria inventado algo bem mais maluquinho. A forma como Riley descrevia a quebra de maldições era quase científica.

— Às vezes. Depende da idade e da origem da maldição…

Suas próximas palavras foram cortadas por uma rajada de vendo intensa e repentina, tão forte que sacudiu o que sobrava das prateleiras de madeira da cozinha.

Tanto Riley como Clark se viraram para as janelas estouradas do cômodo, mas a fonte do vento parecia vir de trás deles, da porta.

— Deve ter alguma brisa cruzada vindo do outro lado do castelo — comentou Clark, tossindo um pouco quando o vento acelerou e pegou cinzas da lareira, espalhando brasas alaranjadas aos pés deles.

— Você acha que isto é *normal*?

Riley jogou os braços para o ar, protegendo o rosto das nuvens de cinzas quando outra rajada veio rasgando, aparentemente da direção oposta da primeira.

Quando ambos conseguiram abrir os olhos, tinham outros problemas.

— Tem alguma coisa queimando — disse Clark, no exato momento em que Riley abaixou a cabeça e gritou.

No segundo em que viu a chama começando a lamber a franja solta da barra da calça dela, ele nem pensou, só fechou um braço na cintura dela e usou o outro para acolchoar a parte de trás da cabeça dela ao jogar os dois no chão.

Ele caiu forte de costas na terra batida, com os dentes se batendo.

— Rola — ordenou ele, arremessando os dois fisicamente para o lado, torcendo para a combinação de impulso com a cobertura do corpo dele funcionar para abafar a pequena chama.

Por vários segundos zonzos, ele não ouviu nada, não viu nada, não pensou em nada, exceto como estava completamente aterrorizado e com gosto de terra na boca.

Eles continuaram rolando até baterem na parede oposta do cômodo. Ficando de joelhos, Clark checou freneticamente se a barra preta e enfumaçada tinha apagado.

— Pegou em você?

O tecido danificado não parecia ter subido além do tornozelo, e ela estava com uma bota grossa, mas...

— Não. — A voz dela tremeu um pouco enquanto ela se sentava apoiada nos cotovelos. — Não, acho que não.

Com cuidado, Clark estendeu a mão para ela, puxando a parte intocada da calça para revelar as botas e o topo das meias com estampa de sorvete, ambos intactos, além da pele macia e pálida da panturrilha.

Ele deveria ter parado lá, mas Clark viu de relance uma cicatriz rosa e sua mão agiu por vontade própria, subindo mais o tecido até o joelho, com o coração batendo forte.

— É antiga — protestou Riley, e Clark agora via que era mesmo, com bordas irregulares e desbotada. — Eu cortei numa cerca de arame farpado para galinhas no ano passado, ajudando um fazendeiro depois que as colheitas dele sofreram com vários anos de pragas.

Clark passou o polegar por outra cicatriz, pequena e branca, no joelho.

— E esta?

— Foi culpa minha. — Ela encarou a mão dele em sua pele em vez dos olhos de Clark. — Eu estava colhendo amoras para uma solução de limpeza e ajoelhei num espinho.

Por algum motivo, a garganta de Clark doía, cada engolida em seco afiada e apertada.

— Você se machuca muito?

— Faz parte do trabalho — respondeu ela, finalmente puxando o tecido para baixo.

— Entendi.

Clark enfiou as mãos nos bolsos.

Ela está bem. Olha para ela, está bem agora.

Todo mundo tinha cicatrizes. Não fazia sentido ele querer tratar essas feridas velhas como se fossem recentes — como se Riley fosse permitir. Ela não era o pai dele, voltando para casa com hematomas, rindo com o lábio cortado. Dizendo para Clark pegar o kit de primeiros socorros para uns pontos que tinha estourado.

Você é controlador demais, tinha dito Patrick, ralhando com ele no fim de mais um longo dia sob o sol por ter insistido em reembalar todas as amostras depois de um estagiário usar o método errado. Era uma fraqueza. E um dos motivos por que Clark tinha mordido a língua por tanto tempo na Espanha.

Por anos, tinham lhe dito que ele era autoritário, incansável na expectativa que tinha sobre si e os outros. Até um dia Patrick dizer: "Relaxa. Confia em mim". E, por amor e desejo de ser melhor, Clark se obrigou a relaxar e confiar.

Não mais.

— Num sítio arqueológico, a gente tem regras. — Ele passou a mão pelo rosto. — Aliás, tenho quase certeza de que tem regras em qualquer lugar de trabalho, *especialmente quando o local de trabalho é um castelo gigante, antigo e em ruínas.*

Riley assentiu, com aquela expressão séria que estava tentando fazer levemente minada pelo estado desgrenhado e sujo de terra do rabo de cavalo.

— Eu entendo que você esteja nervoso.

— Não. — Clark ficou de pé. — Não estou nervoso. Estou... — Abalado. À deriva. — Irado.

— Putz — murmurou Riley, se levantando.

— Eu nunca vou conseguir fazer meu trabalho — ele tentou colocar cada grama de autoridade que possuía no tom de voz — se estiver tendo que bancar a babá toda hora.

— Babá? Caralho, você está de brincadeira? — Riley jogou as mãos ao alto. — Que tal você só ficar longe de mim?

Por mais que ele quisesse concordar com uma sugestão simples daquelas, Clark não podia.

— Não vou conseguir parar de me preocupar com você.

— Você nem gosta de mim. — Ela mal conseguiu falar a frase entre dentes em meio à fúria cada vez maior.

— Não é essa a questão. — Também não era completamente verdade. Não que Clark precisasse que Riley soubesse o quanto era difícil colocá-la de canto. — Se vamos compartilhar o local, você tem que seguir procedimentos básicos de segurança. É inegociável.

— Ah, jura? — Ela abriu a boca, supostamente para dizer a ele o lugar exato em que podia enfiar suas exigências, mas aí algo pareceu lhe ocorrer. — Espera um minuto. Talvez tenha um jeito de nós dois conseguirmos o que queremos aqui.

— Desculpa, mas o que é que você quer?

Além de causar uma morte prematura nele.

— Eu quero sua ajuda.

A ajuda dele? Com o quê?

— Infelizmente, não tenho poderes mágicos.

— Engraçadinho. — Ela bufou. — Mas o que estou falando é que quero a sua pesquisa sobre Arden.

Barganhando, Riley tinha o ar calmo e relaxado de uma negociadora experiente. Ele podia imaginá-la numa concessionária, cansando um vendedor até ele oferecer o desconto de funcionários.

— Aquele livro que você me deu no bar, eu li ontem à noite. É útil, mas não o suficiente. Aposto que tem bem mais de onde ele veio.

Ela não estava errada.

Clark usara o exercício da pesquisa para se arrancar do Longo Inverno de Desânimo. Ele não tinha só livros e periódicos, mas coleções de mapas históricos e topográficos da região, registros da cidade e do condado, fotografias aéreas, até mapas de solo. Após aqueles meses sombrios e entorpecidos que se seguiram ao escândalo, Clark tinha exaurido todos os recursos disponíveis sobre o Castelo de Arden, preparando-se para o trabalho.

Ele imaginou que Riley talvez achasse seus materiais úteis em seus diagnósticos paranormais. *Já que queimar os dois vivos não tinha dado certo.*

— Você tem acesso a coisas que eu nunca encontraria sozinha — continuou ela. — Aposto que suas credenciais podem te colocar para dentro de qualquer base de dados universitária ou coleção particular que você quiser. Além do mais, você tem o luxo do tempo.

Era uma avaliação astuta vinda de um olhar treinado. De novo, ele foi forçado a evoluir sua compreensão da oponente.

— Tudo bem. Digamos que eu permita que você acesse minha pesquisa. Com supervisão. O que exatamente você está oferecendo em troca?

Por pura força de vontade, ele esvaziou a mente de qualquer troca indecente.

— Simples. Você me empresta sua pesquisa e eu sigo os procedimentos de segurança que você quiser.

Mesmo sem querer, ele mordeu a isca.

— Você vai usar equipamentos de proteção adequados?

— Claro, se você pagar.

— E eu tenho aprovação final de suas roupas de trabalho?

— Não, seu esquisitão. Mas você pode me dar umas diretrizes gerais que eu vou considerar.

Era a proposta mais ofensiva que ele já tinha recebido.

— Então, você fica com tudo o que quer, e eu gasto dinheiro.

Riley Rhodes era perigosa em mais sentidos do que Clark jamais imaginara. Ela tinha visto a vulnerabilidade dele e capitalizado de forma sagaz para seu próprio ganho, escorando suas próprias fraquezas enquanto se colocava numa posição perfeita para sabotá-lo.

— É verdade, mas você vai ter paz de espírito. — Ela deu um tapinha de consolo no ombro dele. — Isso não tem preço, né?

— Eu estou sendo depenado.

E não se sentia nem um pouco mal por isso.

— Quer dizer que temos um acordo?

O rosto dela mostrava que Riley já sabia que tinha vencido.

E tinha mesmo, porque a respiração de Clark finalmente desacelerou e sua visão ficou mais clara. Ele teria feito coisa pior, percebeu, com uma sensação de terror nada pequena, na esperança de protegê-la de si mesma.

— Temos um acordo. — Clark estendeu a mão. — Por favor, não cuspa na palma para selar.

Ele vira isso uma vez num filme de caubói e não tinha muita certeza de que os estadunidenses tinham abandonado esse costume.

— Nem precisa. — O aperto dela era firme, fácil e confiante como seu sorriso. — A gente já se beijou.

Capítulo 7

❧

Quando o sol se pôs, Riley entrou em território inimigo.

— É um Airstream restaurado de 1978.

Clark abriu a porta de seu trailer, com um gesto para ela subir.

Ele tinha insistido para que ela revisasse a pesquisa ali, na casa dele, em vez de deixá-la levar os livros ao próprio quarto na pousada. *Aparentemente*, não dava para confiar que ela não ia danificá-los.

Eles entraram na "sala". Contra a parede, ele tinha disposto um sofá de dois lugares cor de vinho com uma luminária de piso ao lado. Tinha até um tapetinho azul-marinho cobrindo o piso laminado.

Ele tinha mobiliado o espaço usando ângulos limpos e afiados, além de linhas arredondadas. Com madeira escura e toques de cor. Tinha até obras de arte — antigos mapas emoldurados e uma foto em preto e branco de um cânion que fez Riley sentir uma pontada de dor que vinha especificamente de ver algo lindo feito pela natureza, algo que as pessoas, com todas as suas ferramentas e inovações, nunca conseguiriam capturar de verdade.

— Uau. Este lugar é… surpreendentemente legal.

Riley não sabia o que estava esperando — talvez algo austero tentando provar que ele não precisava de conforto ou algo irremediavelmente retrô, uma relíquia da vida anterior do trailer, para provar que ele nunca se dava ao trabalho de se apropriar das coisas, mas, de alguma maneira, aquele interior combinava com ele.

— Surpresa anotada — disse Clark, sem sorrir.

Na parede oposta, havia um espaço de trabalho, claramente muito utilizado. Uma mesa retrátil saía da parede, cheia de canetas e cadernos, duas câmeras e um conjunto de binóculos, além de cartas de baralho dispostas no meio de algo que parecia um jogo de paciência.

Parecia estranhamente íntimo ver a casa e as coisas dele. Como ver sem querer alguém seminu.

Uma caneca abandonada, com um saquinho de chá seco ainda grudado, estava em cima de um descanso de copos ao lado de um livro aberto de cabeça para baixo para marcar a página. Riley conseguia imaginar Clark deixando o chá esfriar ao lado do cotovelo, distraído com a leitura de alguma recapitulação brilhante de mais uma batalha medieval.

— Você se incomodaria de tirar os sapatos?

Clark se abaixou para desamarrar suas próprias botas, deixando-as bem alinhadas num pequeno estande ao lado da porta. Ele usava meias verdes grossas feitas daquela mescla de lã pesada que custava uma fortuna e só se achava em lojas especializadas, como Patagonia ou EMS. Riley tinha comprado um par de presente de Natal para a mãe, que as usava todo inverno, balançando os dedos dos pés no colo de Riley enquanto elas assistiam a *The Great British Bake Off*.

Dizendo a si mesma para parar de olhar os pés dele, ela o imitou.

Como sua segunda fogueira, "acendida apropriadamente", não tinha produzido nenhuma indicação do tipo de maldição que ela estava enfrentando, Riley estava, como sempre, voando às cegas. O acesso à pesquisa de Clark era mais importante do que nunca. Mesmo que isso significasse trabalhar sob a supervisão dele.

Ele acendeu a iluminação embutida que ia até os fundos do trailer.

— Você, hum, quer o tour?

Aparentemente, era impossível suprimir aquela elegante educação britânica.

— Por que não?

A mãe dela sempre dissera que a melhor forma de superar um crush era imaginá-lo de patins. Quanto mais Riley ficasse sabendo sobre Clark, melhores suas chances de esmagar aquela atração inconveniente que ainda existia.

Também não era como se ainda sobrasse tanto tesão assim. O corpo dela só estava confuso com o turbilhão de conhecê-lo, beijá-lo, jurar vingança e aí ser meio que salva por ele, se não da morte, pelo menos de ficar desfigurada. Estava tudo bem. Só uma química cerebral meio zureta. Só precisava ver o espelho do banheiro manchado de pasta de dente e a pilha de meias sujas ao lado da cama para cortar o restinho do mal pela raiz.

— Esta é a cozinha — disse Clark, gesticulando de um jeito desconfortável para a pia e depois para o pequeno fogão de duas bocas e o frigobar adjacente.

Ele tinha usado bem o espaço apertado, com prateleiras de pendurar que continham jarros de vidro organizados, cheios de coisas do tipo flocos de aveia, frutas secas, macarrão integral e oleaginosas sortidas. Clark provavelmente fazia uma tigela de granola todo dia de manhã — recitando todos os benefícios das fibras para a saúde entre uma colherada e outra.

— Quer beber alguma coisa? — Ele abriu o frigobar e olhou lá dentro. — Tem água ou posso ligar a chaleira para fazer chá.

— Não, obrigada, estou bem. — Era estranho ele ser legal. Riley sabia que ele se ressentia do acordo que ela arrancara, mas era claro que não conseguia ser descaradamente grosso com uma convidada. — Estou com minha garrafa de água na bolsa.

Fechando o frigobar com um aceno de cabeça, Clark a levou à outra ponta do trailer, onde havia uma cama *queen-size*, bem arrumada com um edredom sóbrio de estampa xadrez escura e impressionantes quatro travesseiros (combinando!). Um belo avanço em relação ao número perturbador de homens com quem ela tinha transado que, com mais de 30 anos, ainda mantinham o colchão no chão e lhe ofereciam metade de um único travesseiro sem fronha.

Mas a cama não segurou muito a atenção dela. Não, foram as estantes de livros arqueadas acima, se curvando na direção do alçapão de emergência, em ângulos cuidadosamente planejados que mantinham os livros retos.

— Uau.

Ela deu um passo à frente para passar os dedos pelas lombadas da estante mais próxima, tomando cuidado, por algum motivo, para não encostar na beirada da cama com os joelhos.

Clark tinha construído aquilo para si mesmo — ou, mais provável, pagado para alguém construir para ele —, uma biblioteca sobre rodas. Entre os livros didáticos e periódicos esperados, havia mistérios comerciais, com as capas gastas e desbotadas, mas obviamente bem cuidados. Aí, ela percebeu: ele era um hipocritazinho sujo.

— Ei! Você diz que não acredita em nada sobrenatural, mas esses livros são todos *Criatura da Lagoa Negra* e esse tipo de merda.

Clark cruzou os braços e se recostou na parede entre o quarto e a cozinha.

— Chama saber a diferença entre fato e ficção.

Riley estava com uma resposta na ponta da língua, mas, naquele mesmo momento, seu olhar parou em algo — um porta-retratos — enfiado no espacinho entre a cama e a estante, a única coisa que parecia notadamente deslocada até agora.

— Caiu alguma coisa. — Ela estendeu a mão para pegar e puxou a imagem, que parecia um esboço feito à mão de um templo com duas colunas simétricas guardando a entrada. No canto inferior, havia uma etiqueta. — O que é o Templo Perdido de Hércules?

A respiração de Clark engasgou.

— Foi um dos santuários mais importantes do mundo ocidental — disse ele, com a voz empolada. — Segundo relatos antigos, é o lugar onde Júlio César chorou depois de ver uma representação de Alexandre, o Grande.

Ele estendeu a mão, e Riley devolveu o porta-retratos.

— É meio que um Santo Graal dos arqueólogos. A galera é obcecada por ele há séculos. — Clark olhou o esboço. — Meu pai era obcecado por esse templo quando eu era criança. — Ele passou o polegar pela etiqueta rabiscada às pressas. — Ele que desenhou.

— Ah. Que legal. — Obviamente, Riley entendia como era compartilhar uma obsessão familiar. — Alguém já encontrou?

— Alguém alegou que sim. — Clark endureceu a mandíbula. — Há mais ou menos um ano, dois arqueólogos foram procurar — explicou ele. — Usaram uma metodologia mais nova, chamada de modelo digital de terreno, para verificar um canal raso na baía de Cádiz.

Aquele tom meio afiado na voz dele seria inveja profissional?

— O que é modelo digital de terreno?

— A gente chama de LIDAR. É basicamente escaneamento 3D a laser. — Clark soltou o braço, deixando a imagem cair ao lado do corpo. — Mirando com um laser num objeto ou superfície e aí medindo o tempo que leva para a luz refletida voltar ao receptor, você cria modelos topográficos de alta resolução.

Riley assoviou.

— Parece chique.

— E é. A técnica é bastante usada em arqueologia hoje, especialmente para ambientes pantanosos e difíceis de acessar, como a baía de Cádiz. Mas a tecnologia é avançada e é preciso um treinamento específico.

Clark engoliu em seco. Pareceu doloroso.

— Você estudou ou algo assim?

— Não, mas meu… — Ele pressionou os lábios. — Não.

Riley já não achava que a imagem tivesse caído no chão. Ele não falava com a distância de alguém que havia lido sobre essa descoberta ou ouvido falar dela casualmente por fofocas.

— O que aconteceu? Alguém falsificou as imagens?

— Sim. — A expressão dele estava sofrida, as bochechas encovadas. — Um dos arqueólogos alterou o mapeamento topográfico para criar a impressão de que tinha identificado uma estrutura maior. — Clark balançou a cabeça. — Foi um truque esperto, até não ser mais. Por causa da natureza do terreno e das marés, as imagens renderizadas a laser foram impressas e circularam seis meses antes de a escavação poder começar. — Olhando para o chão, Clark suspirou. — Dá para fazer muita coisa em seis meses: conferências, imprensa, jantares, doadores. Achar um marco histórico antigo te torna um herói em alguns círculos. Alguém que até meu pai famoso teve de admirar. É inebriante quando é finalmente o seu nome impresso nos prêmios e convites... Pelo menos até as pessoas começarem a notar que sua história não faz sentido.

As peças se encaixaram. O motivo para Clark ter aceitado aquele trabalho. Ter precisado de uma indicação do pai. A posição defensiva que ele assumira com a própria reputação quando descobriu o trabalho dela.

— Quando a verdade foi revelada, foi um escândalo grande?

Clark sorriu melancólico, olhando para o castelo pela janela.

— Digno de arruinar uma carreira, dá para dizer.

A amargura no tom dele não era só arrependimento. Não. Havia por baixo de suas palavras uma ferida mais profunda. Uma ferida que dizia que ele tinha perdido mais do que seu status profissional como consequência. Riley sabia que o deixava desconfortável em muitos sentidos, mas o que Clark parecia mais temer era ser enganado por ela.

— Seu parceiro mentiu para você.

Os olhos dele voaram de volta ao rosto dela.

— O que te faz pensar que não era eu o sacana falso?

E ela imaginava que isso devia fazer sentido. Afinal, bastava olhar para como ele a havia tratado. Mas...

— Você guardou a imagem. — Em um lugar que não dava para enxergar, mas perto o bastante para poder pegá-la, mesmo no escuro. — Quem é culpado não gosta de um souvenir dos crimes. Mas, quando a pessoa é traída — disse ela, falando por experiência própria, pensando em como tinha ficado sem fôlego na noite em que se beijaram e depois, por um motivo diferente, também na manhã seguinte —, não consegue se permitir esquecer.

— Ele partiu meu coração.

Lá estava de novo. Aquele olhar. O que sempre a fazia desejar Clark. Um anjo caído estendendo a mão, rebelando-se contra tudo o que perdera. Tudo o que fora roubado dele por ousar lutar.

Riley nunca tivera um amigo que entendesse seu trabalho. Em quem ela confiasse sua reputação. Ela tinha clientes, claro, mas não colegas de trabalho. Não desde a avó. Mas não tinha importância. Riley tinha a mãe e sabia como era perder alguém que você nunca esperava que fosse embora.

— Ele uma vez levou um soco por mim. — Clark riu, e o som saiu irregular. — Foi numa festa em uma casa horrorosa em Oxford. Um cara achou que eu tinha dado em cima da namorada dele. Eu não tinha, nem sabia quem ela era, mas o cara me ameaçou, berrando que ia acabar comigo, e Patrick interveio para acalmar a situação. — Os olhos de Clark estavam da cor cinza-esverdeada de uma floresta após uma tempestade. — Quando dei por mim, ele estava no chão, com sangue jorrando do nariz, perguntando se eu estava bem.

Parte de Riley desejou não saber disso. Poder voltar a achar que ele era só um riquinho privilegiado. Era mais fácil quando Clark era simplesmente um babaca que a magoara, em vez de alguém que tinha sido magoado — que tinha perdido a reputação e uma das relações mais importantes da vida por causa de um golpe. Ela nunca havia mentido para ele, mas agora entendia um pouco melhor por que Clark não enxergava isso.

Ele se debruçou na escrivaninha e começou a mexer em alguns papéis.

— Vou limpar aqui para termos onde trabalhar.

Certo. Tentando dar a Clark um momento para se recompor, como ela mesma gostaria, Riley foi até a porta que sobrava.

Ela supôs que ia achar lá algum tipo de banheiro, mas não esperava o grande gato malhado laranja que chiou para ela de cima da tampa fechada da privada, como se dissesse: *Não está vendo que está ocupado?*

— Ah, meu deus. Desculpa — soltou Riley antes de conseguir pensar direito. E, aí, virando-se para Clark: — Você tem um gato?

Ele levantou os olhos, inocente.

— Não.

Ela estendeu o braço na direção do felino enorme, ainda chiando.

— Humm... oi?

— Ah. — O olhar dele ficou um pouco mais suave. — Não é minha.

— E apesar disso você não parece surpreso de ela estar aqui.

A gata lambeu a pata preguiçosamente. Ela não tinha metade de uma orelha. Uma brigona como Riley, dava para ver bem.

— Essa gata mora em algum lugar por aqui. — Clark gesticulou para o bosque ao redor. — Eu dou comida para ela às vezes, quando sobra atum, e de vez em quando ela tira uma soneca aqui dentro se o clima está ruim.

— Aham.

Riley fechou a porta devagar. Fazia sentido Clark gostar de gatos. Ele também era arisco, retraído e marcava território de forma arrogante. Pessoalmente, Riley preferia cachorros. Eram simples e devotados. De um cachorro, a gente sempre sabia o que esperar.

Alguns minutos depois, enquanto ela se acomodava na escrivaninha — inspecionando mais de perto, viu que ele tinha perdido uma oportunidade de empilhar o valete na dama de espadas —, Clark começou a pegar livros de diferentes estantes, abrindo armários para puxar mapas e plantas. A tarefa pareceu ancorá-lo e seus movimentos ficaram mais familiares. Ele então montou toda a sua pesquisa na frente dela até a pilha ficar tão grande que Riley não enxergava o outro lado.

— Selecionei uma amostra representativa entre os textos relevantes para a gente começar — disse ele, abrindo uma cadeira dobrável desgastada que ficava atrás do frigobar e se sentando ao lado dela.

— Uma amostra representativa. — Riley ficou olhando a pilha e engoliu em seco. — Isso não é tudo?

Clark sorriu, como se ela estivesse brincando.

— Até parece.

Meio que parecia lição de casa, coisa em que Riley nunca fora especialmente boa. Suas notas eram até que sólidas no ensino médio, mas ela passava a maior parte do tempo das aulas sofrendo por uma série de namorados — todos a tratavam como lixo — enquanto pintava as unhas com corretivo.

Como se sentisse o desconforto dela, Clark puxou um texto para começarem.

— O que exatamente está procurando? Eu sei como é pesquisa de contexto no caso de um arqueólogo. Suponho que quebra de maldições seja... diferente?

Ele tentou segurar o julgamento da voz, e quase conseguiu. Mesmo assim, Riley apreciou a tentativa.

— Procure algo esquisito — disse ela. — Coisas ou pessoas que desapareceram, ocorrências misteriosas, fenômenos inexplicados. Qualquer coisa que não se encaixe.

Juntos, eles se debruçaram sobre os livros e anotações dele. Ela não esperava que Clark fosse ajudar. Meio que tinha imaginado que ele fosse ficar lá sentado fazendo comentários grosseiros enquanto ela trabalhava. Mas Clark lhe mostrou a linha do tempo que elaborou para poderem delimitar qualquer grande evento que pudesse ter acontecido na propriedade ou nos arredores nos anos 1700, e desenhou para ela uma espécie de árvore genealógica tanto do clã Campbell quanto do Graphm, porque Riley não conseguia parar de confundir os nomes.

Horas se passaram e o sol começou a cair atrás da linha das árvores.

— O que foi? — questionou Riley da terceira vez que Clark fez careta quando ela rabiscou uma ideia num Post-it e enfiou dentro de um dos livros.

— Nada.

Ele desviou os olhos como se fosse um acidente de carro.

Claro, Clark decerto mantinha todas as anotações num Moleskine dividido em seções, onde registrava qualquer ideia ou descoberta com uma etiqueta correspondente de título, autor e número de página. Imagine o luxo de ter tanto tempo livre que dava para justificar fazer algo tão inutilmente lento quando os Post-its estavam *bem ali*.

Clark também discutia consigo mesmo, bem baixinho, enquanto corria o dedo por um trecho:

— Não, isto não pode estar certo.

Riley mordeu a unha do polegar, sufocou um sorriso e não falou nada enquanto virava a próxima página.

De vez em quando, um dos dois se levantava para se alongar.

Clark gemeu enquanto girava os ombros.

— Tudo bem aí?

Talvez Riley tivesse um Advil na bolsa.

— Tudo. — A careta dele fez parecer decididamente que não estava tudo bem. — Dei mau jeito nas costas quando bati no chão tentando salvar *alguém* de pegar fogo.

— Tá bom, relaxa. Ninguém pediu para você dar uma de Urso Smokey. Eu podia muito bem ter parado, abaixado e rolado sem você.

— Como eu entendi menos de vinte e cinco por cento das palavras que você disse — ele voltou cautelosamente ao seu lugar —, posso considerar que em algum lugar aí no meio tinha um agradecimento educado?

Riley revirou os olhos. *Aff.* A pessoa pega fogo uma vez e nunca mais a deixam esquecer o assunto.

Em certo momento, quando o ronco da barriga dela ficou supersônico, Clark insistiu em servir o que acabou se mostrando uma pizza congelada até que decente.

— Quer uma cerveja?

Riley levantou a cabeça rapidamente. O sr. Nada de Diversão estava escondendo o jogo.

Como se para demonstrar, ele abriu o frigobar e mostrou duas garrafas de uma cerveja escura que ela não reconhecia.

A boca dela aguou. Era uma oferta tentadora depois de um dia longo e frustrante. Mas Riley hesitou.

Tomar uma cerveja com ele parecia casual demais. Familiar demais. Não um acordo profissional, mas algo que ela faria com um amigo.

— Não, obrigada — respondeu ela.

Ele devolveu as duas garrafas e trouxe, em vez disso, um copo de água que ela não tinha pedido.

Riley deu um gole e voltou ao trabalho.

Às nove da noite, eles ainda não tinham encontrado nada e os olhos dela começaram a lacrimejar com o esforço. Já estava pensando no caminho de volta à pousada quando algo num periódico agrícola chamou sua atenção.

— Ei. — Ela cutucou o antebraço peludo de Clark. — E esse negócio das trombetas-de-anjo?

Ele coçou o olho com o nó dos dedos.

— É um eufemismo?

— É uma planta.

Ela mostrou a ilustração.

— Bonita? — disse ele, obviamente torcendo para ser a resposta que Riley queria.

— Não. Olha. — Ela bateu com um dedo no texto abaixo do desenho. — Tinha uma variedade particular nativa desta região, bem em torno do castelo. Em geral, as flores são amarelas ou cor-de-rosa, de vez em quando laranjas, mas as que cresciam aqui eram azul-escuras e extremamente raras. Tinha alguma coisa a ver com os nutrientes do solo. Diz aqui que os cultivadores ganhavam uma fortuna com elas, porque era uma demonstração de riqueza expor essas flores, mas aí a planta foi extinta.

— E daí?

Clark desenhou uma trombeta literal no caderno, que era uma aproximação bem boa.

— E daí — repetiu ela — que chamavam de "a riqueza da região, a joia da coroa de Arden", e foi extinta *do dia para a noite.*

Puxando o periódico para si, Clark estudou a página e franziu a testa.

— Esses relatos são velhos e provavelmente exagerados. Na época, não era incomum que insetos ou até uma geada dura mudassem o bioma de repente.

Só ele mesmo para criar a explicação mais seca possível.

— É, ou o castelo e todo o solo ao redor sofreu a porra de uma maldição!

— Uma conclusão igualmente provável — respondeu ele, sem emoção alguma.

Riley não estava nem aí se ele queria ser um escroto. Aquilo era estranho. E estranho significava pista. Como ele não via a conexão? O sangue dela pulsava. Aquilo era um indício!

— Aqui — Ela cruzou a data com a linha do tempo. — Dia 3 de junho de 1779. Quem morava no castelo na época?

Sob a mesa, os joelhos deles se bateram quando Riley se inclinou à frente para ver melhor.

— É perto do finzinho da guerra dos clãs. Não sobrara quase ninguém de nenhum dos lados. — Clark olhou a lista de nomes, passando o dedo pela página, procurando alguém com uma data de morte posterior. — Phillippa Campbell — disse ele, enfim. — O clã a chamava de "a última filha". Ela ficou no castelo durante a batalha em Dunbar e nenhum de seus parentes voltou.

— E você disse que a adaga foi feita para uma mulher! — Riley ficou de pé num salto. — Ah, meu Deus! Você entende o que isso significa? Temos um quem, e um quando, e sabemos por quê: *oi, ela estava desesperada e sozinha com inimigos na porta*. Só precisamos de um como e estamos no jogo, *baby*!

— Eu sou o *baby* nessa frase? — perguntou Clark, seco.

— Fala sério. — Ela bateu forte na mesa. — A gente achou uma pista.

Ele bocejou.

— Espero que você não esteja só forçando a barra por mim.

A euforia momentânea de Riley diminuiu. Pelo jeito, o avanço dela o entediava. E, sim, essa era basicamente a história da vida dela. Era por isso que ele tinha ficado ali sentado com ela por horas, trabalhando ao seu lado, para provar, no fim, que ela não tinha resultado nenhum? Para vê-la brincar de fazer pesquisa, sendo que ele era o profissional?

Ela quase se esquecera por um momento que estava sozinha nessa. Esse era o problema dela. Riley queria algo que não estava sendo oferecido: que Clark acreditasse nela.

— Esquece. — Ela estendeu o braço e fechou o periódico agrícola. — Vamos encerrar por hoje.

— Tudo bem — respondeu Clark, tranquilo, já começando a fechar outros livros e reunir canetas.

Obviamente, ele mal podia esperar para ela ir embora.

Mas é claro. Ele acha que você é uma ameaça, lembrou a si mesma. *Você o lembra do melhor amigo traidor dele.* Riley não conseguia evitar — apesar de sua raiva, de sua vergonha, ela tinha pena dele.

Com o pai famoso e o rosto de ator de novela, provavelmente era difícil Clark confiar em alguém. As pessoas deviam falar merda para ele o tempo todo, tentando cair em suas graças ou tirar a roupa dele, pelos motivos previamente citados.

— Desculpa — disse ela quando ele a viu olhando fixo.

Meu Deus, como ela estava exausta. Tinha entrado em transe por um segundo, observando-o. Bizarro.

— Não tem problema. — Clark entregou uma pilha dos Post-its dela. — Não precisa ter vergonha.

— Espera. Vergonha do quê?

De quase dormir na mesa dele?

— De sentir atração por mim — respondeu ele, como se fosse óbvio. — Passamos muito tempo juntos hoje, bem perto. E só faz alguns dias que a gente... — O olhar dele deslizou até a boca dela. — É perfeitamente compreensível.

— Oi? — Riley lutou para não engasgar com a própria saliva. — Eu *não sinto* atração por você!

De todas as coisas estúpidas, convencidas, ridículas a pressupor. Não era porque ele era objetivamente gato de derreter os miolos e provavelmente tinha gente desmaiando por causa dele o tempo todo que ela ia ficar ali sentada com a língua de fora. Riley não era completamente fútil.

— Ei, não é nada de mais. — Clark teve a pachorra de dar um tapinha na mão dela. — Sei que não quer dizer que você gosta de mim nem nada. Qualquer uma poderia se confundir...

Riley arrancou a mão dali, flexionando os dedos para se livrar do choque repentino do toque dele.

— Não, é demais, sim. Você achou que eu estava aí sentada babando você? Porque eu super não estava.

— Tá, tudo bem. — Ele deu de ombros. — Então você não sente atração por mim. Errei.

— Você não acredita em mim.

— Se te ajudar — disse ele, num tom de pura condescendência —, acredito que não queira sentir atração por mim.

Riley sentiu um calor se espalhando pelo peito e subindo pelo pescoço.

Não. Nem fodendo. Não podia aceitar que qualquer um dos dois tivesse um pingo de dúvida de que ela tinha o controle de seus sentimentos por ele.

— Quando eu te olho, só vejo alguém egoísta e sem inspiração. Aliás, não tem ninguém que eu pudesse desejar menos.

— Tudo bem, querida. — Clark fez um barulhinho de desdém. — Pode ficar se convencendo do que precisar.

— Estou falando sério. — Ela ficou quebrando a cabeça. Como poderia mostrar o quanto não se afetava por ele? — Você podia dar uma de *Magic Mike XXL* bem aqui nesta mesa e eu nem piscaria.

— Bom, você vai ter que me perdoar. Infelizmente, não estou a fim de rodar no momento.

Clark esfregou o pescoço, mais uma vez fazendo questão de demonstrar o quanto estava dolorido depois de seu resgate galante.

Ei. Veio daí uma ideia. Se ele queria culpá-la por sua dor nas costas, Riley podia dar a ele um motivo de verdade para reclamar.

— Que tal eu te fazer uma massagem?

Pronto! Por que alguém que sentisse atração por ele se ofereceria para fazer uma massagem? Claro que não faria isso! A pessoa ficaria nervosa, desconfortável e sem graça. Ao contrário dela.

Clark olhou para Riley como se ela tivesse uma cabeça a mais.

— Não quero uma massagem sua.

— Rá! Exato. — Riley apontou para ele. — Viu? Porque *você* sente atração por *mim*. E está preocupado de não aguentar.

— Licença. — Clark se encolheu. — Você acha que tem mais autocontrole do que eu?

— Não. — Riley deu um sorriso doce. — Eu tenho certeza.

— Tá bom. — As narinas dele se abriram. — Então me faz uma massagem, já que é tão importante para você.

— Tá bom! — Será que ela estava gritando? Riley não queria gritar. Ela abaixou a voz a um decibel normal. — Vou fazer.

— Ótimo.

Clark estendeu a mão para a barra do suéter.

— Epa! Ei. O que você está fazendo?

— Tirando minha blusa — respondeu ele, com a voz traiçoeiramente inocente. — Assim, você pode acessar os músculos de forma mais direta. *Já que não sente atração por mim*, estou supondo que não vai ser problema.

Hahaha. Ele se achava tão espertinho. Como se ela fosse surtar só de ver o peitoral nu dele. Ou se derreter porque precisava deslizar as mãos pelos ombros quentes e expostos. Por favor! Manda ver.

— Claro que eu não me importo. — Riley fez um som de *pshh* como um pneu furado. — Tenho sentimentos neutros, quase negativos, pelo seu corpo.

— Ótimo — disse Clark. — Que bom que isso está esclarecido.

Riley se obrigou a observar enquanto ele arrancava o suéter, com duas mãos nas costas puxando-o por cima da cabeça. Ela se obrigou a não piscar, a não desviar os olhos do pelo escuro embaixo do umbigo, da definição deliciosa dos músculos que desciam do quadril para a virilha, uma única veia pulando logo acima do cós do jeans.

Riley inspirou, uma respiração totalmente normal, nadinha trêmula, quando ele revelou a superfície lisa e dura da barriga, a largura ampla do peitoral, pequenos mamilos marrons, mais pelos densos e uma clavícula que implorava pelos dentes dela.

— Riley?

Os olhos dela subiram de repente ao rosto de Clark.

— Sim?

Ele tinha terminado, estava segurando o suéter e a observava, esperando.

— Quer dizer, aham. — Ela acenou a mão para o corpo dele. — Como eu suspeitava. Você é... — Por que a língua dela de repente parecia grande demais na boca? —... blé.

— Obrigado — respondeu ele, sem demonstrar nada.

— Você me quer no sofá?

Tá bom, ele devia estar usando a insinuação de propósito. Mas isso não a impediu de imaginá-lo deitado de costas. Ela o cavalgando num galope. As mãos contra aquele peito, segurando-o lá embaixo enquanto cravava suas iniciais no coração dele com a unha e ele ofegava sob o corpo dela, apertando os dentes, pedindo mais.

Jesus. *Concentre-se, Rhodes. É para mostrar a ele que você é fria como gelo — ou, melhor ainda, para fazê-lo suar.*

— Pode ser, sim.

Com as pernas só levemente instáveis, ela assumiu a posição, ajoelhando-se na almofada atrás dele depois que Clark se sentou.

Ela começou com os polegares na nuca dele, empurrando com firmeza para cima e para fora, na direção das orelhas. A pele estava rosada sob as mãos dela, quase vermelha, e muito quente.

Riley inalou sândalo e laranja e algo picante como pimenta-do-reino. O sabonete dele provavelmente custava mais do que a conta de supermercado semanal dela — Clark provavelmente tinha gosto de pot-pourri. Mas, por baixo, havia o sal da pele, a base do cabelo estava só um pouquinho úmida.

Clark ficou tenso sob as mãos dela, as costas muito eretas, a respiração baixa e notavelmente mais lenta — controlada. *Ótimo.* Ela torceu para ele estar nervoso.

Riley massageou a lateral do maxilar dele com os nós dos dedos. Do jeito que ele constantemente apertava os molares, ela imaginou que ele precisasse. Estranho pensar que, poucos dias antes, ela estava com a mão naquela mesma pele com uma intenção completamente diferente, se derretendo nele, se abrindo para ele, se entregando.

Ela precisou se esforçar para massagear os blocos grossos dos músculos dos ombros dele, colocando força nas mãos, pulsos e antebraços. Viu? Ela estava cem por cento tranquila. O corpo de Clark era só um corpo como qualquer outro. Só o corpo de um homem que tinha pensado que podia vencê-la com poucas palavras, uma exigência arrogante. Ela afundou os nós dos dedos.

— A pressão está boa?

Ele estava tenso mesmo — seus músculos estavam retesados como um arame em vez de flexíveis.

A pele macia dele estava começando a brilhar sob as mãos dela. Riley não fazia ideia se ele estava gostando daquilo. Nem se ela queria que ele gostasse, mesmo que um pouco.

Clark resmungou, e o som áspero e gutural causou um frio na barriga dela.

Ajoelhada, ela pressionou uma coxa contra a outra, fechando os olhos só por um segundo. Era inebriante ter permissão de tocá-lo, sabendo que talvez pudesse entregar-lhe um pouco de prazer ou alívio, mesmo que ele se ressentisse.

Riley empurrou com as palmas das mãos paralelas de cada lado da coluna. Ela ia vencer esta rodada. Deixá-lo fraco.

Inclinou-se à frente para cochichar em seu ouvido e se assegurou de que os dentes estivessem quase raspando na pele dele:

— Só me avisa se quiser mais forte.

Clark dobrou o joelho, cruzando uma perna por cima da outra.

— Fica à vontade para aplicar a força que quiser.

Usando a lateral da mão, ela trabalhou em um nó nas costas, persuadindo o músculo a relaxar, devagar e estável. Ela não precisava machucá-lo para vencer.

Quebrar maldições era cansativo para o corpo. Ela conhecia bem os conjuntos musculares, pontos de pressão. O que procurar, como causar a reação que queria.

Depois de um tempinho, Riley sentiu uma mudança, uma liberação, ao destravar uma sequência muscular nas costas dele.

Clark gemeu, deixando a cabeça cair na direção do peito, respirando como um leão ferido.

Só porque ele não conseguia vê-la, Riley sorriu um pouco.

— Tudo bem aí?

— Excelente — respondeu ele, e as pontas de suas orelhas ficaram cor-de-rosa.

Ela passou as unhas pelo couro cabeludo de um jeito que não era estritamente para aliviar dores, se deleitando enquanto corria os dedos pelas mechas grossas e sedosas do cabelo escuro até Clark suspirar e jogar a cabeça para trás, apoiando o peso nas mãos dela.

Riley gostava dele assim, líquido, tranquilo, quieto. Impedir que seus pensamentos fossem a outros barulhos que ele podia fazer era mais difícil do que ela gostaria de admitir. Ela apertou e soltou no ponto em que o pescoço encontrava o ombro, aplicando o tipo de pressão firme que ele aparentemente preferia.

De repente, Clark se levantou, levando a almofada do sofá junto.

— Acho que já chega.

Riley piscou, voltando a si.

— Quer admitir alguma coisa?

Ela não tinha nascido ontem. Mesmo que ele não tivesse pegado a camuflagem, Riley agora via que suas pupilas estavam dilatadas e o lábio inferior tinha minúsculas marcas dos dentes. Ele estava *abalado*.

Mas caralho. Vê-lo tão excitado era quase uma tentação pior do que poder esfregar as mãos pelo corpo todo dele. Poder respirar o aroma de seu corpo.

De repente, ela queria colocar a boca em todo lugar em que as mãos tinham passado, queria arrancar as próprias roupas e se esfregar nele, fazer com que ele estendesse o braço e a puxasse para o colo, se contorcer enquanto ele admitia que ela tinha razão, claro que ela tinha razão, ele precisava dela desesperadamente, mal tinha conseguido ficar sentado parado e não uivar do quanto tinha que possuí-la.

Cada vez mais horrorizada, Riley percebeu que não queria parar, mesmo que isso significasse não ter razão. Por isso, precisava ir embora dali. Agora.

— Não. Obrigado — respondeu Clark, praticamente a empurrando porta afora. — Pela massagem, digo. Estou bem mais relaxado agora.

— Eu também — falou ela por cima do ombro. — Que bom que a gente não está atraído um pelo outro.

Assim que a porta se fechou, Riley saiu correndo.

Capítulo 8

❧

—Essa foi a pior ideia que eu já tive — disse Clark em voz alta à sala vazia enquanto jogava a almofada de volta no sofá e abria o botão da calça.

Ele não achava que tinha escolha. As únicas partes de seu corpo que estavam mais quentes do que os lugares que Riley tinha tocado eram aquelas em que ela não tinha tocado. Ele puxou uma inspiração funda entre os dentes quando o ar frio da sala beijou a pele ruborizada do seu pau duro.

Fechando a mão áspera em torno do membro, ele apertou a base, tentando segurar a sensação que crescia desde o momento em que os olhos de Riley tinham engolido a visão do peito nu dele. Ela tinha parecido tão envolvida, tão desesperadamente devassa, vendo-o se despir só para poder pôr as mãos nele.

Clark se afundou no sofá, com os joelhos já moles, uma das mãos agarrando a coxa, a outra juntando a lubrificação natural e a descendo com puxões frouxos e tranquilos. Ele ia mesmo fazer isso? Se masturbar pensando numa mulher que não conseguia tolerar?

Seus músculos abdominais contraíram. Uma mulher que o deixava tão irado, tão sem cabeça, tão insanamente descontrolado.

Ela o manipulara como uma deusa só para provar que era capaz. Cada toque das mãos fortes e hábeis fora uma doce tortura. Riley tinha feito os músculos dele se soltarem um a um, movendo as mãos sem hesitar do pescoço pela coluna abaixo. O ritmo contínuo dela era incansável. Cada aperto suave o deixava uma respiração mais perto de se desfazer.

Clark não devia fantasiar com alguém que o detestava. Era errado. Ruim.

Riley não tinha feito questão de dizer a ele que não o desejava e nunca mais desejaria?

Só me avisa se quiser mais forte, ela dissera, provocando.

Os fios sedosos do cabelo dela roçando em suas costas nuas quando ela se inclinou sobre ele. O hálito quente batendo na pele sensível da nuca.

Clark mordeu o lábio já maltratado com tanta força que sentiu gosto de sangue, tentando não gemer por ela, não empurrar os quadris contra a palma da mão calejada. Ele lutou contra si mesmo da mesma forma que havia lutado para não implorar que o toque de Riley fosse além do cós da calça. Ou, pior, que ela o deixasse tocá-la — em qualquer lugar, em todo lugar — também.

Apenas uma vida inteira de restrição implacável e bem afiada o manteve brincando de estátua mesmo com a mão dela em seu pescoço, com a respiração da própria Riley irregular em seus ouvidos.

Caralho, caralho.

Ele apertou na subida, alongando os puxões, passando o polegar pela cabeça brilhante. O pau dele estava tão duro. As bolas estavam apertadas, doloridas. Clark odiava o quanto aquilo era gostoso. O quanto ele era incapaz de negar a si mesmo aquela indulgência horrível.

Até a maneira como ela trabalhava lhe dava vontade de gritar. Será que ele já tinha visto algo tão sexy quanto Riley Rhodes com uma caneta apoiada naquele biquinho de atriz pornô? Estudando como se estivesse faminta por conhecimento. Fazendo conexões em segundos. Mergulhando como se fosse capaz de vencer qualquer problema, espera só para ver.

Caramba, se ela deixasse, ele ficaria vendo, mesmo. Clark era um tarado que podia gozar só de pensar em como o rosto dela ficava rosado de prazer quando ela achava que tinha resolvido alguma coisa.

Ele fodeu o próprio punho, deixando-se lembrar a maneira ridícula como ela passava batom, desacelerando a memória, dando um zoom nos lábios brilhantes e cor de vinho.

Em sua fantasia, esperou até que ela recolocasse a tampa e tocasse o canto da boca com um único dedo para se certificar de que a aplicação estava impecável.

Aí, ele se colocaria na frente dela e, lenta e deliberadamente, usaria o polegar para espalhar a substância brilhante e pegajosa na bochecha.

Fique de joelhos.

Ele a assistira lutar contra o impulso. Mas, no final, Riley obedeceria, com os olhos brilhando enquanto o tomava entre os lábios, arruinando a própria maquiagem no pau dele.

Clark lambeu a palma da própria mão, deixou seus movimentos escorregadios, imaginando o calor úmido da boca dela.

Tudo bem. Se ele ia fazer isso, então melhor fazer direito…

Pensar em prendê-la na cama e colocar a boca na boceta dela. Fazê-la apertar o edredom com os punhos. As pernas dela por cima dos ombros dele, os calcanhares cravados em suas costas.

Ele a foderia com os dedos até o líquido escorrer pelo seu pulso. Faria com que ela observasse, com os olhos vidrados, enquanto ele lambia tudo. Riley imploraria pelo clímax, choraria por ele.

Clark gemeu, o som alto no trailer, obsceno em seus próprios ouvidos. Ele jogou a cabeça para trás, batendo-a contra a lateral do trailer, com estrelas dançando diante de seus olhos. *Merda.* A dor funcionou, misturada com todas as outras emoções boas e ruins. A culpa do orgasmo se formando na base de sua espinha.

Não. Ainda não.

Ele diminuiu a velocidade de seus movimentos para não se derramar.

Ela acha que você é horrível, cara. Os quadris dele se contraíram. *Eu sou.*

Porque, quando Riley chegasse perto, bem no limite, chorando pelo quanto precisava gozar, ele a viraria e daria um tapa na bunda firme dela, para arder.

Clark a faria contar os movimentos de sua mão. Faria Riley pedir desculpas por tê-lo distraído. Por não ter se cuidado direito. Por mentir para ele e destruir sua paz.

Mesmo depois que ela finalmente prometesse ser boazinha, ele se recusaria a levá-la ao limite; em vez disso, a pegaria com força e a colocaria sobre sua coxa, concedendo a ela a pequena misericórdia de gozar se esfregando contra a calça dele.

Riley achou que fosse um castigo ele se recusar a tocá-la. Mas, na verdade, Clark não confiava em si mesmo nem em suas fantasias. Ele a queria demais. Era algo que o consumia, que o fazia esquecer.

A pior parte era que Clark imaginou o rosto dela ao gozar, jorrando no próprio punho. O rosto dela naquela primeira noite em que ele a beijou. As bochechas estavam vermelhas de frio, o cabelo bagunçado pelas mãos dele, o sorriso brilhante, suave e esperançoso.

Depois, enquanto se limpava, ele disse a si mesmo que não faria mais aquilo. Não deixaria que seu corpo se acostumasse a pensar em Riley, associando o prazer ao nome dela.

Ela era uma armadilha perfeitamente elaborada, projetada para sua ruína. Mas Clark não era um animal.

Ele não cairia na ilusão melosa dela. Não. Ele se levantaria no dia seguinte, bem cedo, para compensar o progresso que não conseguira hoje. Conquistaria de volta o respeito que havia perdido, lenta mas seguramente.

Se ele amava mesmo seu trabalho, não poderia se arriscar outra vez.

O pai havia lhe conseguido aquele contrato, Clark se lembrou enquanto escovava os dentes. O pai, que havia prometido visitá-lo para conferir o avanço que ele não havia feito.

A vergonha queimou suas costas quando ele subiu na cama, tremendo, tentando se livrar da lembrança das mãos de Riley.

Eu posso provar, ela havia dito a ele naquele dia com a adaga. E talvez tenha sido aí que ele errou tanto. Permitir que ela tentasse.

Dando a ela a chance de tecer uma fábula sobre quebra de maldições em vez de ir direto ao ponto e abrir a cortina para revelar a verdade. Deixar ambos sem outra escolha além de confrontar a dura realidade. Já era o bastante. Ele já a havia deixado ir longe demais.

Por mais talentosa que Riley fosse, Clark não podia deixar que seu fingimento permanecesse incontestado.

Capítulo 9

No fim da manhã seguinte, chapada com o coquetel de ressentimento e frustração sexual, Riley foi direto para o pub.

Eilean levantou os olhos quando o sino soou alegremente acima da porta, anunciando a chegada dela.

— Quebradora de maldições. — Ainda era cedo o bastante para evitar a lotação do almoço, só havia algumas pessoas sozinhas sentadas no bar com sanduíches. — Já acabou o dia?

— Na verdade, eu vim a trabalho. Queria saber se você pode me apresentar a algum local que consiga me contar um pouco mais sobre Philippa Campbell.

Clark Edgeware podia ir se lascar. Riley não precisava dele nem da pesquisa dele para entender a maldição. O vilarejo era cheio de gente que tinha crescido cercada pelo folclore do misterioso Castelo de Arden.

— Ah. — Com um sorriso, Eilean a chamou para mais perto. — Então, você acreditou na teoria da última filha, é? Também sempre foi minha favorita. Suspeito há muito tempo que o motivo para essa não ser a história de origem definitiva da maldição ter a ver com as pessoas subestimarem a disposição de uma mulher a sobreviver. Enfim — ela abriu a lateral do bar e saiu por debaixo —, você está com sorte. A Ceilidh está trabalhando hoje.

(Eilean tirou um tempo para explicar que, apesar de ser pronunciado *Kaylee*, a grafia era gaélica.)

Eilean levou Riley aos fundos do pub e a apresentou a uma ruiva alta que estava enchendo saleiros.

— Com certeza ela vai adorar ficar tagarelando se você der uma mãozinha.

No fim, Eilean estava correta sobre tudo. Nascida e criada em Torridon, Ceilidh Wynn trabalhava meio período no Coração de Lebre enquanto fazia um mestrado em história europeia na universidade local. Enquanto Riley a ajudava a reabastecer os condimentos, ficou sabendo que a dissertação de Ceilidh era sobre a maldição — especificamente, a lenda da última filha. Ela tinha passado anos estudando a história do castelo e até feito um bico de guia turístico em Inverness no verão, onde contava a história da maldição várias e várias vezes, junto de outras partes dos folclores sobrenaturais.

— Quem não acredita na maldição está falando merda — declarou Ceilidh depois de Riley explicar seu contrato com a incorporadora e a complicação de Clark Edgeware.

Riley concordava, mas era incrível o quanto aquilo parecia mais desafiador no sotaque de Ceilidh.

— Esta terra sempre foi diferente. Especial. — A ruiva pareou dois frascos de ketchup. — Por que acha que milhares de pessoas passam por Inverness todo ano, só para olhar de relance um monstro antigo ou tocar em um monte de pedras sagradas pré-históricas? Não é só por causa do Jamie Fraser.

Riley relaxou um pouco. Era um bom argumento. Mesmo que as lendas locais tivessem evoluído para histórias mais elaboradas ou dramáticas para atrair turismo, suas origens ainda estavam naquele lugar histórico único e no comportamento das pessoas que viviam ali desde as civilizações antigas.

— As pessoas se apegaram à coisa das fadas. — Ceilidh assentiu com a cabeça, demonstrando sabedoria. — Elas foram tão disneyficadas que a pessoa média logo imagina a Tinker Bell: alguém com asas e uma varinha mágica.

Riley conhecia bem esse fenômeno. Na metade das vezes que se apresentava como quebradora de maldições, recebia uma piada sobre Lara Croft ou *A múmia*.

— Mas, desde os pictos, temos histórias sobre seres mágicos poderosos nestes morros. — Ceilidh terminou com os ketchups, e elas passaram a encher frascos de vinagre de malte. — Eles sempre são cruéis e querem fazer acordos com seres humanos só para se deleitar com o sofrimento que chega depois de conseguirem o que desejam.

— Minha avó pesquisava muito sobre o sobrenatural. — Riley tinha mencionado o negócio familiar ao se apresentar. — E disse que, de um jeito ou de outro, toda barganha mágica acaba se virando contra você.

— Ela parece uma mulher sábia. — Ceilidh assentiu, aprovando, para os talheres que Riley estava embrulhando. — Por aqui, aprendemos desde bebês a não ofender as fadas, o que não é nenhuma novidade. Tem mortos tanto dos Campbell quanto dos Graphm logo ao sul daqui, no Cemitério de Tomnahurich, embaixo do Morro das Fadas. Tenho quase certeza de que Philippa Campbell sabia os riscos quando foi procurar as fadas e fez um acordo. Ela só não tinha outra escolha.

As mãos de Riley se moveram numa rotina ensaiada. Faca, colher, garfo, enrolar.

— Tem algum relato de quais foram as palavras usadas no acordo que levou à maldição?

Em maldições, tudo dependia da linguagem. Desde os primórdios da civilização, a linguagem tinha funcionado como o condutor primário da mágica, uma forma de realizar a intenção do poder.

— Não que eu tenha ouvido falar. — Ceilidh balançou a cabeça. — Mas, quaisquer que tenham sido as palavras, elas funcionaram rápido. Em quinze dias, Philippa tinha conseguido capturar Malcolm Graphm.

— Espera, como assim?

Malcolm Graphm. Ela reconhecia o nome da lista feita no dia anterior por Clark. Ele era filho do chefe e o melhor guerreiro do clã. Em um dos livros de história, tinha até um retrato dele, uma representação artística. Riley lembrava porque ele era — apesar de não tão gato quanto Chris Pine no papel de Roberto de Bruce — definitivamente agradável aos olhos.

— É daí que vem a lenda da última filha, de como Philippa se transformou de cordeiro a ser abatido em guerreira independente — contou Ceilidh. — Quando o resto das forças dos Campbell tinha caído, os Graphm mandaram seu melhor soldado para derrotá-la na calada da noite e tomar o castelo.

— Mas não levaram a maldição em conta.

Riley amava essa parte do trabalho — a forma como a vida de pessoas reais podia se desdobrar em uma intriga de proporções míticas. Facilitava lidar com as dificuldades de trabalhar com o oculto, incluindo os insultos de arqueólogos metidos.

— Exato. — Ceilidh pôs a rolha no vinagre com um *smack* retumbante. — A gente não sabe precisamente como ela capturou Malcolm, mas, segundo qualquer lógica, não era para ter conseguido: ela não tinha treinamento militar, nenhuma proficiência em armas, até onde sabemos. Mas relatos do lado dos Graphm insistem que Philippa mandou um corvo para o acampamento deles ao amanhecer, dizendo que planejava manter Malcolm como seu refém em Arden e alertando que, se o clã não abandonasse a missão e batesse em retirada, iria matar o filho amado do líder deles.

Por um segundo, Riley desejou que Clark pudesse ouvir aquilo — ela amaria esfregar no nariz dele a pesquisa que ele tinha ignorado porque não levava a maldição a sério —, mas aí se deu um sermão por pensar nele.

— Por quanto tempo ela prendeu ele?

— Quase três semanas — havia uma pontada de tristeza na voz de Ceilidh —, segundo a carta final dela.

— Carta final?

Um relato em primeira pessoa, depois de a maldição ter sido lançada — Riley nem ousara imaginar uma relíquia tão valiosa.

— Antes de ela desaparecer e presumirem que estava morta. Muitos historiadores nem prestam atenção. Acham que o conteúdo é trivial porque ela estava escrevendo para uma amiga no sul, porque são só as considerações de uma mulher, porque nunca chegaram à audiência pretendida. — Ceilidh começou a posicionar os pacotes de talheres que Riley havia preparado. — Mas ela existe. Uma descendente da amiga encontrou a carta no início dos anos 1900 e a doou a um museu de patrimônio histórico nacional. Dedicando tempo e esforço para traduzir o gaélico, é uma leitura até que bem suculenta.

— Ela menciona a maldição?

Se sim, podia ser exatamente a peça faltante de que Riley precisava.

— Infelizmente, não — disse Ceilidh. — Pelo menos, não de forma explícita. Ela escreveu principalmente sobre Malcolm. — Ela deixou o sotaque mais agudo e distinto: — *O prisioneiro me perturba infinitamente. Ele se recusa a*

*divulgar qualquer coisa útil sobre os membros do seu clã e fica
me olhando com olhos que parecem esmeraldas ardentes, o peito
sujo subindo e descendo.*

Riley riu da imitação.

— Parece um dos romances dos anos 1980 da Terra Alta
que minha mãe lia, cheios de guerreiros que rasgam corpetes.

— E melhora! Philippa escreveu que, por uma semana,
Malcolm não emitiu um único som. Ele não aceitava comida
nem bebida. Mas uma noite, enquanto ela segurava um cálice
de água contra os lábios dele, vem uma brisa louca do nada
e bate na mão dela, derramando o conteúdo na frente da
roupa dela. E aí, *e estou fazendo uma citação direta*, ao ver o
vestido dela grudado ao peito, *ele rosnou*.

— Ele rosnou?!

E, espera um segundo, uma brisa louca do nada? Parecia
familiar. Talvez o fogo no jeans de Riley não tivesse sido só
um acidente. Será que a maldição tinha uma mãozinha nos
dois acontecimentos?

— Eu juro! — Ceilidh riu. — Está tudo na carta. Philippa
percebeu que aquele guerreiro gigante estava a fim da inimiga
e decidiu tirar vantagem. Começou a soltar o cabelo na frente
dele, passando horas se penteando, obrigando-o a olhar lá de
onde estava acorrentado, nas masmorras. Ela comia cerejas
e lambia os dedos enquanto ele recusava sua refeição. Ela
chegava a passar o perfume dela no pescoço dele, para que,
toda vez que inspirasse, ele pensasse nela.

— Uau. Essa mulher é minha heroína. — Mentalmente,
Riley fez anotações. — Ela disse: *Eu não preciso torturar meu
inimigo com armas, vou simplesmente garantir que ele morra
de um caso letal de tesão reprimido.*

— Pois é. Eu sempre fico superchateada pensando que
ela deve ter morrido pouco depois.

Segundo o gráfico de Clark, Malcolm também.

— O que acham que aconteceu com ela?

— Os Graphm não levaram a advertência dela a sério. — Finalizadas as tarefas de preparação, Ceilidh limpou as mãos no avental. — É meio que um clássico, homens subestimando uma mulher e pagando por isso. Eles atacaram o castelo. Presume-se que tanto ela quanto Malcolm foram vítimas desse ataque.

— Você disse já duas vezes que presumiram isso — apontou Riley.

— Tecnicamente, nunca recuperaram os corpos deles — explicou Ceilidh. — Não é tão incomum, considerando a época, mas, mesmo assim, gosto de imaginar que ela pode ter desaparecido nos morros. — Ela balançou a cabeça. — Nunca entendi por que a maldição não a protegeu.

— Ela provavelmente não pediu explicitamente por segurança. — A maioria das pessoas não pedia. — Maldições são muito literais.

Riley não conhecia ninguém que tivesse ido atrás de uma maldição e escapado são e salvo. Ela tinha trabalho justamente porque o que o coração humano mais amava era o desejo.

Capítulo 10

O*s fins justificam os meios*, Clark disse a si mesmo enquanto terminava o esboço do mapa. As palavras que tinham virado um mantra nas últimas vinte e quatro horas não o faziam se sentir melhor, mas sabia que não tinha escolha. Havia acordado no dia anterior coberto de suor e vergonha, com o nome de Riley ainda nos lábios. Ele não podia mais ficar perto dela. Simples assim. Egoísta assim.

Depois de horas de inevitável contemplação, ele não a considerava mais uma mentirosa — na verdade, seria ele quem receberia esse título a partir de hoje. Vendo sua dedicação à pesquisa, a gama de emoções quando ela achava que tinha feito uma descoberta... ninguém poderia fingir tão bem. Não. Quer ele quisesse ou não, Clark agora acreditava que Riley acreditava.

E, por essa razão, a armadilha que ele tinha preparado era um tipo estranho de misericórdia. Quando ela parasse de viver a fantasia de sua família, quem sabe o que seria capaz de realizar? Ele sabia, por experiência própria, como era difícil deixar de lado o sonho que outra pessoa tinha para você. Ao provar, de uma vez por todas, que as maldições não existiam, ele levantaria o véu daquela concepção errônea e libertaria Riley. Pelo menos era assim que ele se reconfortava.

Ao vê-la esta manhã, caminhando em meio à névoa, a culpa subiu na garganta dele como bile.

— Bom dia. — Ele empertigou a coluna e tirou o papel intencionalmente dobrado para parecer casual do bolso de trás da calça. — Para seguir nossa pesquisa, preparei algo que achei que poderia ser de seu interesse.

Imediatamente, o olhar dela se encheu de desconfiança e as sobrancelhas se ergueram.

— Ah, é?

Clark sabia que não seria fácil vender essa história. Independentemente do que Riley talvez pensasse, ele nunca havia desenvolvido uma aptidão para enganar. Era por isso que planejava se manter o mais próximo possível da verdade, exagerar uma teoria que poderia — em outro universo — ter um quê de verdade.

— Existem rumores de um antigo local sagrado nos penhascos abaixo do castelo. Vários dos textos que coletei sobre essa região mencionam um lugar marcado por pedras em pé, onde os primeiros habitantes dessa terra iam para se comunicar com um poder superior: eles eram chamados de *o povo oculto*. Muitos historiadores supõem que seja um nome alternativo para as fadas. — Ele estendeu o papel para ela, satisfeito por ver que sua mão estava mais firme do que seu estômago embrulhado. — Fiz um mapa de onde eu acho que o local pode estar localizado com base em relatos históricos.

Riley desenrolou o papel, analisando com calma o esboço que Clark fez da paisagem, com um caminho de descida que se afastava do castelo.

— Você e seu pai compartilham o talento para desenhar — disse ela, com delicadeza.

O comentário o pegou de surpresa. Clark esperava que ela fosse começar uma inquisição.

— Ele desenhava comigo quando eu era mais novo. — Clark não pensava naquilo havia muito tempo. Fazia séculos que não se lembrava de ter feito com o pai nada que não envolvesse uma palestra. — Era difícil levar muitos brinquedos para uma expedição, mas era sempre fácil achar uma caneta e algo para rabiscar.

Toda vez que o pai dele tirava alguns minutos da agenda apertada para se sentar com ele e desenhar um voluntário ou o tecido das barracas balançando ao vento, Clark tinha a sensação do sol aquecendo o rosto.

Riley tentou devolver o mapa, mas ele não pegou.

— Achei que talvez você quisesse ir comigo explorar a área e ver se conseguimos encontrar alguma coisa relacionada à sua maldição.

Este era o plano: levá-la numa caçada inútil. Dizer a ela que um pedaço de terra perfeitamente comum era sagrado e ver se ela levava a sério. Se sim, ele saberia que ela estava inventando, criando peças para se encaixar na história dela. Nesse ponto, Clark revelaria sua mentira, e Riley não teria escolha a não ser admitir que não sabia o que estava fazendo.

— Tomei a liberdade de fazer duas mochilas com equipamentos.

Escalar aqueles morros não era uma tarefa fácil. Ele podia ser uma pessoa ruim, mas não queria que ela se machucasse.

— Vai saber se o clima vai piorar — ele fez uma careta para o céu cinza —, mas consultei o calendário de marés e, se sairmos logo, vai dar tudo certo.

Riley o encarou de forma tão fixa e por tanto tempo que ele achou que talvez ela estivesse realmente tentando enxergar o castelo através dele.

— Por que você se ofereceria para me ajudar?

Ah, sim. Ele tinha antecipado essa pergunta. Riley havia garantido a assistência anterior dele com uma manipulação bem-feitinha, mas aquela oferta era espontânea.

— Eu sei que a gente não necessariamente concorda em tudo...

Ela fez um som desdenhoso.

—... ou em quase nada — completou Clark. — Mas acho que, dadas nossas respectivas ocupações, é seguro dizer que nenhum de nós consegue resistir a um mistério. Eu sei que me irritei com você, mas, ontem à noite, achei surpreendentemente agradável compartilhar de novo essa busca com alguém.

Ele talvez tivesse usado uma tática do livro de traições de Patrick — o único que Clark conhecia intimamente o bastante para emular —, porque aquela parte nem mentira era.

Riley ficou em silêncio, mudando de posição para olhar de frente as ondas do mar quebrando.

Clark imaginou que seu plano tivesse dado errado.

— É, mesmo — disse ela baixinho, enfim.

— Oi?

— Surpreendentemente agradável — repetiu ela e, depois de um segundo: — Tá bom. Vamos.

— Tá. Vou só pegar o equipamento, então, tudo bem?

Apertando uma pontada na lateral do corpo, Clark correu de volta ao trailer para pegar as mochilas, pensando que talvez estivesse ficando com úlcera.

Teria sido mais direto se o mapa fosse um engodo total, sem qualquer raiz em evidências, mas, claro, Clark não conseguiu se convencer a fazer isso. Na noite anterior, ele não tinha dormido e investiu horas em repassar sua pesquisa, seguindo o conselho de Riley, procurando peças que não se encaixavam. E acontece que a terra em que pisavam, com a lama fazendo *splash* sob as botas, era mesmo considerada "território de fadas" em várias fábulas. Apesar de, obviamente, todas aquelas histórias serem bobagem.

Mais ou menos depois de uma hora de trilha, Riley segurou o mapa enquanto Clark usava sua bússola para navegar na rota falsa.

— Tem certeza de que estamos na direção certa? — Riley levantou a voz para ser ouvida mesmo com o oceano batendo nas pedras. — Segundo seu mapa, devíamos já ter encontrado algumas pedras.

Verdade. *Hora de executar a parte B.*

— Ah, não. — Clark olhou sua bússola, fazendo a melhor imitação de horror. — Acabei de perceber que o metal nestes penhascos pode estar interferindo com a agulha.

Também era verdade — um problema famoso naquela parte das Terras Altas —, ele só não tinha esquecido.

— Ah, sério? — Riley tirou o cabelo úmido do spray do mar da testa. — Quer dizer que fomos para o lado totalmente contrário?

— Infelizmente, acho que sim. — Clark girou a bússola, fazendo a agulha ricochetear. — A polarização está estragada. — Com sorte, o clima ruim esconderia o rosto de Clark, facilitando que a encenação horrorosa dele fosse engolida. — Desculpa. Eu ferrei tudo.

— Não tem problema. — Ela ajustou as alças da mochila nos ombros. — Tenho quase certeza de que fiz a mesma coisa uma vez com uma bússola, só que a minha surtou por causa do metal no aro do sutiã.

Com um esforço considerável, Clark conseguiu não a imaginar com o sutiã rosa-choque que o atacara no quarto dela na pousada.

— Então... — Ele colocou na voz uma inflexão que refletia o que ele torcia para parecer uma curiosidade casual. — Sabe como você achou aquela adaga no castelo super-rápido?

— Sei, e daí?

A leve depressão entre as sobrancelhas dela demonstrava que ele errara completamente na inocência.

— Bom, talvez você possa seguir o mesmo processo aqui. — Ele gesticulou para o penhasco. — Afinal, se tem algo relacionado com a maldição nestas trilhas, você deve conseguir achar, né?

— Bom. — Riley pareceu incerta, passando os olhos pelo terreno irregular à frente antes de olhar para o imponente castelo por cima do ombro. — Tecnicamente, sim, mas...

— Que ótimo — interrompeu Clark, rápido. — Como posso ajudar?

— Bom, idealmente, eu teria trazido a adaga.

— Eu trouxe. — Ele colocou a mochila no chão e começou a mover as coisas com cuidado, procurando o pano de lona encerada em que estava embrulhada. — Achei que você talvez quisesse comparar o trabalho no metal com alguma moeda ou flecha que a gente pudesse achar aqui.

— Você pensou mesmo nisso tudo — comentou Riley, notadamente estreitando os olhos ao pegar o artefato da mão dele.

Clark ficou o mais imóvel e quieto possível enquanto ela abria.

Ele não tinha ideia do que Riley faria agora, se cairia na armadilha que criara.

E se não caísse? E se ela percebesse o blefe?

Ele colocou uma bala de gengibre na boca para lutar contra mais uma onda de náusea.

Como Patrick tinha mentido por seis meses? Mais, na verdade — pelo tempo do planejamento também? Clark nunca tivera ilusões de nobreza, mas aquilo era horrível.

O coração dele acelerou. Ele estava suando frio.

— Tá — disse Riley, mais para si mesma do que para ele, segurando a adaga à frente e virando de um lado para o outro. — Tá — repetiu, fechando os olhos e inspirando devagar e fundo.

Será que era algum ritual para se acalmar? Ela estava tentando meditar?

— Por aqui.

Riley agarrou a manga dele com rispidez, abrindo os olhos enquanto conduzia os dois para a direita, com o queixo levantado e o nariz para o alto.

Eles desceram mais a superfície do penhasco, largando o mapa para lá, e, mesmo com pedras deslizando sob os pés, Riley acelerou o ritmo, se esforçando para puxar mais ar para os pulmões de um jeito que estava começando a perturbá-lo.

— Não quero ser grosso — Clark alongou os passos para acompanhá-la —, mas você está tendo um ataque de asma?

— Estou tentando sentir um cheiro em particular — informou Riley, sem parar nem mesmo para olhar para ele.

Clark também respirou fundo, deixando o peito expandir sob o casaco à prova d'água.

— Só consigo sentir cheiro de pedra molhada e sal marinho.

Ele se virou para farejar o ar na direção oposta, mas, desta vez, Riley segurou a mão dele e deu um puxão.

— É mais forte para cá.

A mão de Riley era pequena e quente na dele e, como ele era fraco, Clark não tentou imediatamente puxar de volta.

— Tem cheiro de quê? — perguntou ele, genuinamente interessado, apesar de suspeitar que pudesse ser parte do plano dela para não ficar com cara de trouxa.

— Você não vai conseguir sentir.

Ah! Então, ele a pegara no pulo.

— Meu nariz funciona perfeitamente. — Clark colocou na voz cada pingo de condescendência britânica que conseguiu reunir.

— Eu juro — disse Riley, ignorando as nuvens pretas que avançavam ameaçadoras no céu enquanto eles continuavam a serpentear até a base do penhasco — que, se eu te disser, você vai surtar.

— Posso garantir que sou uma pessoa extremamente calma e de bons modos. — Ou pelo menos era, antes de conhecê-la. — Todos os meus boletins da escola diziam que era um prazer me ter na turma.

Riley soltou um barulho de desdém pelo nariz.

— Aposto que sim. — Ela se afastou e pressionou o dorso das mãos nos olhos. — Tá bom. Às vezes eu sinto o cheiro da magia.

— Você sente o *cheiro* da magia? — questionou Clark, devagar, e aí apertou os lábios, tentando não deixar a total perplexidade vazar na voz. Ele tinha acabado de dizer que não ia perder as estribeiras.

— Às vezes — repetiu ela, baixando os braços para ver a reação de Clark. — Mas isto — Riley gesticulou para a expressão dele de quem tinha chupado limão —, esta reação que você está tendo, é o exato motivo para eu não contar a ninguém.

Bom, obviamente ninguém poderia ouvir essa alegação e não reagir com ceticismo. Clark estava começando a ficar preocupado com a profundidade da autoilusão dela.

— Olha, eu entendo que é esquisito — falou Riley —, mas é coisa de família. Minha avó aprendeu sozinha a rastrear maldições pelo cheiro característico, que é meio que uma digital mágica, e aí, quando eu tinha idade suficiente, me ensinou. — Ela balançou a cabeça. — Eu só percebi que isso pode parecer muito estranho quando entrei no ensino médio. Muita gente em Appalachia aprende a rastrear para caçar. Eu só não atiro no que encontro.

— Só para esclarecer, você está dizendo que é um... cão de caça sobrenatural?

— Você acabou de me chamar de *cadela*?

Como Clark não tinha uma pulsão de morte, rapidamente mudou a estratégia.

— Qual é exatamente o cheiro de uma maldição?

— É difícil descrever. Não é um cheiro normal, tipo alecrim, ou tinta a óleo, ou cloro. É mais um conjunto de memórias sensoriais empilhadas uma em cima da outra. Tipo... vinhetas de odor. — Riley fez uma careta com sua própria metáfora. — A maldição de Arden meio que tem cheiro de sangue na boca depois que a gente morde a língua, sal e cobre, mesclado com o solo um segundo depois de um raio cair. Ferro. Queimado. Terra.

Clark não conseguiu deixar de tentar de novo, se sentindo bobo ao farejar o ar.

— Você está sentindo cheiro de tudo isso agora?

— Estou. É difícil segurar a memória olfativa. Quando eu treinava na floresta com minha avó, a maioria dos cheiros depois de um tempo ficava familiar. Era mais fácil de isolar uma nova assinatura. Mas, aqui, tudo é novo: novo ar, novas flores, novo mar, novas pedras. Mas o mesmo aroma está nisto — ela soltou a adaga do cinto —, e é ainda mais forte no castelo.

Clark não sabia o que achar da reação dela. Riley não parecia nem soava como alguém em pânico ou se apegando a qualquer coisa. Ela estava suada e meio frenética, mas mais determinada do que nunca. Levantando o queixo para o vento como se, a qualquer momento, fosse perder o rastro.

Não tinha como Riley saber aonde ele a levaria hoje, então a chance de ela esconder alguma coisa com antecedência, como podia ter feito com a adaga no castelo, não existia. Seria possível que o mapa falso dele realmente apontasse para algo místico?

Com a mão um pouco instável, Clark fez um gesto para ela.

— Acho melhor você ir na frente.

Quando o crepúsculo começou a chegar, a mudança de luz criou sombras mais profundas na pedra. Um minuto, eles estavam de frente para o granito sólido, escuro e inflexível, e no outro...

Riley levantou a mão para proteger os olhos do sol se pondo.

— Isso não estava no mapa.

A entrada da caverna devia ter sido esculpida no penhasco por séculos de erosão das ondas. Clark parou de repente.

— Acho que só é acessível na maré baixa. — Ele nunca tinha visto nada parecido. Segurando a jaqueta de Riley, ele a segurou. — A gente não pode entrar aí.

— Você está falando sério? — Riley continuou andando, puxando-o consigo. — Acabamos de descobrir uma caverna misteriosa no pé do penhasco que abriga o Castelo de Arden, que está praticamente pingando com o cheiro característico da maldição. Como quebradora de maldições, sou obrigada a investigar. Mas você — ela lançou-lhe um olhar fulminante — não precisa vir junto.

Certo. Até parece. Uma neblina cinza se prendia à entrada. E, apesar de a altitude não ser tão grande, a atmosfera parecia significativamente mais rarefeita ali. Era mais difícil respirar fundo. Ele não ia deixá-la ir sozinha.

Podia ter ursos ou estalagmites caindo ali. *Estalagmites? Estalactites?* Clark nunca conseguia lembrar a diferença. Em todo caso, podia muito bem ter uma placa de néon declarando PERIGO À FRENTE.

— Capacete — disse ele, tirando a mochila e começando a puxar o equipamento de segurança. Era o mínimo que podia fazer, considerando que talvez a tivesse acidentalmente atraído para a morte. — Sorte sua que eu tinha um extra no trailer.

Riley bateu na mão dele quando ele tentou fechar a fivela embaixo do queixo dela e prendeu sozinha.

— E você tem sorte de ser bonito assim, porque é um baita de um nerd.

Clark franziu a testa. Quê? Precisava ficar bem apertado.

Eles caminharam por um tempo, o túnel fundo e escuro o bastante para, mesmo com as lanternas de cabeça ligadas, eles só conseguirem ver um abismo preto escancarado. Em sua ânsia de explorar, Riley bateu a cabeça duas vezes no teto baixo.

— Quem é o nerd agora? — provocou ele, batendo no capacete dela ao passar.

A temperatura caía cada vez mais conforme eles avançavam, as ondas mais distantes a cada passo.

Sem a luz das lanternas, eles talvez não tivessem visto a ravina.

Riley estendeu um braço para impedir Clark de continuar andando, olhando a queda abrupta aos pés deles. Parecia que algum tipo de fissura havia fraturado a pedra, deixando uma cavidade com quase cinco metros de profundidade e talvez um metro, um metro e meio de largura.

Os dois ficaram olhando lá para baixo, onde Clark mirou com o capacete, iluminando a água lamacenta e as pedras afiadas.

— O que você acha?

Riley deu alguns passos para trás.

Clark continuava olhando para a beirada.

— A queda provavelmente não mataria, mas...

Riley deve ter parado de ouvir nesse ponto, porque, quando Clark percebeu, ela tinha começado a correr.

— Riley. — Clark ficou olhando, horrorizado e paralisado. — Não ouse...

Mas ela já tinha aterrissado com um *crunch* de cascalho do outro lado.

Olhando sério para ela, ele levou a mão ao coração acelerado, torcendo para os joelhos não cederem.

Ela lhe ofereceu um sorriso fraco.

— Sinto muito?

— Não sente, não.

Ele não tirou a carranca mesmo depois de saltar atrás dela.

Clark aterrissou menos tranquilamente, balançando para a frente nos calcanhares com o impacto, de modo que teve que estender os braços para se equilibrar.

— Será que você está — Riley levantou o polegar e o indicador a uns dois centímetros de distância — se divertindo esse tantinho?

— Não — respondeu Clark, com muita firmeza, mas não achava que ela tivesse acreditado.

— O cheiro da maldição está mais forte aqui — disse ela, gesticulando para a pequena câmara à frente.

Clark ainda não conseguia sentir o rastro que ela alegava estar seguindo, mas a parede rochosa alguns metros à frente parecia vibrar, quase como quando o calor emanava do asfalto nos dias mais sofridos do verão.

Riley pressionou a parede com a palma da mão e fechou os olhos.

— Não é aqui, não exatamente.

Caminhando devagar, ela arrastou a mão pela textura áspera da pedra, passando por depressões e elevações, sulcos e arestas.

Era o mesmo tipo de coisa que ela havia feito no castelo, percebeu ele, logo antes de encontrar a adaga. Ele não conseguia compreender os acontecimentos. Seu cérebro era um cavalo selvagem, arrastando-o à frente. Não era para ela encontrar nada. O processo dela não deveria ser passível de repetição. Não deveria fazer sentido. Clark *não deveria* estar arrepiado.

Finalmente, Riley parou, se agachou, moveu as mãos para o espaço onde a parede se unia ao chão.

— Posso usar sua garrafa de água por um segundo?

Ele correu para pegá-la do bolso da mochila.

Tirando a tampa de metal, Riley jogou o líquido na parede de pedra, lavando centenas — se não milhares — de anos de terra e limo.

— O que você... — Clark começou a dizer, mas, aí, parou, porque os dois conseguiram ver algo.

Marcas fundas e escuras na parede rochosa. Gravuras. Os caracteres eram pequenos, precisos e densos. Símbolos, quase parecendo hieróglifos, alguns chamuscados por marcas de queimadura.

— Riley — disse Clark, se debruçando ao lado dela —, acho que são muito antigos.

— Mais antigos que o castelo?

Ele fez que sim, sem tirar o olhar dos símbolos.

— Parece a linguagem perdida das tribos do norte que construíram seu reino na Escócia da Idade das Trevas. Que derrotaram os romanos antes de desaparecerem.

Riley ficou pálida.

— Ah, então, tipo, *velho* velho.

Ele passou os dedos pelas marcas.

— É inacreditável. — Ele sorriu para ela, embriagado pela descoberta. — Será que alguém sabe que está aqui?

— Como assim? — perguntou Riley, cada palavra com uma pontada de perigo que Clark só notou quando era tarde demais.

Ele estava ocupado demais pensando se devia pegar a câmera, se conseguiria tirar fotos decentes o bastante naquela luz baixa para enviar ao amigo Rodney, especializado em civilizações antigas naquela região. Se devia pegar o celular e ligar para o pai — apesar de não ter chance de haver serviço...

— *Clark.*

Ele ficou imóvel, agora ouvindo o perigo.

— Por que está tão surpreso? — O corpo todo dela tinha ficado rígido. — Você desenvolveu o mapa com base em pesquisas que identificaram interferência de fadas nesta área, não foi?

— Hum — disse ele, o cérebro sobrecarregado, descuidado, preguiçoso. — Sim. Exatamente. É que... Bom, a gente vê que tem algumas evidências, referências anedóticas, mas eu não... eu realmente não...

Riley fechou os olhos.

— Uau. Como eu sou trouxa. — Um meio-sorriso horrível puxou a boca dela.

Era como ver um espelho ou gravação de si mesmo seis meses antes. Clark conhecia os sintomas que ela estava experimentando, a descrença, a forma como era quase engraçado, gás hilariante antes de um canal no dente.

— Você acha que quebrar maldições é uma farsa. — O rosto dela então se fechou, ficou duro, impenetrável. — Claro que não esperava que eu fosse encontrar nada.

— Riley.

Mas o que ele podia dizer? Seu estômago se contorceu, a sensação de enjoo voltou com tudo. Já tinha comido todas as balas de gengibre.

— Você achou que a gente ia ficar andando a esmo no escuro por horas? — Ela xingou baixinho. — Eu sabia que tinha alguma coisa errada quando você disse que a bússola parou de funcionar. Era um descuido óbvio demais. Você realmente construiu essa trama elaborada para me humilhar? Valia a pena para você?

Minha nossa. Ele ia vomitar.

Clark não esperava que ela entendesse. Ela não tinha visto como as coisas tinham ficado ruins depois de Cádiz. Como ele não conseguia dormir. Não conseguia comer.

Mesmo a conhecendo havia tão pouco tempo, ele via que Riley era mais forte do que ele. Que ela conseguiria suportar uma queda livre profissional, a perda do respeito da família, até a desintegração do único sistema de apoio que já conhecera, bem melhor do que ele.

Ele tinha tentado poupá-la o máximo possível, tirando a venda dos olhos dela em privado, não em público.

— Desculpa.

— Sério?

A pergunta estava encharcada de desdém.

Ele não conseguia mais olhar nos olhos dela. O peso de autoaversão ameaçou engoli-lo.

Logo ao lado da bota dele, algo pequeno e escuro bem na parte de baixo da parede chamou sua atenção.

— Riley. — Ele se abaixou para olhar mais de perto. O conjunto de letras era menor, mais desbotado, gravado com mais urgência do que os símbolos que tinham visto primeiro. — Isto é gaélico escocês. — Inclinando-se à frente, ele traçou a linha com o polegar. — Está vendo como o entalhe é superficial? Os pictos teriam usado ferramentas de prata, planejado os símbolos meticulosamente, mas isto é rudimentar, feito rapidamente, talvez até com uma pedra. Outra pessoa veio a este local bem, bem mais tarde.

Ele leu, com a voz rouca e grave:

— *Crìoch air naimhdean.*

Ela pegou o celular, abrindo um aplicativo de tradução.

— *Um fim aos inimigos* — falou ela.

— O que acha que significa?

— Acho que é a maldição — respondeu Riley, com o rosto sombrio.

Capítulo 11

De volta ao seu quarto na pousada, Riley ficou olhando seu mural de assassinato. Espera, não — seu mapa mental de maldições que não tinha nadinha a ver com crime. *Cara, não foi mesmo tão sonoro quanto o outro nome. Enfim.* Depois de rabiscar uma aproximação grosseira das palavras gaélicas que tinha encontrado na caverna junto à tradução em inglês num Post-it, ela prendeu com tachinha no centro do quadro. O cheiro característico da caverna era exatamente igual ao do castelo.

Ela tinha encontrado — a linguagem da maldição, a pedra fundamental para quebrá-la. *Um fim aos inimigos.*

Quando fechava os olhos, Riley quase conseguia ver Philippa Campbell, escondida dos assassinos de sua família, esgueirando-se na calada da noite para escalar o penhasco perigoso, buscando um local sagrado e reverenciado por seus ancestrais. Uma caverna de fadas onde a magia pingava pelas pedras.

Algo em seus ossos garantia a Riley que Philippa havia gravado aquelas palavras na rocha. Desejando que fossem verdadeiras. Uma oração. Um voto.

Para encontrar aquela caverna — aquele local específico —, ela devia saber onde procurar. E, portanto, conhecia os riscos.

Naquelas horas de desespero, Philippa decidiu fazer o que era necessário. Colocar-se à mercê de um poder que a lenda local prometia ser grandioso e terrível ao mesmo tempo.

Ela transformou sua ousadia em uma espada que não podia empunhar, seu corpo em um receptáculo para a vingança de seu clã.

Riley sentiu como um eco a escolha que não era escolha. A falta de ajuda. A ambição. Philippa havia chegado àquela caverna no final do que deve ter sido uma busca exaustiva para toda a família, enquanto lutavam por tanto tempo para encontrar outra maneira de manter o castelo, seu lar.

Mesmo agora, enfiada embaixo do edredom na pousada — com o relógio ao lado da cama marcando quase meia-noite —, Riley ainda sentia o poder desenfreado daquela caverna pulsando em seus ouvidos.

Nascido da rocha e da água salgada, esculpido pela mão das marés como um monumento, aquele lugar era a prova de que até mesmo o inflexível pode ceder.

Milhares de anos atrás, as pessoas que deixaram aqueles símbolos marcaram aquele local como sagrado, determinadas a usar suas ferramentas e sua linguagem para testemunhar uma força que não tinham outro jeito de processar, não sabiam como nomear. O que quer que tenha passado pelas costuras daquelas rochas provou-se antigo e duradouro. E muito mais intenso do que qualquer coisa que Riley já havia enfrentado antes.

Ela tinha ficado olhando para as paredes da caverna, dois conjuntos de gravuras esculpidas com séculos de diferença, cada um sagrado à sua maneira. E, pela primeira vez em muito tempo, ela sentira medo, não de falhar, mas de se entregar.

Recém-saída de outra traição de Clark que ela deveria ter previsto, Riley sentia falta da avó como a saudade de um lar para o qual nunca mais poderia voltar.

Desde que era pequena, mesmo quando não estava praticando, Riley carregava as palavras *quebradora de maldições* como um sol dourado dentro do peito, protegendo-a de dias chuvosos, encontros ruins e turnos dobrados com gorjetas terríveis. Ela se contentava em esperar pela fama e pela fortuna, segura de que, quando tivesse a chance de provar o que sabia fazer, aproveitaria e faria com que a solidão da vida que escolhera valesse a pena.

Mas aí tinha vindo para cá e conhecido Clark. E, justamente quando começou a se preocupar com o fato de que a dúvida dele fosse tão forte que destruiria a confiança de que ela precisava para ter sucesso, ele se tornou a resposta. A chave.

Um fim aos inimigos.

Riley releu suas anotações.

Philippa Campbell. Malcolm Graphm. Duas forças lutando por lados opostos. Ambas acreditando que mereciam o domínio do castelo.

Malcolm com um exército em suas costas, com a vantagem do treinamento de batalha, os recursos e o privilégio de ter nascido homem.

Philippa, sozinha, a última filha, com a força de vontade como sua única arma, fora uma adaga decorativa. Ela o havia superado — quase. Tinha lançado a maldição, capturado um refém valioso, tentado afastar o clã rival da única maneira que conseguia imaginar. Mas, como Riley suspeitava, não havia segurança em suas palavras mágicas. Nenhuma garantia contra a ganância dos homens do outro lado.

Riley folheou as páginas do diário da avó, procurando por uma ilustração marcada por uma série de círculos, um dentro do outro. Ali. E, abaixo da imagem, duas frases. *Maldições são padrões. Repetições inevitáveis.*

Deixando o livro de lado, ela procurou no Google o retrato de Malcolm Graphm.

Caceta. Eles eram até parecidos. Sobrancelhas escuras. Lábios finos. Maxilar duro. Ela não tinha percebido antes. Provavelmente não queria ver.

— Somos nós — disse ela ao zumbido do aquecedor em seu quarto.

A maldição havia colocado ela e Clark como representantes modernos de inimigos antigos.

Um fim aos inimigos.

Uma segunda chance de cumprir o voto de vingança de Philippa.

Um deles tinha de afastar o outro. As evidências estavam bem ali na frente dela. Clark foi induzido pelas circunstâncias a criar um mapa falso que ele torcia que faria Riley desistir.

Mas ela não se assustava tão facilmente. Não, se a maldição queria que repetissem a batalha de Philippa e Malcolm para banir um ao outro, ela seria a última sobrevivente.

Eilean havia lhe dito naquela primeira noite no pub que o castelo encontrava maneiras de afastar todos que entravam. Riley não sabia se a maldição comumente usava as pessoas umas contra as outras para atingir esses objetivos ou se a chance de colocar ela e Clark — com todas as suas semelhanças com Philippa e Malcolm — na garganta um do outro era só suculenta demais.

Ela dormiu mal naquela noite — agitada demais, sabendo o que tinha de fazer — e acordou recitando as estratégias: *amuletos, purificação, sacrifício, ritual.*

A avó havia lhe ensinado bem. "Comece aos poucos e vá progredindo pelo processo de eliminação."

Plantas e ervas podadas na maior proximidade possível da maldição seriam sua melhor aposta para um amuleto de banimento.

Quando ela entrou no terreno do castelo, o céu permanecia um cinza sonolento, o sol mal aparecendo sobre as ondas do mar abaixo do penhasco. Os jardins agressivamente floridos contrastavam com a deterioração da estrutura do castelo. Era como se a natureza estivesse avançando para apagar todas as evidências da humanidade com uma flora infinita.

À medida que se aproximava, ela percebeu que a vista — fileiras de urze-roxa com o Arden espreitando ameaçadoramente ao fundo — poderia ter sido o cenário perfeito para um dos romances que sua mãe adorava. Uma onda boba de saudade fez com que Riley colocasse a mão no bolso e pegasse o celular para tirar uma selfie com as bochechas rosadas.

Depois de enviar a imagem, ela se dirigiu ao local de um grupo alto de freixos antigos e retorcidos na borda da propriedade, com a casca tão desgastada que começara a se calcificar em certos lugares, imitando pedra. Riley encostou a mão em um tronco, quase esperando um batimento cardíaco, enquanto inclinava a cabeça para trás para ver a copa das folhas acima. Ela nunca tinha visto árvores como aquelas, nunca tinha se deparado com nada que tivesse existido no mundo por tanto tempo. Para esse freixo, a vida dela não passava de um punhado de estações.

Com um canivete afiado, Riley cortou cuidadosamente alguns pedaços de casca seca. Ela se certificou de recolher apenas lascas que já estivessem no processo de queda natural, pegando emprestadas um pouco da força e da estabilidade da árvore de raízes profundas para a base de seu amuleto.

Tantos anos antes, parecia uma brincadeira. A avó negociava com a pouca atenção da adolescente Riley para compartilhar o que sabia sobre como aproveitar o poder inato do mundo natural. Em retrospecto, Riley daria tudo por mais conselhos. Ela teve que inventar muita coisa por conta própria, tentando preencher as lacunas do diário. Na metade do tempo, não sabia o que estava fazendo.

Ela tentava ser otimista, tão confiante em suas habilidades quanto sua antepassada, mas era um trabalho de dominar a bravata, tentando constantemente mascarar o medo de que, no fundo, ela fosse exatamente o que Clark e o pai dela haviam dito: nada de especial, uma fingidora ridícula.

Pelo menos ela sempre achou o despeito motivador. Quanto mais Clark duvidava de suas habilidades, mais Riley não tinha escolha a não ser se valorizar.

Além disso, ela já havia criado amuletos repelentes com eficácia no passado, apesar de as circunstâncias ali não serem exatamente as mesmas. A Fazenda Kettle Brook, no sudeste de New Jersey — o lugar em que ela tinha ganhado a cicatriz no joelho —, quase fechara as portas há alguns anos por causa de uma misteriosa praga em sua plantação de tomates.

Os fazendeiros, Fred e Ike, não só se sentiam envergonhados pelo fato de seus tomates de Jersey terem desonrado o nome — pálidos e subdimensionados, a polpa insuportavelmente farinhenta —, como também não podiam se dar ao luxo de suportar o golpe financeiro de outra temporada perdida por causa de colheitas amaldiçoadas. Riley fez uma careta só de se lembrar de todos os tomates horríveis que havia provado durante as longas semanas que passara tentando descobrir como os proprietários haviam entrado em conflito com os espíritos das trevas.

No final, ela tinha plantado amaranto carmesim ao longo dos canteiros para proteção e pendurado uma coroa feita à mão de amoras, hera e sorva como escudo acima da porta. E a safra daquele ano foi diferente — os tomates vieram enormes e vibrantes, vermelho-fogo, tão bons que dava para mordê-los como se fossem maçãs, devorando um após o outro com apenas uma pitada de sal.

A diferença ali era que, como ela estava tentando mandar embora uma pessoa específica, precisava de um marcador de identificação. Em uma anotação que parecia ter sido adicionada ao diário mais tarde, já que estava em uma caneta de cor diferente, a avó havia rabiscado: *cabelo funciona — não precisa de fluidos!*

Ainda bem.

Coletar um pouco do cabelo de Clark (sem ser convidada) não era o ideal, mas pelo menos ela tinha visto episódios suficientes de *Criminal Minds* para saber o que procurar. A escova de cabelo seria o caminho mais simples para conseguir a mercadoria.

Normalmente, Riley não consideraria invasão de propriedade como uma parte rotineira da prática de quebra de maldição, mas era meio difícil se sentir culpada depois das repetidas tentativas de Clark de enganá-la. Especialmente quando considerava que ele havia inventado uma armadilha elaborada para tirar vantagem da confiança relutante dela — o que, vale ressaltar, era exatamente aquilo que ele a havia acusado de fazer em primeiro lugar! Sujo, mal lavado... tudo acabava dando na mesma.

Enquanto Riley esperava Clark abandonar a cena do crime, ou seja, entrar no castelo para trabalhar durante o dia, ela continuou procurando outros suprimentos frescos de que precisaria para o amuleto.

Não conseguiu encontrar endro entre a vasta gama de flora dos jardins, mas, felizmente, havia trazido sua coleção de ervas secas. A segurança do aeroporto não tinha gostado muito de seu conjunto de sacos selados a vácuo, mas, no final das contas, devido ao tamanho e ao peso, eles não conseguiram encontrar nenhum motivo em sua jurisdição para confiscá-los.

Imaginando aquele meme de Ina Garten, Riley murmurou para si mesma:

— Se você não conseguir encontrar ervas frescas para um amuleto para repelir seus inimigos, não tem problema comprar.

Quando Clark enfim saiu, com a mochila familiar pendurada nos ombros que não eram nem um pouquinho dignos de notas, parecia ainda mais mal-humorado que o normal. Riley deu um aceno sarcástico quando eles cruzaram o olhar, e ele rapidamente olhou para o outro lado. Que bom. Queria que ele soubesse que continuava puta. Apesar de já o ter ignorado durante todo o caminho de volta na noite anterior e ter devolvido o capacete dele com um pouco mais de força do que era estritamente necessário. Ele olhou uma vez para trás por cima do ombro antes de desaparecer dentro do castelo — e aquela mesma dor rebelde e perfurante assumiu nova dimensão no rosto dele. Não que ela ligasse mais para as feridas emocionais de Clark. Não dava para ser trouxa duas vezes seguidas.

Quando a barra estava oficialmente limpa, ela foi direto para a lateral do trailer onde o vira deixar uma janela entreaberta para a gata. Depois de uma rápida inspeção, suas esperanças de entrada fácil diminuíram. A bunda dela não ia passar de jeito nenhum por um espaço tão minúsculo.

A porta da frente, trancada com firmeza, também não se mostrou mais amigável. Deixava uma opção decididamente indesejada: o alçapão de emergência acima da cama.

Agora ou nunca.

Era um processo. Primeiro, achar um conjunto de troncos grandes e robustos o suficiente para pegar impulso e subir no trailer.

Aí, deitar-se de barriga para baixo e deslizar pela parte de cima do negócio, com a roupa toda úmida com o orvalho da manhã que cobria o exterior de metal.

Ninguém nunca disse que quebrar maldições era glamuroso.

O alçapão, na verdade, não abria pelo lado de fora. Mas — pequenas bênçãos — Clark tinha deixado entreaberto, possivelmente para ventilar. Depois de muita tentativa e erro, Riley conseguiu enfiar um graveto e virar o alçapão.

Quando ela enfim abriu o suficiente, se lançou por ele, caindo de um jeito indigno em cima da cama de Clark. Riley se levantou com um salto o mais rápido possível. Apesar de ter seu ódio como escudo contra a beleza de Clark, ela não precisava se testar rolando com o nariz nos lençóis dele.

Fazia sentido começar a procurar a escova no banheiro. Infelizmente, a gata de rua tinha de novo escolhido ocupar o espaço, desta vez enrolada na pia. Quando Riley abriu a porta, o animal a olhou feio, com uma carranca poderosa o suficiente para rivalizar com a de Clark.

— Não me olha assim. — Riley fez o possível para devolver o olhar frio. — Você é tão invasora quanto eu, então, fica na sua e ninguém precisa saber que eu estive aqui.

Assim que ela deu um passo à frente, a gata abriu a boca e começou a miar.

— Vadia peluda — disse Riley, não sem algum respeito.

Ela duvidava que os gritos passionais fossem carregados até o interior do castelo, mas, mesmo assim, não precisava de uma dedo-duro felina mandando sinais de alerta audíveis enquanto ela tentava cometer um furto.

Indo rapidamente de ré até a cozinha, Riley começou a abrir armários e levantar tampas de jarros, torcendo para encontrar alguma comida com a qual subornar a gata a ficar em silêncio.

Infelizmente, mas sem gerar surpresa, nada que Clark comia parecia lá muito apetitoso.

Por que ele tinha tantos tipos diferentes de sementes?

Por fim, ela se decidiu por uma banana. Depois de descascá-la às pressas, ofereceu um pedaço à gata, que só aceitou depois de uma pausa notável para mostrar que estava fazendo um favor.

Claro que, no segundo em que a boca dela se fechou na fruta, Riley percebeu que não fazia ideia de quais comidas de humanos faziam mal para gatos. A casa dela na infância não tivera animais de estimação. Ela tinha ficado sabendo só no verão passado que uvas eram letais para cachorros, depois que uma cliente frequente chegou no bar chorando por causa de um acidente envolvendo uma salada de frutas sem supervisão. *Merda.*

— Larga, larga — disse ela, com a maior autoridade que conseguiu reunir, apontando para o chão da segurança da porta.

A gata cobriu a parte da banana que no momento não estava na boca com as duas patas e sibilou.

Que ótimo. Agora ela teria que lutar com Garfield para recuperar a banana.

— Ei, relaxa aí — disse ela, em tom apaziguador, dando alguns passos cuidadosos na direção da pia. — Só estou tentando salvar sua vida.

Sem chocar ninguém, só Riley, no segundo em que ela entrou no raio das garras, recebeu um monte de arranhões longos e bravos, indo do punho até metade do antebraço.

Riley xingou, girando num círculo completo e segurando a mão ferida, tentando não gritar.

Tá bom, em retrospecto, tirar comida de um animal selvagem foi uma puta burrice.

— Eu mereci. — Ela gemeu. — Mereci mesmo.

Claramente, ela tinha que achar alguma comida de valor igual ou maior para substituir a banana.

Ela deve ter feito algo de bom na infância, porque, lá no fundo da última prateleira do frigobar, conseguiu encontrar um pouco de peito de frango cozido.

Perfeito. Riley imaginou que, se gatos comiam atum, podiam comer frango — já que atum era o frango do mar. Alô, Jessica Simpson e millenials mais velhos.

— Aqui. Olha isto. — Ela sacudiu o Tupperware que continha a ave com a mão do braço não machucado. — Hummm. Carne.

Ela esfregou a barriga, sentindo-se uma palhaça do mais alto calibre.

Quando conseguiu chamar a atenção da gata, ela jogou o frango no chuveiro, torcendo para ela largar o que sobrava da banana e ir buscar.

— Tá, vai lá pegar — estimulou ela.

O que o bicho realmente fez foi olhar para Riley como se ela fosse uma tonta, o que, naquele ponto, parecia justo. O sangue dos arranhões tinha escorrido pelo braço, se acumulando na parte de dentro do cotovelo e pingando no piso de azulejo.

Putz. A cada minuto, o lugar ficava mais parecido com uma cena de crime.

Pegando um pouco de papel higiênico, Riley tentou limpar e aí estancar o fluxo, cobrindo a ferida o melhor que conseguia com uma só mão.

Depois disso, ela foi buscar o frango no chuveiro, já que Clark talvez não percebesse uma banana faltando na bancada, mas provavelmente notaria sobras de comida aleatoriamente jogadas pelo banheiro.

Aparentemente, só foi preciso ela se interessar para a gata decidir que queria comer aquilo — *muito obrigada* —, já que ela pulou da pia e foi até o frango.

Tendo aprendido a lição, Riley saiu da porra do caminho, abandonando o banheiro o mais rápido que suas pernas permitiram.

De dedos cruzados para Clark guardar a escova de cabelo na gaveta de meias ou coisa do tipo, ela voltou ao quarto, só notando que estava deixando um rastro de pegadas molhadas ao escorregar um pouco no laminado. *Ah, pelo amor de Deus.* Quem ia imaginar que tinha tanto jeito de deixar evidências?

Riley podia ser gostosa e competente, mas estava começando a achar que daria a pior criminosa do mundo.

Pulando num pé só, depois no outro, ela tirou as botas e as colocou ao lado da porta.

Ia ter que achar um jeito de passar um pano antes de ir embora, mas tudo bem. Dava para fazer. Clark com certeza tinha produtos de limpeza em algum lugar. O ar tinha rastros leves de desinfetante de limão.

Um olhar rápido no relógio confirmou que ela precisava se apressar. Já fazia quase quinze minutos desde que Clark saíra. Quanto mais ela ficasse lá, mais alto o risco de ele voltar e pegá-la no pulo.

Riley vasculhou o quarto o mais furtivamente possível.

Não havia muitos lugares naquela área compacta para ele guardar uma escova. Não tinha nada em cima da cômoda. Com o máximo de distanciamento possível, ela abriu os lençóis e virou os travesseiros, procurando por fios de cabelo soltos, mas, sem surpresa, a roupa de cama estava impecável.

Começando a entrar em pânico, ela abriu as gavetas superiores da cômoda. O conteúdo estava bem-organizado por tipo — camisetas e shorts esportivos —, embora não por cores, que ela meio que esperava.

Ele dobrava as meias. *Nerd*.

Quando se ajoelhou para abrir a gaveta de baixo e viu uma cueca boxer, Riley não conseguiu resistir ao súbito ataque de uma montagem de anúncios da Calvin Klein com Clark fazendo o papel de todos os modelos — com beicinho, flexionando os músculos, se debruçando...

Quando ela saiu do estado de torpor, o sangue tinha vazado do curativo improvisado — e manchado a cueca dele. Ai, meu deus. *Alerta vermelho! Alerta vermelho!!!!*

Ela arrancou a cueca marcada, enfiando-a no bolso de trás — teria que se livrar das evidências mais tarde —, e fechou a gaveta com força, ficando de pé num salto.

Seu coração batia em ritmo acelerado. Invasão de propriedade era uma coisa, danificar as roupas íntimas do homem era outra.

Que desastre. Ela teria que descobrir uma maneira de dar uma nota de vinte para ele — ou duas? Quanto custava uma cueca da Calvin Klein?

Controle-se, disse ela a si mesma, sacudindo a cabeça para tentar clareá-la. Não era hora de se desesperar. Ela precisava de um plano B.

Ela andou de um lado para o outro, escorregando um pouco por estar só de meia, e então se lembrou: *chapéus*.

Às vezes, tinha cabelo nos chapéus — mais uma vez: obrigada, Matthew Gray Gubler, por ser tão gato que ela aguentava até os episódios mais perturbadores de *Criminal Minds*.

Riley girou, tentando descobrir onde Clark poderia guardar itens de tricô. Certamente um homem que insistia em carregar não um, mas dois pares de capacetes de espeleologia teria o cuidado de proteger suas delicadas orelhas de temperaturas frias.

Só que o quarto não tinha ganchos. Talvez ele guardasse caixas embaixo da cama, que nem a mãe dela? Deitando-se de barriga no chão, Riley se arrastou até lá. E — arrá! Caixas! Ela era um gênio. Um gênio que mal conseguia levantar a cabeça ali embaixo, mas tudo bem.

Apesar do espaço apertado, ela conseguiu levantar a tampa do primeiro recipiente de plástico, tossindo quando o movimento liberou uma nuvem de poeira. Aparentemente, Clark não limpava todos os lugares.

Assim que se recuperou, Riley enfiou a mão que não estava machucada na caixa, procurando pelo tato, já que não conseguia ver muita coisa lá embaixo. Quando sua mão tocou em algo que fez um barulho, ela deu um pulo, batendo a cabeça na estrutura da cama.

Ai. Caceta.

Ok, aquilo não ia dar certo. Ela podia estar passando a mão, sem saber, em tripas de gafanhoto cristalizadas.

Não. De jeito nenhum. Riley precisava puxar a caixa para fora para poder ver de verdade o que havia dentro.

Recuando, ela conseguiu tirar a caixa e, piscando à luz do sol, puxou a tampa.

Ah. Hum. A coisa enrugada em que ela havia tocado era um recorte de jornal. Riley estava prestes a afastá-lo quando a foto em preto e branco na parte inferior chamou sua atenção. Era inconfundivelmente um Clark mais jovem — a mesma expressão taciturna, com vinte anos a menos — ao lado de um homem que, a julgar pelo formato da mandíbula e pelas sobrancelhas escuras, devia ser seu pai. Observando melhor, ele estava até usando o mesmo chapéu de feltro com uma pena de codorna que o protagonista do filme do avião. Quando aproximou o recorte, Riley viu que a imagem estava dobrada. Com cuidado, ela trouxe a outra seção para a frente, revelando outro homem na foto. Hmm. Talvez um voluntário? Riley procurou uma legenda.

Arqueólogo Alfie Edgeware, in loco em Leeds, com os filhos, Clark (15) e Patrick (19)

O cérebro dela deu um pulinho, como um disco velho.
Filhos?
Patrick.
— Ah, meu Deus.
A porta do trailer se abriu e Clark entrou. Os olhos dele seguiram as pegadas de bota, pararam por um momento na gata comendo frango no chuveiro dele e acabaram nela ajoelhada ao lado da cama, caixa de armazenamento aberta, jornal na mão.
— Que caralho você está fazendo aqui? — A postura de Clark ficou tensa, com uma raiva crescente. — *Isso no seu bolso é minha cueca?*
Riley não podia dizer: "não é o que parece". Porque era. Ele a pegara com a boca na botija, fuçando com intenção de roubar. *Merda* não parecia uma reação forte o bastante àquele azar bizarro.
Ela suspirou.

— Putaquepariu.

— Eu não devia estar surpreso, mas, mesmo assim, estou. — Clark pôs as mãos na cintura. — Meu Deus, eu sabia que você... — As sobrancelhas conseguiram dar um jeito de ficar ainda mais juntas, apesar de parecer impossível. — ... está sangrando.

Hein? Ah, sim. Ela olhou o caos nojento do braço.

— Você devia ter orgulho. Sua gata de guarda é muito eficiente.

Ele uniu os lábios para dentro, respirando fundo uma vez e depois outra pelo nariz antes de apontar para a cadeira da escrivaninha.

— Senta — ordenou, num tom perigoso.

Aparentemente, Riley tinha menos pulso de ferro que a gata, porque obedeceu.

Ele ia interrogá-la? Ali? Agora?

Quando, em vez disso, ele foi pegar um kit de primeiros socorros embaixo da pia, ela se jogou na mesa de madeira.

— Não vai achar que isso quer dizer que você se safou.

Ele colocou a caixa na frente dela e começou a pegar suprimentos.

Normalmente, Riley discutiria que não precisava de ninguém cuidando dela, ainda mais ele, mas, se Clark quisesse fazer um curativo em vez de imediatamente a entregar às autoridades locais, ela com certeza não estava em posição de reclamar.

Além do mais, agora que ela tinha parado de se mexer, os arranhões ardiam pra caramba.

— Em geral, ela não ataca quem está dando comida.

Clark olhou o pote vazio de frango na bancada antes de desenrolar o papel higiênico do braço dela.

— Eu tentei pegar de volta a banana dela — Riley se sentiu obrigada a explicar. — Não são, tipo, letais para os gatos, né? As bananas?

Clark deu um olhar sarcástico enquanto jogava líquido numa bola de algodão.

— Não.

Ufa. Pelo menos ninguém poderia adicionar assassinato de gata à lista de crimes recentes dela.

Riley olhou com ansiedade a bola de algodão molhada.

— Isso vai arder.

— Infelizmente — ele passou a compressa fria nos arranhões dela e a viu fazer uma careta, mas não se deixou abalar —, *não.*

Aff. Se ela tivesse que adivinhar, diria que a raiva dele estava num bom oito de dez agora.

— Correndo o risco de te estressar mais parecendo mal-agradecida, posso te perguntar por que você está me fazendo um curativo agora em vez de me dar uma bronca por literalmente cometer crimes contra você?

Por mais que Riley preferisse essa reação, não fazia sentido. Especialmente considerando que, no dia anterior, ele estava pronto para atacá-la sem mais que um remorso superficial.

— Você não fez juramento de Hipócrates nem nada do tipo, né? Então, por que me curar quando poderia me deixar sofrer? Quer dizer, sim, você foi um puta babaca comigo ontem, mas eu dei um jeito de abrir mão da superioridade moral quase imediatamente.

Enquanto Clark desenrolava uma tira de curativo branco limpo, Riley percebeu que ele estava usando a ação para se aterrar. Quanto mais ela o conhecia, mais entendia o quanto ele se ressentia das situações que o levavam a uma explosão emocional.

Quando ele voltou a falar, foi com a voz mais baixa. Não exatamente calma, mas mais controlada.

— Não estou fazendo de propósito. Eu sou assim desde criança. Atencioso demais. Preocupado demais.

Retomando seus cuidados, ele prendeu uma ponta do curativo embaixo do braço dela e começou a enrolar.

— Minha mãe é diabética. E tudo bem. Ela toma o maior cuidado. Mas equilibrar os remédios, injetar insulina, monitorar a glicemia, ficar atenta à dieta e aos exercícios, e fazer malabarismo com as consultas médicas sendo advogada em tempo integral... é muita coisa. — Ele pegou uma tesoura pequena no kit e cortou a gaze com cuidado. — Com a agenda sempre lotada, meu pai nunca foi um companheiro muito atencioso. — Ele bufou em desdém. — Então, desde novinho, senti certa responsabilidade. De ver como ela estava, cuidar dela, estar a postos caso acontecesse alguma coisa.

— Ah, Clark.

A obsessão dele por segurança já não parecia mera excentricidade ou tentativa forçada de controle.

— Fica tranquila. Minha mãe odeia tanto quanto você. — Sorrindo melancolicamente enquanto prendia o curativo com fita médica, ele disse com suavidade, antes de pegar os suprimentos: — Pronto.

Com ele de costas, era fácil demais o coração de Riley apertar e se encher de algo quase parecido com ternura pelo garotinho apreensivo que tinha virado um homem tão cuidadoso.

Quando terminou, Clark se recostou de novo na bancada e cruzou os braços.

— Agora, você vai me dizer por que entrou aqui? Estava só querendo revirar o lugar?

Riley se encolheu, vendo o rastro de destruição que tinha deixado pelo trailer.

— Não era minha intenção, não.

Ela realmente não queria ter que compartilhar mais detalhes da quebra de maldições com ele, em especial quando suas estratégias no momento giravam em torno de chutá-lo dali, mas ela meio que devia mesmo uma explicação.

Caramba. Ela odiava sentir tanta culpa logo depois de ele a ter passado para trás. Sem dúvida, a maldição tinha uma mãozinha em qualquer que fosse o impulso urgente que o fizera voltar ao trailer para pegá-la no momento menos oportuno. Dava até para pensar que as forças malévolas que infectavam o Castelo de Arden gostavam de ver os dois sofrendo.

— Eu precisava de uma mecha do seu cabelo — admitiu ela enfim.

— Será que devo perguntar por quê?

— Duvido que você vá acreditar se eu disser que ia usar num colar de coração, né?

Riley não podia exatamente confessar que estava fazendo um amuleto para bani-lo. Apesar do fracasso espetacular de suas tentativas, ela ainda precisava achar um jeito de fazê-lo cooperar para poder terminar seu trabalho.

Ele não sorriu.

— Falam mesmo que a linha entre amor e ódio é bem fina.

— Vou limpar toda a bagunça que eu fiz.

Ela tentou voltar de ré para o quarto dele, torcendo para ele não ter notado o jornal que ela havia derrubado no chão, surpresa quando ele voltou.

— Não. — Percebendo a inquietação cada vez maior dela, Clark a contornou e entrou no quarto. — Deixa assim.

Riley sentiu o estômago revirado quando ele se abaixou para pegar o recorte. Um silêncio terrível encheu o trailer enquanto ele permanecia agachado em cima da foto desbotada.

— Patrick... seu parceiro que te traiu em Cádiz... — Ela precisava falar alguma coisa, admitir o que tinha visto. — Ele é seu irmão?

— Você não sabia? — Virando-se, ele pareceu sinceramente surpreso com a pergunta. — Imaginei que, a esta altura, você já tivesse me pesquisado na internet.

— Andei meio ocupada.

E tentando não pensar em você.

— Cádiz foi ideia dele. — Clark se levantou, agarrando o jornal desbotado. — O sonho do nosso pai, enfim conquistado. Patrick tinha tirado o ph.D. quatro anos antes de mim. Ele teve tempo de se candidatar a todas as bolsas e pedir as licenças, então, quando terminei os estudos, pude me juntar a ele com tudo encaminhado. — Ele baixou os olhos para a imagem, passando o polegar com cuidado pela dobra entre o pai dele e Patrick. — Você talvez não imagine, mas ele estava tentando fazer uma gentileza de me incluir. Sabe, ele sempre foi o favorito do meu pai. O primogênito perfeito. Talentoso, decidido, independente. Todo mundo o adorava.

Riley ouvia a forma como ele automaticamente se comparava, sem falar abertamente, naquela descrição.

— Acho que nunca ocorreu a ele que a gente pudesse ser pego — disse Clark, com um toque de afeto transparecendo. — Ele desenhou o mapa do LiDAR para a gente ganhar tempo e investimento para os recursos de que precisaríamos para achar o templo de verdade. Quase deu certo. A gente recebeu mais financiamento, uma equipe maior. O templo pode muito bem estar no fundo daquela mesma baía. Mas o filme do meu pai colocou um holofote na família que nem o Patrick poderia ter antecipado. Claro, os analistas do setor queriam checar a pesquisa e a expedição dos filhos de Alfie Edgeware quando começaram a circular rumores de que eles tinham seguido os passos da família.

A próxima inspiração de Riley foi dura, a descida de sua costela, dolorosa. Machucava o vazio estranho nas palavras de Clark, o afastamento pelo qual ela sabia que ele tinha pagado caro.

Antes, ela sentira pena dele, por ser traído por um amigo. Mas desta vez era diferente.

Riley sabia, por experiência própria, como era quando sua família decepcionava.

De repente, ela sentiu o cheiro do espaguete queimando no fogão enquanto o pai dela saía pela porta. A mãe jogando a camisa de flanela favorita dele em suas costas enquanto ele ia embora.

— Patrick não podia ficar, depois do escândalo. Ele tentou. Ele quis consertar as coisas, mas nosso pai foi implacável. — Clark balançou a cabeça bruscamente, se interrompendo. — Ele agora está no Japão. A gente não se fala muito. Acho que nenhum de nós sabe bem o que dizer. Ele manda cartas ocasionais. Diz que as montanhas são tranquilas.

Os braços dela doíam de vontade de abraçar Clark, apesar de ela saber que seria rechaçada. Riley nunca tinha sido conforto para ninguém — nem a mãe gostava de afagos —, mas sentia no peito o exato tipo de dor que ouvira na voz dele.

A dor que vinha de um golpe totalmente inesperado. Porque seu irmão mais velho, como seu pai, era alguém que você acreditava que fosse te proteger.

— Sinto muito.

Riley nem sabia pelo que estava se lamentando.

Pelo que tinha acontecido com ele e a família? Por invadir o trailer? Ou por tropeçar numa verdade nua e crua que Clark não tinha oferecido por vontade própria?

Colocando o jornal na cama, ele voltou à cozinha, puxando algo de uma gaveta com movimentos espasmódicos e urgentes.

— Corta — disse ele, sentando-se na cadeira que ela tinha abandonado e estendendo o cabo de uma tesoura. — O que eu fiz ontem, mentir para você… Bom, agora você sabe que eu entendo como é estar dos dois lados.

— Clark. — Ela balançou a cabeça. — Você não precisa…

— Preciso, sim — interrompeu ele. — Pode acreditar, este lado da mentira é igualmente ruim. É como errar um degrau na hora de descer a escada e cair o resto do caminho. Se uma mecha do meu cabelo vai diminuir a dívida entre nós, pega. Seria um favor que você me faz.

Depois de todo o esforço que fizera hoje, Riley não queria aquilo. As coisas entre eles sempre eram desequilibradas. Aquela luta infindável pela vantagem quase sempre a deixava zonza. Desesperadamente tentando lembrar seus objetivos contra aquela campanha incansável de Clark para provar que ela estava errada toda vez que achava ter entendido as motivações dele.

Mas ela deu um passo à frente.

Riley não podia dar para trás sempre que as circunstâncias de uma maldição a deixassem desconfortável. Mostrar seu estresse às forças sobrenaturais seria deixá-las vencer. Clark talvez não entendesse por que as respectivas missões deles em Arden pareciam impossivelmente em conflito, mas ela entendia.

Com cuidado, ela cortou alguns fios da parte do cabelo dele que formava cachos na nuca e os colocou numa das sacolinhas presas no cinto para juntar ervas.

— Estamos quites agora? — perguntou ele depois. — Infelizmente, não estou acompanhando direito o placar.

— Nós nunca vamos ficar quites.

Toda vez que Riley ia contra ele, Clark achava um jeito de pegá-la desprevenida, de adentrar suas defesas.

Mesmo quando não estava tentando, ele dificultava o trabalho dela.

Capítulo 12

Clark não tinha intenção de ligar para o pai.

Depois de Riley ir embora, ele tinha pegado o telefone para entrar em contato com a sociedade de preservação e atualizá-los sobre a caverna e os escritos que eles (na verdade, ela) haviam encontrado. Era o exato tipo de descoberta que ele estava esperando quando aceitou aquele trabalho de mau gosto. Se aqueles símbolos realmente pertencessem a um povo antigo, a HES ia tentar garantir financiamento externo para uma investigação inicial. Sendo a pessoa que declarou a descoberta, Clark talvez pudesse liderar o processo, ou pelo menos participar. Apesar de, no momento, ele não conseguir muito reunir o êxtase que sabia que devia sentir com a perspectiva de uma oportunidade assim.

Ele deve ter discado no piloto automático, com o recorte de jornal no subconsciente mesmo enquanto tentava guardar as memórias de Patrick bem longe. Ao mesmo tempo, se esforçava para manter Riley a uma certa distância, mas também fracassava nisso.

Quando, depois de dois toques, Alfie atendeu parecendo meio grogue, Clark percebeu, sobressaltado, que não sabia em qual parte do mundo o pai estava no momento.

O filme continuava estreando em novos mercados. Uma assistente tinha mandado o cronograma havia um tempo, mas Clark não lembrava direito os detalhes.

— Desculpa. — Olhando o relógio, ele imaginou que Alfie devia estar em algum lugar da Ásia. — Não queria te acordar.

— Tudo bem. Me dá um segundo para achar o interruptor.

Clark esperou, escutando o pai murmurar um xingamento ao bater na parede, depois bocejar.

Muitas vezes era difícil conseguir a atenção do pai, especialmente agora, quando ele estava sendo mais requisitado do que nunca.

Finalmente, ele se acomodou com um suspiro.

— Manda o relatório.

As palavras foram ditas casualmente; o pai podia estar querendo dizer qualquer coisa, um jeito simples de perguntar como andava tudo. Mas Clark não conseguiu se impedir de se endireitar, pulando a conversa fiada para ir direto para o relatório profissional.

Era um pouco estranho tentar recontar a história da descoberta da adaga, das gravações na caverna, sem mencionar Riley, mas Clark conseguiu. Pensar nela fazia a cabeça dele doer, ameaçando disparar uma enxaqueca tensional, mas era mais importante mostrar progresso depois de um mês sem nada. Clark havia previsto que Riley infiltraria seu cuidadosamente construído Caminho para a Redenção Profissional® quando descobriu que ela tinha sido contratada, mas não esperava que ela fosse se enfiar tão fundo no caos pessoal dele. Talvez não fosse justo; afinal, era ele que tinha entrado no negócio familiar, garantindo que não houvesse fronteiras entre sangue e ambição.

— Bom, muito bom — disse o pai quando ele terminou o resumo do progresso até ali. — Admito que estava ficando um pouco preocupado de termos mandado você para aquelas escolas chiques a troco de nada.

Clark aguentou o golpe quase sem notar.

Alfie Edgeware tinha sido criado como filho de um açougueiro e uma professora, e quase imediatamente se mostrado excepcional. Arqueologia não dava muito dinheiro. Desde o primeiro dia, o pai dele havia lutado por palestras e depois pelo contrato do livro, insistido em ser consultor do filme, apesar de terem oferecido mais dinheiro para deixar a equipe criativa da Califórnia em paz. Ele tinha ascendido na era de ouro do Indiana Jones, quando o mundo estava faminto por um dublê da vida real do mito carismático do herói dos filmes de ação, tirando a parte da apropriação cultural. Era surpresa que as conquistas magras de Clark parecessem relativos fracassos?

— Você acha que os símbolos são de origem picta?

O pai era especializado na região ampla do Reino Unido. Tinha chegado a passar um tempo em St. Andrews pesquisando os povos antigos da Escócia quando Clark era criança.

Eles fizeram pingue-pongue com algumas teorias — foi legal, fácil —, um terreno em que os dois ficavam confortáveis. O pai estava ansioso para fazer uma visita e eles irem juntos olhar a caverna.

— Projeto familiar — anunciou ele, distraído, checando o calendário e estalando a língua com o que via.

Clark fechou os olhos. *Projeto familiar*. Era o que ele dizia, com orgulho, quando os dois filhos eram pequenos — em relação a tudo, desde lavar a louça a construir uma casa da árvore no quintal. Era o que ele disse ao descobrir que Patrick tinha convidado Clark para ir à Espanha.

O pai provavelmente nem percebeu o deslize, já passando para as despedidas, mas Clark não conseguia se desapegar do timing. Patrick pairando como um espectro no quarto com ele. Suas cartas intactas na caixa que Riley puxara mais cedo — a maioria sem ter sido respondida.

— Certo.

O celular estava quente no ponto em que se grudava à bochecha dele.

Em algum nível, talvez fosse por isso que ele ligou. Para se lembrar das expectativas do pai e das consequências de não as atender.

— Te vejo em breve.

Uma única conversa tinha garantido que ele não pudesse virar as costas e fugir, então, na manhã seguinte, Clark decidiu trabalhar nos estábulos.

Havia outros cômodos internos mais prioritários na lista, mas, quando ele ficava assim — melancólico e agitado —, precisava ficar ao ar livre, sentir o sol na cara. Lembrar que, apesar de estar ali para estudar os mortos, não tinha se juntado a eles e ainda podia mudar seu destino.

Apesar de a estrutura do estábulo estar intacta — a pessoa que construiu reforçara a madeira com pedra —, o telhado de sapê tinha buracos que se abriam ao céu.

Clark usou uma picareta e sua colher de pedreiro para quebrar o solo de terra, removendo ervas daninhas e detritos, procurando artefatos que provavelmente tinham se perdido na mão de saqueadores ou por causa do clima havia muito tempo. Enquanto trabalhava, ele separava materiais orgânicos para amostragem: sementes, lascas de madeira, pedaços de carvão. Ocasionalmente, um naco de vidro ou metal. A HES podia nem querer essas coisas, mas Clark precisava da rotina e do cuidado para contrastar com o sentimento de desorganização e de exposição.

Talvez se ele não tivesse dedicado cada hora de vigília ao trabalho, sua ausência de progresso não parecesse tão dramática. Mas ser criado como segundo filho negligenciado de um pai famoso tinha deturpado sua identidade. Clark havia crescido definindo as relações de sua vida segundo o que podia oferecer às pessoas — conhecimento ou assistência e, em seus piores dias, uma influência emprestada.

Especialmente agora, sem a aura do pai ou do irmão, ele sabia que precisava ser a pessoa mais inteligente em qualquer lugar em que estivesse. Senão, ninguém ia querê-lo ali.

Mais dois dias se passaram.

Martin só esteve lá por tempo suficiente para anunciar que sairia de férias para a França por pouco mais de duas semanas. Quando Clark perguntou se a empresa de investimento mandaria um substituto para monitorar o progresso deles, Martin riu.

Aparentemente, supervisionar o castelo dilapidado não era prioridade na lista da administração.

Tudo bem, também, já que Clark continuou sem conseguir nada digno de nota em suas buscas, exceto por uma leve queimadura de sol na nuca. Ele se consolou um pouco com o fato de que, seja lá o que Riley estivesse tentando fazer, também não parecia estar funcionando.

No dia anterior, ela tinha construído um negócio — meio que parecia uma guirlanda, só que em formato de triângulo — com gravetos, ervas e flores silvestres. Ficou pendurando em lugares diferentes do castelo. Primeiro, a porta de entrada. Aí, a dos fundos. Até, em certo ponto, na frente do estábulo.

Ela tentou aumentar a guirlanda, aí trocar a direção da ponta, gemendo por algum motivo sempre que Clark passava entrando ou saindo. Talvez ela só estivesse gemendo por vê-lo. Ele não perguntou.

Apesar de não ser culpa dela, sua beleza trazia uma ameaça constante de distração. Tanto o corpo, macio e farto — exuberante como o mais indulgente dos retratos de Vênus —, quanto o rosto impressionantemente expressivo. A frustração dela era tão animada; ela jogava os braços no ar e saía pisando forte, bufando como se estivesse tentando encher uma bexiga. Clark invejava a liberdade da raiva dela. A autoconfiança que ela sentia de demonstrá-la.

Ele disse a si mesmo que ela era apenas uma mulher como qualquer outra. Que ele podia, com algum esforço, trabalhar ao lado dela e permanecer calmo, tranquilo e — meu Deus amado, ela precisava fechar os olhos ao passar filtro solar no pescoço?

Nem era preciso dizer que Clark ficou mais que um pouco surpreso quando ela o abordou perto do meio-dia de uma quarta-feira, com uma cesta no braço e uma cara feia, e disse:

— Fiz um piquenique para você.

Não ajudou o fato de ela ter escolhido para o dia uma roupa inteira de lycra preta. Como se já não tivesse mexido o suficiente com a cabeça dele nessa semana. Jesus, aquelas curvas dela.

— Perdão?

Ele secou a testa úmida com o dorso da mão.

— Eu fiz merda. — Ela cutucou com o pé um torrão de terra, em vez de encará-lo. — E você também fez merda...

Ele tinha feito, mesmo. O bumerangue emocional entre traidor e traído certamente tinha contribuído para o humor atual dele.

— Mas não gosto de a minha merda ter sido a última que aconteceu. Então, aqui. — Ela estendeu a cesta. — Queijo da culpa.

— É uma gíria americana?

— Não, realmente tem queijo aí. — Ela chacoalhou a alça até ele pegar. — Além de enroladinho de salsicha, maçãs e algumas uvas.

— E vinho não? — Ele abriu a cesta e viu um guardanapo com o logo do pub. — Pedido de desculpas meia-boca.

Ela deu de ombros.

— Eu não gosto tanto assim de você.

Quando Clark riu, os músculos de sua barriga se contraíram de uma forma que era melancolicamente familiar.

— Você já pediu desculpas.

Ele sabia que ela se sentia mal pelo outro dia — e devia se sentir mesmo, porque era uma violação enorme —, mas não tinha esperado nada além do que já havia recebido.

— Eu sei — respondeu ela, com doçura, e aí, mais alto: — Mas ainda estou tentando quebrar a maldição, e você está meio que... *na linha de fogo*. Em geral, as pessoas que podem se machucar participam por vontade própria. Elas me contratam, então concordam com os riscos. Você não.

Não mesmo. Aliás, ele tinha feito basicamente tudo o que podia para evitar a mira dela. Não que tivesse dado certo.

— Então, sei lá. — Ela puxou a barra da blusa justinha dela. — Acho que me sinto culpada de ver você andar por aí mais para baixo que o normal.

— Chama-se estar pensativo — falou Clark, ficando um pouco mais ereto —, e ninguém reclamava quando era o Darcy.

— É, bom — ela lhe deu um olhar quase lascivo —, é porque o Colin Firth tinha a decência de molhar a camisa.

— Só estou esperando você pedir — respondeu ele, por reflexo, esquecendo que não tinham permissão de flertar como tinham feito naquela primeira noite no pub.

Ele gostou um pouco demais do vermelhinho que subiu às bochechas dela.

— Ei. — Ele apontou com a cabeça para a cesta. — Não quer comer comigo?

No segundo em que as palavras saíram de sua boca, Clark desejou poder retirá-las. Tinha encontrado um pouquinho de paz nos últimos dias, apesar de não ter gostado muito. O que ele estava fazendo, recuando deliberadamente só por causa de algumas palavras gentis e um olhar carregado?

— Tipo uma trégua? — perguntou Riley, claramente insegura.

— Ainda estamos em guerra?

Claramente, nenhum dos dois se sentia lá muito confortável com engodos.

— Sim — respondeu ela, sem nada da leveza do diálogo anterior no rosto.

— Tá bom, então. — Clark imaginou que devia ficar grato por ela manter os limites quando ele parecia ter tanta dificuldade com isso. — Tipo uma trégua.

Eles acharam uma sombra sob um pomar de árvores no pátio e usaram uma das lonas de Clark como toalha para o piquenique. Ele até pegou duas cervejas do frigobar, explicando:

— Minha contribuição para os esforços de paz.

Seguindo o estilo piquenique, nenhuma das comidas exigia talheres, se bem que ver Riley lamber queijo do polegar fez Clark desejar por um momento que eles fossem necessários.

— A gente devia jogar alguma coisa — sugeriu ela, estendendo as pernas e chutando as botas para revelar meias descombinadas, ambas azul-marinho, mas uma tinha listrinhas brancas.

— Tipo o quê?

A posição dele na lona dava uma visão excelente para admirar as pernas dele, se alguém desejasse fazer isso.

Depois de alguma discussão, eles decidiram jogar Seis Graus de Separação de Kevin Bacon.

Clark era péssimo.

— Como assim, *quem é Laura Dern*? — O grito de Riley assustou uma família de pássaros. — Ela fez *Adoráveis mulheres*, da Greta Gerwig, e *Big Little Lies*, na HBO. Foi parte essencial de um filme de *Star Wars*!

— Eu nunca vi nada disso.

Clark enfiou mais uma uva na boca. Eram muito boas. Azedinhas. Suculentas. Era fascinante ver como Riley ficava incomodada com a ausência de exposição dele à cultura pop estadunidense.

— Como assim?! — Ela piscou exageradamente para ele, abrindo a boca. — E *Jurassic Park*?

O filme com aquele monte de dinossauro? Ele imaginou que devia ter passado na TV em algum momento do ensino fundamental.

— O que tem?

— Tem DNA fossilizado. — Riley soltou a maçã para dar um tapa no braço dele. — Como arqueólogo, você devia ter sido, tipo, obcecado por ele.

— Paleontologia é um ramo completamente diferente — respondeu ele, empertigado, aí deu um longo gole de cerveja. — Então, a sua Laura Dern dubla um dos dinossauros?

— Se ela… O que… Meu Deus do céu, não! Os dinossauros não falam. Você é de outro planeta?

Riley ficou boquiaberta para ele, com os olhos arregalados de indignação, até ele não aguentar e rir, e ela perceber que tinha sido enganada.

Quando era criança, ele nunca havia provocado ninguém. Sempre fora obviamente sensível demais para convidar esse tipo de interação brincalhona. Se não sabe brincar, não desce pro play e tudo o mais. Até Patrick pegava leve com ele, hiperconsciente de que Clark era dado a mágoas. Ele olhava com inveja enquanto os outros meninos se zoavam, batendo os ombros, inventando apelidos bobos.

Era um tipo de intimidade que ele achou que nunca fosse vivenciar, mas sempre desejara. Quando feita do jeito certo, ele pensava, a provocação te dava permissão de se levar menos a sério. Riley fazia isso com ele, deixava que ele experimentasse também.

— Não vou mais brincar com você. — Ela pegou uma das uvas e jogou nele. — É muito ingrato.

Eles brincaram por mais quatro rodadas enquanto terminavam o almoço.

No fim, a camiseta branca de Clark estava coberta de manchas das uvas que ela tinha jogado nele, apesar de ele ter, quase no fim, conseguido pegar algumas com a boca.

Sem que ele reparasse, duas horas tinham se passado, e Clark percebeu que tivera uma das melhores tardes dos últimos tempos com aquela mulher que admitira ativamente que jamais seriam amigos.

Ele estava no meio de uma imitação de sir Michael Caine que Riley tinha de algum jeito conseguido convencê-lo a tentar fazer quando ouviu um sibilo alto mais ou menos trinta centímetros à esquerda dele.

Clark ficou de pé meio desajeitado, com um tremor gelado percorrendo a pele com um nojo instintivo, e todos os seus membros pareceram travar de uma vez. *Ali. Ainda enrolada. Uma cobra.*

— Tá. Fica calma. — Ele estendeu as duas palmas devagar, torcendo para Riley não tentar se mover na direção do réptil irado, dada a propensão dela de se jogar de cara no perigo. — Eu já li sobre o assunto e só tem um tipo de cobra venenosa na Escócia.

Corpo marrom-avermelhado. Mais ou menos sessenta centímetros. Padrão distinto de zigue-zague nas costas.

Ah. Aquilo era definitivamente…

— Uma víbora — completou Riley, sem se mexer nem tirar os olhos do animal.

A cobra sibilou de novo, dando continuidade ao som enquanto começava a lentamente desenrolar o corpo escamoso. Víboras não costumavam ser agressivas, mas não tinha muita coisa normal naquele castelo.

— Anda — ordenou ela com urgência quando o animal angulou o corpo na direção deles.

Clark começou a se afastar de ré, mantendo os olhos na cobra, mas o animal acompanhou o movimento e o seguiu com velocidade crescente.

Picadas de víbora não matam, Clark se consolou. *Em geral.* Apesar de, aparentemente, causarem uma dor lancinante.

Como se oferecendo uma demonstração, a víbora abriu a mandíbula e jogou a cabeça à frente com as presas estendidas.

— Você não está se movendo rápido o suficiente — gritou Riley e, quando ele olhou para trás, ela estava bem mais longe da copa das árvores do que ele esperava.

Tinha algo errado com os pés dele. Não estavam obedecendo, emaranhando-se por causa do medo.

Eu vou ser picado, ele percebeu alguns segundos antes de Riley pegar um graveto longo do chão e aí, inclinando a cabeça para analisar o ângulo, se lançar à frente, pegando por baixo a cobra que se contorcia, então a levantou, girou e jogou a uns três metros de distância, num conjunto de arbustos macios.

Clark ficou paralisado como uma estátua, boquiaberto, papando mosca.

— Vamos.

Soltando o graveto, ela pegou a mão de Clark e simplesmente saiu correndo, arrastando-o na direção oposta da cobra ainda cuspindo veneno até estarem dentro dos portões, apoiados na parede fria de pedra do castelo — cada um puxando o oxigênio em grandes arquejos chiados.

Clark fechou os olhos.

— Por favor, me diz que você não acabou de jogar longe uma cobra venenosa irada usando um graveto.

— Ela ia te picar! — protestou Riley.

Seu rosto estava mais próximo do que ele havia imaginado, tão perto que conseguia ver a curva dos cílios, a forma como os dentes incisivos eram levemente longos, como um olho tinha mais dourado do que o outro. No caso da maioria das pessoas, quanto mais ele as conhecia, menos as achava intimidante. Riley não era assim.

— De onde caralhos veio aquele negócio?

Como ela sabia lidar com o bicho? Tinha muita cobra em South Jersey?

— Acho que a maldição estava tentando mandar um recado para nós. — Riley levantou a cabeça para olhar o castelo. — Ela não gosta quando somos legais um com o outro.

Como se tivesse acabado de notar que ainda estava segurando a mão dele, ela enfim a soltou. Por algum motivo, esse tipo de coisa não parava de acontecer.

Clark flexionou os dedos.

— Como assim?

— Pensa bem. Você me deu suas luvas, o castelo te deu uma alergia.

— Com certeza deve ter tido a ver com uma substância irritante.

— Eu te conto minha abordagem para quebrar maldições — continuou ela — e literalmente pego fogo.

— Bom, você não devia ter feito uma fogueira naquela lareira antiga, para começar…

— E agora — disse Riley por cima dele —, fazemos uma trégua temporária e a única cobra venenosa da Escócia aparece do mais puro nada.

Ao conhecê-la, ele tinha suposto que uma quebradora de maldições seria toda doidinha, mas o cérebro dela funcionava de uma forma consistentemente científica. Causa e consequência. Processo de eliminação. Quanto mais tempo ele passava com Riley, mais entendia como ela atraía clientes. Se ele não estivesse na defensiva, ela seria bem convincente.

— Mesmo que você ache que esses acontecimentos tenham influência sobrenatural — começou Clark —, não pode achar que a maldição seria tão meticulosa com a forma como a gente interage.

Riley podia achar que ele era metido, mas ele e Riley não eram exatamente as primeiras pessoas que o castelo tentava banir. Há séculos, a lenda de Arden e os acontecimentos estranhos na propriedade tinham afastado as pessoas. O poder da sugestão era muito influente.

Riley fez um barulho descompromissado.

Só quando tinham esperado o suficiente para ter cem por cento de certeza de que a barra estava limpa é que ousaram voltar para recolher os restos do piquenique.

Enquanto estavam guardando tudo, Clark encontrou uma garrafa térmica vermelha intocada, que não havia notado na cesta.

— É sua?

— Ah, sim. — Ela tentou esconder o objeto atrás das costas. — Não é nada. Uma solução de purificação. Era para eu tentar te fazer beber.

Clark se encolheu.

— Não é a que você usou naquela boneca vitoriana do eBay que estava no seu site, né?!

O depoimento da cliente ainda o assombrava.

Antes da remoção da maldição, a Wilhelmina Spindlehausen mostrava propensão a desligar aleatoriamente interruptores de luz em todo cômodo que ocupava. Seus olhos de vidro me seguiam para todo lado, e ela emanava um frio capaz de permear um raio de três metros.

— Não. — Riley levantou os olhos para a esquerda. — Quer dizer, eu diluí. Tipo, bastante.

Tirando a térmica dela, Clark desrosqueou a tampa, checando se o líquido lá dentro estava borbulhando.

— Tem cheiro de gasolina pura.

Na frente da térmica tinha um adesivo dizendo SEJA DESCARADA. Com certeza era uma alcunha adequada.

— Não acredito que você estava tentando me envenenar durante a nossa trégua.

Aquela cobra tinha feito um favor para ele, interrompendo a ceninha íntima.

— Tá, antes de mais nada, eu não te ofereci, né? — Ela empinou o nariz. — E, além do mais, purificar bonecas é uma das minhas fontes de renda mais regulares. Seria de se pensar que o fator medo é o maior motivo das vendas, mas acho que tem gente que leva para casa e acaba arrependida.

Clark girou a térmica. O líquido lá dentro era tão agressivamente herbáceo que os olhos dele começaram a lacrimejar só com o cheiro.

— Nem por todo o ouro deste mundo inteirinho de Deus eu vou ingerir isto.

Ele podia admitir que o que quer que ela tivesse usado naquele bálsamo para alergia se provara incrivelmente eficaz. Mas, mesmo assim, um homem tinha seus limites.

— Tudo bem. — Ela pegou de volta e derramou um pouco nos dois. Clark ficou aliviado de ver que não fez a pele arder. — Eu já tinha mesmo descartado a estratégia da purificação. Tenho quase certeza de que só funciona com objetos.

Ele ficou irracionalmente irritado por ela ter tido segundas intenções. Não devia magoá-lo o fato de que ela só tinha conseguido provar que a avaliação inicial dele estava correta.

— Acho que era demais esperar que sua cesta fosse realmente altruísta.

Riley soltou uma expiração frustrada.

— Originalmente, eu montei mesmo a cesta como oferta de paz. Mas acontece que ontem à noite, enquanto eu estava jantando no pub, Ceilidh me contou de uma hortelã-japonesa que tem aqui e eu achei que ela funcionaria numa solução de purificação, aí… — Ela balançou a cabeça. — Quer saber? Não importa. Você e eu sabemos que só estamos interessados no trabalho, certo?

— Com certeza.

Clark disse que não esqueceria que não eram amigos e, ao contrário do irmão, ele mantinha suas promessas.

Capítulo 13

❧

Riley estava começando a achar que ia precisar de um sacrifício. Seus amuletos tinham flopado completamente. Eles não repeliram Clark — nem o fizeram parar na entrada. Purificação sempre tinha sido improvável e, àquela altura, estava confiante de que tinha tomado a decisão correta ao descartá-la. Podia, com alguns malabarismos morais, justificar invasão de propriedade, mas potencial envenenamento era demais até para ela.

Não. Sacrifício fazia mais sentido. Ainda mais porque, quanto melhor ela conhecia Clark, menos Riley *queria* afastá-lo. O processo de quebra de maldição nunca tinha parecido ruim — errado — antes, mas, daquela vez, cada exercício era uma subida morro acima. Obviamente, ela precisava mudar a direção, e rápido.

Sacrifício. Ela correu as pontas dos dedos pela caligrafia da avó, os círculos e caracóis familiares na página: *uma coisa que você valoriza em troca de outra.*

"Você precisa sentir a falta", Riley dizia a seus clientes. "É assim que sabe que está funcionando."

E, além disso, ela já tinha feito coisas mais difíceis em nome de suas buscas profissionais do que afugentar um cara xis. Dizer à mãe que queria continuar o trabalho de quebrar maldições uns vinte anos depois de o pai dela abandoná-las, por exemplo. Mas as experiências passadas não importavam. Tinha alguma coisa em Clark que a afetava. Ele pensava que a mera presença de Riley no local era um perigo enorme à sua carreira. Não custava nada ela provar que ele tinha razão acabando com o trabalho que ia redimi-lo.

Uma combinação de amargura e culpa a deixou sem dormir, mesmo que nada em seus planos parecesse perturbar Ceilidh.

— É tipo aquele episódio de *Buffy* em que os alunos de Sunnydale ficam presos num ciclo repetindo a trágica história de amor de um casal tipo dos anos 1950 — comentou ela depois de Riley a atualizar sobre sua teoria mais recente em relação à maldição.

Ceilidh, Riley começava a suspeitar, era romântica.

— Não é assim, sério.

Riley teve que explicar de novo toda a questão de "maldições não podem interferir no livre-arbítrio".

Seria mais fácil, na verdade, se ela pudesse desligar o cérebro e deixar o fantasma de Philippa Campbell coreografar o que precisava ser feito.

— Se está incomodando tanto, por que você simplesmente não relembra todos os motivos pelos quais não gostava dele antes? — sugeriu Ceilidh depois das reclamações de Riley sobre sua consciência inconveniente.

E... não era má ideia. Não mesmo.

No dia seguinte, Riley montou sua estação de trabalho no cômodo que Clark estava escavando.

Ele finalmente tinha subido para um dos quartos que davam para o sul. Como todas as partes do castelo que ficavam de frente para o penhasco, o espaço havia sofrido menos danos do que aqueles que ficavam de frente para a estrada.

Todas as paredes e tetos ainda estavam bem conservados, assim como a maior parte do piso, embora algumas das tábuas de madeira tivessem se deformado devido aos danos causados pela água. Os restos flácidos de uma cama podiam ser encontrados no centro do cômodo, com a roupa de cama tão roída pelas traças que poderia muito bem ser só fios.

A Operação Patins serviria a dois propósitos. Primeiro, poderia observar quaisquer hábitos incômodos que Clark tivesse e que ela pudesse ter deixado passar. Pessoalmente, ela esperava que ele enfiasse o dedo no nariz.

Seu segundo objetivo era simplesmente perturbá-lo — garantir que ele mantivesse sua parte da aversão. Riley teria feito um plano deliberado para provocá-lo se não achasse que o simples fato de ser ela mesma traria o mesmo resultado.

Ele facilitou seu trabalho fornecendo uma cadeira dobrá-vel que ela abriu com um estalo satisfatório. Ela não sabia por que ele a havia trazido. Devia ser porque Clark fazia pausas às vezes. Mas a cadeira era bem confortável e tinha até um porta-copos para a garrafa de água! Maravilha!

Depois de se plantar perto dele, ela pegou uma revista. Aquilo não devia demorar muito.

Ela vestiu uma roupa pensada para provocá-lo. Uma blusa branca de camponesa, transparente o suficiente para que o sutiã que ele vira de perto durante aquela visita ao quarto dela aparecesse, além de uma calça boca de sino vintage que ela havia comprado num brechó. Quando complementado com botas de cano alto, o traje era deliciosamente pouco prático, quebrando quase todas as regras que ele implemen-tara sobre trajes adequados para o trabalho.

De forma irritante, Clark conseguiu ignorá-la durante a maior parte da manhã, apesar de soltar um suspiro irritado toda vez que passava pela cadeira dela.

Por fim, quando ela usou a artilharia pesada — tirando um frasco de esmalte que imediatamente liberou vapores que induziam enxaqueca para retocar a manicure —, ele cedeu.

— Você não tem um trabalho a fazer? — Ele enrugou o nariz. — Um caldeirão para mexer em algum lugar?

— Eu não sou bruxa.

Ela não praticava magia, só se envolvia com ela. Tinha uma diferença.

Mas, pensando bem, ela não recusaria um caldeirão. Seria útil. Ela vivia estragando panelas na hora de purificar aquelas bonecas.

— Mas bem que parece — murmurou ele de onde estava, vasculhando os restos de um armário em ruínas.

Riley sorriu enquanto pintava a unha do dedinho. Era exatamente o tipo de mau humor desconfortável que pretendia causar.

Sob nenhuma circunstância permitiria que a animosidade entre eles desbotasse o suficiente para a maldição deixar de qualificá-los como inimigos. Aliás, talvez ela devesse ser ainda mais provocativa.

— Clark — chamou, terminando a mão esquerda.

— Sim?

Ele estava no processo de montar uma escada gigante.

Riley podia ter esperado que ele terminasse ou se oferecido para ajudar, mas nenhum desses comportamentos teria servido ao objetivo de elevar a pressão dele.

— Quais você diria que são seus piores defeitos?

Ele esticou a cabeça do canto para olhá-la.

— As pessoas normalmente te dão esse tipo de informação?

Ela mordeu o lábio inferior.

— Na verdade, sim.

Riley não sabia se era por ser bartender, ou por "homens amam descarregar sua bagagem emocional nas mulheres porque não acham que têm permissão social para formar relacionamentos íntimos com amigos do mesmo gênero", ou a coisa de quebradora de maldições que "vai resolver todos os seus problemas, até os que parecem impossíveis", mas ela completou:

— Meio que o tempo todo.

— Bom, considerando o histórico instável do nosso curto relacionamento, você vai me perdoar por não aproveitar a chance de te oferecer mais das minhas vulnerabilidades.

Ela sentiu uma pontada de desconforto. Ele estava fazendo referência ao drama familiar que ela havia descoberto. Mas aquilo era diferente. Eles gostavam de se provocar, eram bons nisso. E, além do mais, era seguro. Podiam se esconder atrás de discussõezinhas.

— Ah, vai, vai ser divertido — insistiu ela. — Olha, eu começo. Você é excessivamente crítico. — Ela começou a contar nos dedos recém-pintados. — Completamente obcecado por controle, e todas as suas camisas são um pouquinho grandes demais.

Clark ficou olhando para ela friamente, avaliando, sem assumir de imediato a posição de ataque.

— Ah — disse ele depois de um momento —, entendi. Você veio aqui para satisfazer seu complexo de heroína.

— Meu *o quê*? — Lógico, ela tinha escolhido uma ocupação em que podia ajudar as pessoas, mas médicos, professores e tal também faziam isso. Ninguém os acusava de segundas intenções. — Eu não tenho complexo nenhum.

— Com certeza tem. — Ele a viu se remexer desconfortavelmente e ficou sério, fechado. — Mas não tenho interesse em ser resgatado. Valeu.

Riley teve dificuldade de entender o tom irritadiço da voz dele. Ela? Resgatá-lo? Do quê? Ser rico e esperto e bonito demais para o próprio bem?

— Aliás — Clark estava irritado o suficiente para ter marcas vermelhas no alto da bochecha enquanto mexia com a escada —, seria bom considerar que é você que precisa ser salva.

— Oi? O que você acabou de me dizer?

Ele a tinha chamado de todo tipo de mentirosa, mas aquilo era um passo além.

— Você é imprudente e obstinada. — Clark contou nos dedos, espelhando a ação dela. — E, se eu não estivesse neste castelo, cuidando de você, uma tarefa bem ingrata, você já teria se machucado sério, provavelmente várias vezes.

— Ah, é? — A temperatura de Riley subiu em picos alarmantes. De todas as palhaçadas arrogantes que já tinha escutado dele, aquela era a mais absurda. — Bom, você é um vilão que se acha vítima.

Os olhos dele brilharam de mágoa, mas Riley ignorou, seguindo num coquetel letal de raiva e desejo involuntário. Esse cara? Esse babaca tinha mesmo que ser o homem mais gostoso que ela já tinha visto? Sério?

Quantas vezes ela precisava salvá-lo antes de ele acreditar que ela era capaz de se cuidar sozinha?

Ela devia ter deixado aquela cobra picá-lo. Devia ter ficado lá olhando enquanto Clark se contorcia de dor aos seus pés.

— E quer saber do que mais? — A voz dela tremeu levemente de raiva. — Se *eu* não tivesse vindo para Arden, você não ia ter nada a mostrar depois de quase seis semanas de trabalho.

Clark ferveu, apertando mais forte a escada, com os nós dos dedos brancos.

Riley achou que ele talvez saísse batendo a porta e adorou pensar nisso. Ela tinha vindo atrás daquela briga. Se tivesse medo de sujar as mãos, não estaria ali.

Em vez disso, Clark chegou mais perto.

— Mas não sou eu quem não sabe o que está fazendo, né? — Ele pairou acima dela, olhando para baixo. — Quando você vai admitir que está completamente perdida?

Riley arfou. Ele tinha tocado num ponto sensível que ela não mencionava, não olhava. De repente, parecia que não era só a blusa que era transparente; era como se ele pudesse ver através da pele dela até o coração tenro e empenhado.

— Você até pode ter uns truques baratos de família na manga. — A voz dele não estava elevada; não, estava sombria e baixa. — Mas, no que diz respeito a realmente — ele levantou as mãos para fazer porras de aspas com os dedos — "quebrar a maldição"…

Chega. Se ela estivesse agora com aquela adaga, Clark ia perder mais do que um botão.

— … até agora, você só conseguiu jogar um artefato precioso *no fogo* e pendurar um monte de guirlandas feias. Que, somando, não dá *nada*. Humm. — Ele deu uma batidinha no queixo. — Se consegue fazer mesmo o que diz, por que é que tudo que você tenta falha?

Ele já tinha sido grosso com ela antes, mas as primeiras farpas eram fáceis de desprezar, porque eram mentiras inequívocas.

Eles agora se conheciam. Aqueles insultos não eram tiros no escuro. Vinham depois de quase duas semanas pesando, medindo, e ele tinha mirado o dano máximo.

Bem quando Riley se entregou à raiva, deixando-a queimar sua fraqueza, o medo de ele ter razão, as nuvens lá fora mudaram de posição, mudando a luz do quarto. Um pedaço da sanca ornamentada reluziu — piscou para ela.

Rá!

Se Clark achava que a pior coisa que ela podia fazer era ter pena, estava errado.

— Você quer me falar de incompetência? — Ela o empurrou para passar por ele, batendo propositalmente em seu ombro enquanto pegava aquela escada idiota. — Você está trabalhando neste quarto a manhã toda e não sabe nem onde procurar.

A escada de metal fez um som alto de arranhar quando ela a arrastou pelo chão. Caceta. Aquela coisa não era terrivelmente alta, talvez uns dois metros e meio, mas era mais pesada do que parecia.

Enquanto Riley avançava, as nuvens também avançaram, até o quarto ficar cada vez mais escuro, com o sol praticamente escondido. Pelo jeito, o Castelo de Arden estava à beira de uma tempestade.

Clark foi até ela pisando forte.

— O que você pensa que está fazendo?

— Seu trabalho, só que melhor do que você.

Uma mão depois da outra, ela começou a subir.

— Ah, excelente — disse ele, sarcástico. — Subir numa escada velha e instável com botas de salto alto *dentro de um castelo notório por acidentes bizarros*. Vai terminar superbem.

Apesar dos protestos, ele estendeu a mão para segurar a base, estabilizando-a.

— O que te deu na cabeça agora? Ah, deixa eu adivinhar. Sentiu cheiro de enxofre de novo, Lassie?

Riley bateu na parte da madeira que tinha se iluminado, ficando na ponta dos pés enquanto tentava ouvir se era oco.

Clark olhou desconfiado para onde ela estava cutucando.

— Dá para ser delicada? Pode muito bem ser um resquício da arquitetura original — disse ele bem quando ela dobrou o braço para trás e enfiou o cotovelo no ponto mais fraco da madeira.

Enquanto ela gritava — aquilo tinha doído mais do que ela esperava —, Clark massageou a ponte do nariz com a mão que não estava segurando a escada.

— Me fala a verdade. Você é ou não é a personificação do caos?

Ela o ignorou e fuçou o buraco que tinha criado. Devia ter algo ali em cima. A luz tinha sido tão esquisita, uma tentação tão hipnotizante.

— Não consigo sentir se tem alguma coisa lá atrás.

Ela se apoiou em um pé para enfiar a mão mais fundo.

— Riley, você realmente não devia...

— Eu estou bem — disse ela, e fez *shiu* para ele.

— Você acabou de... Nunca na minha vida... — murmurou Clark.

Depois de mais alguns minutos de inspeção fracassada, ela murchou.

— Acho que não tem nada aqui.

Ela estava com as bochechas quentes. Todos os seus instintos a tinham mandado subir ali para provar que Clark estava errado. Agora, parecia que a maldição estava rindo da cara dela.

Ela tinha muita certeza de que ia ter aquele momento de triunfo, encontrando outro artefato. Em vez disso, tinha gerado mais um fracasso dramático.

Clark ficaria ainda mais insuportável agora.

Riley começou a descer, mas, antes mesmo de conseguir levantar o pé para pisar no primeiro degrau, Clark interrompeu:

— Toma cuidado.

— Estou tomando — falou ela, percebendo, no mesmo momento, que uma manga tinha ficado presa na madeira lascada do buraco.

Ah, perfeito — Riley se inclinou para a frente e para trás, tentando criar uma alavanca para se soltar, mas o tecido leve da blusa só se emaranhou mais.

Lógico, por que sua roupa estrategicamente selecionada também não se viraria contra ela? Por que a maldição não a ridicularizaria ainda mais?

— Não puxa — ralhou Clark bem quando o tecido cedeu com um som violento.

Ela sentiu um enorme frio na barriga quando se balançou para trás, perdendo o equilíbrio.

Riley teve aquele momento terrível de saber que ia cair antes de acontecer.

Mas, em vez do piso duro e gelado a receber, ela caiu de costas nos braços de Clark, seu corpo batendo no dele com um *tum* alto.

Ele se manteve firme, por pouco, cambaleando alguns passos para trás e a abraçando pela cintura.

— Calma, calma — disse ele, e Riley percebeu que estava tremendo.

Devia ser a adrenalina.

— Está tudo bem. — Girando-a, Clark tirou o cabelo dela do rosto com uma das mãos e manteve a outra no lugar para estabilizá-la. — Eu te peguei.

— Acho que era para você ter me derrubado — disse ela, fraca, depois de recuperar o controle de sua respiração frenética dele.

— Tarde demais para isso — disse ele seriamente, mas seus lábios se curvaram para cima. — Eu posso dar uma apalpada, se você quiser. — Ele deslizou a palma pela cintura dela na direção da coxa. — Para compensar?

Ele estava tentando fazê-la rir e deu certo, porque o calor afastou a amargura persistente do medo.

— Pode me soltar agora — disse ela, baixinho, sem realmente querer ser solta.

A mão dele parecia enorme em seu quadril, e, apesar das palavras, ele não estava apalpando, mas estava lá. Esperando.

Ele estava olhando a boca dela, com a própria respiração irregular.

— Posso?

Vai saber o que teria acontecido se um enorme estrondo de trovão não tivesse assustado os dois e os levado a se separarem? Um segundo depois, um flash brilhante de raio iluminou o cômodo inteiro.

Ah, não.

Os dois se viraram para a janela enquanto a chuva começava a bater no vidro.

— Ah, merda.

Voltar para a pousada naquele caos não ia ser divertido.

Quando eles saíram, o terreno lá embaixo já tinha começado a inundar, com poças enormes se formando enquanto rios de água corriam pela terra enlameada.

Depois de dez passos para além do parapeito, os dois estavam ensopados e o líquido congelante tinha se infiltrado pelas solas de couro falso das botas de Riley.

Mais um trovão soou e um raio que parecia letal cortou o penhasco e iluminou o caminho de volta à pousada, comicamente exposto.

Clark levantou a voz para ser ouvido apesar da tempestade.

— Um trailer no terreno está começando a parecer bem inteligente agora, hein?

O vento engoliu a resposta profana dela.

Capítulo 14

❦

Riley ficou pingando no capacho de borracha estriada enquanto Clark desamarrava as botas e entrava correndo, murmurando algo sobre buscar toalhas. Ela usou os dedos dos pés para tirar os próprios sapatos e deixá-los ao lado dos dele. Os sons abafados da tempestade comendo solta lá fora faziam o interior do trailer — quente, seco e alarmantemente íntimo — parecer um refúgio reminiscente de fortalezas de travesseiros e casas na árvore.

Que diabos tinha acabado de acontecer? Um minuto, ela estava torturando Clark, no outro, estava nos braços dele. Não era para isso acontecer. Não era para eles quase se beijarem. Por que a maldição destruiria todos os melhores planos dela?

— Aqui.

Clark jogou uma toalha bege, evitando olhá-la diretamente.

De cabeça baixa, ela percebeu que talvez fosse porque a água tinha deixado a blusa já fina dela totalmente translúcida. *Ops.*

— Acho que nós dois vamos precisar nos trocar. — Ele puxou o ponto em que a camisa de trabalho jeans ensopada tinha se grudado ao peito dele como se tivesse pagado por isso. — Posso te arrumar umas roupas secas.

Quando ele voltou com um suéter azul-marinho e uma calça de moletom cinza, itens que ficariam largos em Clark e, com sorte, esconderiam as curvas dela, parecia tão surtado quanto Riley.

— Eu, hum, não sei bem o que você quer fazer com roupas de baixo. — Clark fez um esforço valente de se dirigir à sobrancelha esquerda dela. — Eu posso...

— Posso ficar sem — interrompeu ela.

A última coisa de que Riley precisava era colocar a cueca preta que vira na gaveta dele contra o próprio corpo.

— Certo. — Clark pareceu meio atordoado. — Acho melhor deixar você se trocar, então. — Ele se virou. — O banheiro está livre. A gata deve ter encontrado outro lugar para acampar. Vou estar no quarto. Com a divisória fechada — terminou, desconfortável.

Riley esperou até ele conseguir enganchar a barreira frágil de plástico antes de ir para o minúsculo banheiro e desabotoar a calça jeans.

Era surreal estar se despindo a um metro e meio de Clark, sabendo que ele estava fazendo a mesma coisa, ainda que não pudessem se ver.

A porta de compensado do banheiro era fina. Será que ele conseguia ouvir o zíper dela se abrindo, o *slosh* do jeans molhado se grudando enquanto ela o deslizava pelas coxas?

Ela estava com a perna toda arrepiada, sem dúvida por ter passado tanto tempo encharcada até os ossos.

Indo até a pia, ela deu seu máximo para torcer a água das roupas antes de pendurá-las no chuveiro. Com sorte, estariam secas o bastante para ela poder usar na volta, quando a tempestade amainasse.

Nua e tremendo, ela estendeu o braço para pegar o suéter que Clark tinha lhe dado. O interior do trailer estava mais quente do que lá fora. Mas seus mamilos não sabiam disso.

Ela suspirou ao vestir o tecido macio pela cabeça, tentando em vão puxar para não ficar colado demais nos seios soltos. Uau, não pinicava nada. Devia ser suéter de rico. Uma olhada rápida na etiqueta confirmou: cem por cento caxemira.

Tá bom, hora da calça. Balançando a calça, ela a colocou na frente das pernas. Riley dava uma chance de cinquenta/cinquenta para conseguir vestir sem estourar as costuras. Além do pendor para quebrar maldições, ela tinha herdado da avó os quadris "de parideira" e uma bunda que combinava. Com cuidado, ela se rebolou para vestir a calça. Apesar de ter ficado insanamente esticada nas coxas e grudadas que nem plástico-filme em todo o resto, coube graças à cintura elástica. *Ufa.*

Mais um raio cortou o céu e a fez dar um pulo.

Não tinha espaço no chuveiro para pendurar a toalha. Ela ia ter que perguntar se tinha outro lugar para estender.

— Clark?

— Sim?

Ela supôs que significava "Sim, estou vestido", então abriu a divisória e descobriu que definitivamente não era nada disso.

Ela o viu de perfil e, por um segundo, seu cérebro era só *coxas, coxas, coxas.* Todo aquele músculo firme cortado em linhas fortes e pesadas.

Riley lambeu os lábios que de repente estavam secos.

— Dá licença? — falou Clark, parecendo mais estupefato do que ofendido com a atenção dela.

Ah, caralho. Ela cobriu os olhos com a mão.

— Desculpa.

Que ótimo, Riley, ser pega babando no inimigo.

Houve um som de tecido se movendo enquanto ele voltava a se vestir.

Então:

— Prontinho — disse ele, baixo.

Quando Riley abaixou a mão, ele vestia uma camisa de rúgbi puída, uma calça jeans seca e estava descalço.

— Estou com sua toalha.

Ela a estendeu como prova.

— Obrigado. — Ele deu um sorrisinho, pegou e esticou o tecido nas costas da cadeira no canto. — Precisa de mais alguma coisa?

— Não. Obrigada — falou ela, desconfortável. Ela já não estava à vontade com toda aquela generosidade; não dava para ignorar como as curvas dela faziam as roupas boas dele implorarem por misericórdia. — Eu só precisava descobrir o que fazer com isto.

Ela levantou a massa de cabelo ensopado que tinha começado a molhar o ombro do suéter dele.

Clark levantou os olhos de onde estava pendurando a toalha.

— Posso fazer uma trança, se você quiser.

— Você sabe trançar cabelo?

Ele levantou um ombro.

— Minha avó gosta.

— Ah. — Ela se recusou a achar aquilo fofo. — Tá bom, então. Pode ser, se você não se importar.

— Senta.

Ele gesticulou para o pé da cama.

Riley foi até lá e tentou se sentar o mais formalmente possível para alguém cujo cérebro tinha derretido e virado geleca ao ver os quadríceps de sua nêmesis.

193

Clark pegou um pente de um dos armários embutidos na estante de livros (*então ele tem um pente, sim*) e aí, parado atrás dela, começou a dividir o cabelo.

A primeira pressão dos dentes do pente disparou suas terminações nervosas que já estavam formigando. Riley se obrigou a ficar imóvel, com as costas eretas, numa postura similar à de quando ele recebera a massagem dela.

Com as posições invertidas, ela não pôde deixar de notar que, apesar do quanto ela estivera tentando derrotá-lo, ele estava sendo muito cuidadoso agora. Começando pelas pontas do cabelo, passando pacientemente pelos cachos. Não importava quantas vezes ela o pressionasse, quantas vezes tentasse provar que não queria ser mimada, ele sempre encontrava uma maneira de ser cuidadoso com ela. Isso, mais que as censuras dele, era difícil de superar.

Por algumas respirações, não houve nada além da presença dele às suas costas, grande, próximo e quente, e o suave puxão do pente no couro cabeludo. Riley não sabia se ria ou gemia. Era enlouquecedor que esse homem que ela queria odiar ficasse constantemente encontrando maneiras de penetrar em suas defesas.

Os nós dos dedos de Clark tocaram a curva sensível do pescoço dela enquanto ele separava o cabelo para a trança. Os lábios de Riley se entreabriram. Mesmo que Clark não pudesse ver seu rosto, ela se sentia muito exposta, ali na cama dele, vestindo suas roupas, deixando que ele a tocasse.

Ela tentou se acalmar respirando fundo, mas é claro que as roupas tinham o cheiro do sabão orgânico que ele usava — fresco, mas não floral, com um toque persistente de protetor solar e do repelente que ele usava. Aromas de verão que a faziam pensar em churrasco, nadar e pele quente e brilhante.

Enquanto ele fazia a trança com movimentos rápidos e seguros, ela ficou sentada ali, impotente, tentando não se concentrar na destreza dos dedos dele. Quando o próximo manejo de seu cabelo foi brusco, Riley soltou um leve suspiro.

— Desculpa. — Clark imediatamente relaxou o aperto de mão. — Vou ser mais cuidadoso.

— Não tem problema. Eu gosto — disse Riley sem pensar.

Houve uma pausa pesada.

A pulsação dela começou a acompanhar o tumulto selvagem da tempestade que fustigava o telhado de metal.

Não tem por que se envergonhar, disse a si mesma, lutando contra um pânico crescente. Então ela gostava de um certo tipo de sexo. E daí? Ela sabia disso sobre si mesma já fazia algum tempo. Não era nada de mais.

E, claro, era necessário um parceiro com certas inclinações complementares, mas Riley não esperava que Clark Edgeware lhe desse o que ela precisava.

Ele era inglês. O povo dele havia praticamente inventado a repressão.

Exceto que ele estava lentamente enrolando os fios de cabelo dela com mais firmeza em seu punho.

— Você quer?

As palavras caíram como veludo contra a pele que ele havia exposto na nuca dela.

Dessa vez, quando ele puxou, a pressão foi deliberada. Um teste.

Riley não deveria permitir.

Eles estavam em uma luta constante por poder desde que se conheceram.

Ele achava que ela estava abaixo dele.

Ela queria estar.

— Sim — respondeu Riley, com o coração batendo forte.

— Quanto?

A pergunta não foi ofegante. Ele não queria apenas ouvir a resposta, embora ela presumisse que houvesse um pouco disso. Não, Clark perguntou como um cientista — curioso, avaliando. Como se quisesse saber exatamente como deixá-la excitada.

— Só… — Riley fechou os olhos por um segundo, reunindo forças. — *Mais forte.*

Ele colocou um joelho na cama ao lado dela e se inclinou para a frente até suas costas quase cobrirem as dela e seu rosto estar logo acima do ombro esquerdo de Riley.

— É mesmo — disse ele, baixinho, interessado.

Não era uma pergunta.

Clark segurou o cabelo dela para inclinar o rosto de Riley em direção ao dele, até que apenas alguns centímetros separassem seus lábios e o couro cabeludo dela ardesse.

— Me manda parar.

A barba rala permanentemente por fazer contrastava com o convite suave da boca dele.

Riley olhou fixamente nos olhos dele, desafiadora. Não havia nada que ele pudesse fazer que ela não conseguisse suportar.

A respiração dele mudou, o peito subindo e descendo sob a camisa de rúgbi com movimentos exagerados. Clark levou a boca até a parte de baixo da mandíbula dela e deu um beijo leve, quase imperceptível.

— Diz que você não me quer.

O comando era áspero como cascalho, afiado. Tão duro quanto a mão em seu cabelo.

— Não.

Riley se deleitou na recusa, inclinando-se à frente para aumentar a tensão do aperto dele enquanto ela diminuía a distância entre os dois.

Clark interrompeu o beijo quase imediatamente, de olhos arregalados, chocado. Não imaginava que ela fosse levar aquilo em frente. Ele tinha presumido que aquilo era um jogo, como tantas das interações deles.

Desta vez, quando ele riu, foi sombrio e suave.

— Você ainda vai me matar.

A proclamação pareceu liberar algo dentro de Clark. Quando ele a beijou depois, não houve nada de tímido. Ele tomou a boca dela como se lhe pertencesse. Como se ela inteira lhe pertencesse.

Do jeito que ela ficou zonza e maleável no mesmo instante, os lábios dele deviam ter veneno. Nada devia ser tão delicioso assim. Cada pressão e deslizar da língua dele ia direto para o meio das pernas dela.

Eles se beijaram da forma como faziam tudo, um dar e receber pesado.

Clark escorregou a mão livre lentamente do maxilar dela para o pescoço, um toque leve, uma carícia, e descansou entre as clavículas. Sugou o lábio inferior dela, mordeu a curva inchada. Mais do que um pouco cruel.

Vou pagar por isto, pensou ela e, decidida a fazer valer a pena, fechou os olhos ao estremecer.

O cheiro da pele dele, o peso quente da mão em seu peito, a forma como ele segurava seu cabelo. Era tudo horrível e maravilhoso.

— Riley. — Clark raspou os dentes na curva do maxilar dela. — Me deixa fazer uma marca.

Ela fez que sim, o movimento limitado pelo aperto dele, pronta para abrir as pernas só pelo jeito que ele dizia seu nome.

Ele a varreu da cabeça aos pés, avaliando.

— Onde?

Riley imaginou sua pele nua marcada pelas impressões do desejo dele.

Ela era agente de sua própria destruição. Tão imprudente quanto ele dissera que ela era.

— Em qualquer lugar. — Ela inspirou e expirou fundo pelo nariz, sentindo-se absolutamente selvagem. — Onde você quiser.

As partes mais sérias do rosto de Clark — o corte das sobrancelhas escuras, a boca dura — expressaram um deleite malicioso.

Riley esperou que ele fosse no pescoço, deixasse a primeira marca onde a conquista seria mais visível, mas, em vez disso, Clark levou os lábios à carne do ombro e deu um chupão quente e forte na pele sensível.

— Não acredito que você está na minha cama, sem nada sob as minhas roupas.

A voz dele estava grave e incrédula, com algo como um deleite deslumbrado destacando as palavras.

— E? — Apesar de lutar por vantagem parecer vagamente hipócrita àquela altura, Riley podia pelo menos obrigá-lo a se esforçar. — O que planeja fazer comigo?

Clark levou as mãos ao meio das pernas dela e apertou as cristas duras dos nós dos dedos na costura interna da calça de moletom.

— Te desmontar.

Riley arqueou as costas. Levou as mãos aos ombros dele, mordendo o lábio para silenciar um gemido.

Não era culpa dela. Como ele ousava transformar o ato de trançar o cabelo em uma preliminar?

Clark deixou que ela balançasse para a frente e para trás contra seu punho, rebolando os quadris em pequenos círculos, buscando fricção.

Riley queria tanto gozar que não conseguia nem enxergar. Reconhecia cada instinto terrível dentro de si — de gemer, miar, implorar.

Mas ela não ia. Ela se apertou com mais força na mão dele, usando os quadris. Se precisasse gozar sozinha, mesmo que fosse assim, era o que ia fazer.

Clark a observava.

— Não acredito que você vai facilitar para mim.

O calor subiu ao rosto dela.

Tá bom. Não. Riley se recusava a ser a única se desfazendo. Ela arrancou o suéter por cima da cabeça com uma só mão, usando a outra para forçá-lo a se sentar.

Por um longo momento, ele só a olhou, respirando forte pelo nariz.

Sob o olhar dele, os mamilos dela endureceram tão rápido que quase doeu.

Clark soltou um xingamento enquanto segurava o seio dela com a mão em concha, testando o peso com a palma. Seu polegar roçou o bico, para a frente e para trás, de um jeito enlouquecedoramente suave.

— Eu te falei do que eu gosto — disse Riley, tremendo e impaciente.

Ela queria aquele ápice de dor para esfriar a cabeça, lhe devolver algum senso de si mesma. Ali, na cama dele, onde ela se sentia tão perigosamente à deriva.

Ele fechou o polegar e o indicador na ponta de cada seio, mas não aplicou nenhuma pressão, só ficou segurando.

— Pois é, falou.

Sem mudar a posição, ele apertou a parte de baixo do seio dela entre os dedos do meio e indicador, com força bastante para deixar um hematoma.

Ela jogou a cabeça para trás e abriu a boca. A sensação era boa, mas não suficiente.

— Meu Deus, como você é sensível — disse ele, praticamente para si mesmo.

De olhos fechados, Riley ofegou.

— Este é o seu melhor?

Ela abriu os olhos e viu que os dele estavam queimando enquanto ele mudava a posição da mão e aplicava pressão num ângulo diferente. Mais aguda. Mais intensa.

Ele beijou o pescoço dela suavemente enquanto a dor nascia.

— Você ainda não viu nada.

Ela então fez um ruído, algo histérico, no meio do caminho entre risada e gemido.

Ele achava que ela era uma piada. Riley podia imaginá-lo dizendo: *Sabe, se você desistir logo dessa bobeirinha de maldição, talvez eu te leve num segundo encontro.*

A garganta dela doía, a voz tinha ficado rouca de tanto ela se segurar.

— Isto não quer dizer que eu goste de você.

— Você não precisa gostar de mim. — Clark soltou o seio dela e deu um tapa no meio das pernas dela. — Você já está quase encharcando a calça que acabei de te dar.

Ele estalou a língua nos dentes.

Riley ofegou. Podia ser de indignação. Não era.

— Não está?

Ele fez de novo. Mais forte.

O ardor foi uma delícia e insuficiente.

Como sempre, Riley odiava quando ele tinha razão.

— Se você quer tanto saber...

Ela fez menção de arrancar a calça, mas Clark segurou seus pulsos.

— Ah, não, querida.

Ele deitou Riley com as costas na cama e subiu nela, com os joelhos ao lado do quadril dela.

Ela levantou a cabeça para Clark. Para seus olhos largos e orelhas meio grandes demais, traços que, em vez de prejudicar a beleza dele, só serviam para aumentar a sedução — o tornavam distinta e humanamente adorável. Por que um nome carinhoso falso a afetava como nada mais? Porque ela nunca tivera um de verdade, e era provável que nunca sentisse.

— Eu não sou sua querida.

Manter contato visual com Clark era como olhar o sol, arriscar dano permanente pela chance de ver algo reluzente.

— Não. — A boca dele estava fechada numa linha dura quando ele colocou o joelho entre os dela, pressionando o tecido úmido do moletom contra a pele. — Mas mesmo assim vai me deixar acabar com você, não é?

Riley estremeceu. Não devia permitir tanto, mas ele estava lhe dando o que ela desejava havia muito tempo. Desde que ficara sabendo o que era o sexo, o que podia ser. Ele tinha razão; receber isso dele era desastroso.

Clark pegou o lóbulo da orelha dela no calor úmido de sua boca e sugou, antes de acariciar o ponto de pulsação.

— Vamos ver o quanto eu consigo te bagunçar.

Quando ele foi beijar a boca dela, Riley se virou no último segundo, decidindo que ele não podia ter tudo.

— Você continua brava? — Ele riu, virado para o pescoço dela, sem conseguir segurar. — Ah, melhor ainda.

O sangue de Riley ferveu e ela se contorceu embaixo dele. Uma parte à qual ela nunca dava vazão desejava violência, queria enfiar o cotovelo naquela cara idiota e arrogante.

Era possível transar com alguém e mesmo assim o odiar. Acontecia o tempo todo com as pessoas.

Ele sorriu e abaixou os dentes no mamilo dela.

— Vou deixar um chupão nos seus peitos maravilhosos até você estar ofegando e se contorcendo, implorando para eu te machucar só mais um pouquinho.

— Vai nessa, então — resmungou Riley, com as coxas se apertando só com a imagem.

Ele podia ficar com o corpo dela. Afinal, não era o coração.

Clark juntou os peitos dela e os empurrou para cima, beijando o topo daquela montanha quase com reverência. O nariz dele estava roçando na fenda do decote.

— Ainda sinto cheiro da chuva em você — disse ele, com uma ternura surpreendente.

Ah, não. Nada disso.

Riley arqueou os quadris para cima, tentando se esfregar de novo no joelho dele, mas Clark abaixou as mãos em sua cintura, mantendo as costas dela apoiadas na cama enquanto roçava a barba por fazer embaixo dos seios dela, por cima das costelas. Assistindo-a ficar cor-de-rosa com o atrito.

— Anda logo — ela se obrigou a reclamar.

E era verdade, pelo menos, que, apesar de todas as suas promessas sombrias, ele mal a tinha mordido até aqui.

E então: *ah*.

Os dentes dele se fecharam na pele fina atrás da orelha. Aí, no alto do seio dela. Aí, na cavidade da garganta.

Não era surpresa que Clark tivesse uma abordagem metódica, mapeando suas marcas nos seios, na barriga, tirando a calça dela para cobrir cada uma das coxas até o prazer e a dor se misturarem nas terminações nervosas. Até deixar uma trilha abrasadora no corpo dela. Até fazê-la tremer embaixo dele.

Ela nunca tinha sido provocada dessa forma. Até a beira do abismo. Sem parar. Lágrimas escorriam dos cantos de suas pálpebras.

Clark as limpou gentilmente com a manga, dando beijos levíssimos nos rastros deixados na bochecha e no queixo dela.

Ele se apoiou nos calcanhares, dando-lhe espaço.

— É demais? — perguntou ele, suave, sério. — Quer parar?

Riley fez que não, ofegando no travesseiro dele.

— Caralho, eu te mato se parar.

Clark sorriu, afastando uma mecha da trança meio desfeita dela da têmpora suada.

— Você tem mesmo um rosto perfeito, né?

Riley segurou a respiração. Quando ele estava sendo grosseiro ou cruel, ela conseguia se segurar... por pouco. Mas ele não deveria ter permissão de fingir que se importava com ela quando não era verdade.

Era foda que mais cedo, lá no castelo, enquanto Riley estava numa escada tramando destruí-lo, Clark estivesse garantindo que ela não ia cair.

— Bom.

Ele tirou a mão, olhando por um momento o edredom como se talvez também tivesse pensado em algo fodido.

Mas, aí, ele bateu palma de maneira escandalosa o bastante para tirar os dois do transe.

Quando voltou a falar, seu sotaque estava mais forte, mais duro.

— Você finalmente está pronta para gozar, então? Estou esperando faz séculos.

Riley soltou uma risada-soluço estrangulada.

— Você é horrível — disse, baixinho, com os olhos bem fechados e o corpo tenso como um arco.

— Na maior parte do tempo — sussurrou Clark enquanto finalmente, *finalmente*, escorregava as mãos para o meio das pernas dela, com um toque leve, avaliando. O que encontrou o fez assoviar. — *Riley, sua garota safada.*

Se ele não tivesse enfiado dois dedos grossos dentro dela naquele momento, talvez ela o sufocasse com um travesseiro.

Clark era exatamente a mesma pessoa na cama e fora dela: metido e controlador, zombeteiro, que se congratulava o tempo todo. A diferença era que, aqui, Riley gostava.

— Seu corpo todo está vermelho — comentou ele, casualmente, enquanto enfiava os dedos nela.

Riley estendeu a mão para seu clitóris, esfregando rápido e com força, desesperada para acabar com aquilo.

— Impaciente? — Clark estendeu o pescoço para ver as mãos dos dois trabalhando juntas. — Que gracinha. — Ele roçou o anelar no local em que ela já estava aberta. — Quer mais um?

Os dedos dos pés dela se curvaram, ela estava perto, muito perto.

— Quero que você pare de falar.

Ele deu uma risadinha sinistra.

— Mentirosa.

E curvou três dedos dentro dela enquanto Riley usava a própria mão rapidamente, sem dar trégua.

Naquela manhã, ela tinha decidido torná-lo um inimigo e falhara nisso, mas Riley podia odiá-lo por isto; por como era gostoso o quanto ele a machucava, por como arrancava súplicas dos lábios dela, vermelhos de mordidas.

— Eu te odeio — ela disse, com a voz baixa e fervendo, enquanto tudo desabava. Enquanto ela gozava mais longa e intensamente do que na vida toda. — Meu Deus, Clark. Eu te odeio pra caralho.

Riley saboreou as palavras junto com a liberação.

Quando ela enfim parou de tremer, Clark gemeu, deslizando os dedos devagar de dentro dela, levando os três à boca e os chupando até ficarem limpos. Ele fechou a palma da outra mão no volume obsceno em seu jeans.

Clark ficou olhando-a suada, jogada, demorando-se nas marcas que tinha feito com a boca.

— Meu Deus, olha só você.

Ela deslizou a palma da mão no abdome tenso dele, por baixo da camisa de rúgbi, traçando as linhas de músculo que apontavam para a pelve.

— Por que você ainda está com tanta roupa?

Já que ele não parecia inclinado a parar de olhá-la por tempo suficiente para se despir, Riley levantou a blusa dele o máximo que conseguia naquela posição, tentando revelar a barriga e o peito. Pelos escuros iam da clavícula até abaixo do umbigo. Riley queria passar a boca por todo o corpo dele até os olhos de Clark se revirarem.

— Feliz agora?

Ele respirava em arquejos fortes enquanto se acariciava por cima da calça.

— Não — respondeu Riley, puxando o cós da calça. — Tira a calça.

— Estou quase — alertou ele enquanto puxava a calça para baixo e, com um gemido, fechava a mão no próprio membro.

Como não tinha justiça no mundo, o pau dele era tão maravilhoso quanto o resto. Riley piscou, atordoada, enquanto ele se debruçava sobre ela.

Clark estendeu a mão oposta e circulou uma das marcas de dente no seio dela com as pontas dos dedos.

— Deixa eu gozar nos seus peitos.

— Vem, sim — ela conseguiu dizer, tentando se elevar um pouco apoiada nos cotovelos.

Meu Deus, como ela queria que ele fizesse isso. O que ele tinha dito antes? *Vamos ver o quanto eu consigo te bagunçar.* Ela faria qualquer coisa para fazê-lo perder o controle também.

Riley devorou a visão dele: dentes apertados, pescoço esticado, se masturbando como se mal pudesse esperar para chegar ao ápice. Será que ela já tinha visto algo tão sexy quanto aquele homem?

Quando a pegou olhando, Clark acelerou os movimentos.

— Ah — disse ela, com um sorriso de gato da Alice se abrindo. — Você gosta que assistam.

A barriga dele se contraiu e ele ficou vermelho do rosto até o peito.

Riley tinha acabado de gozar. O corpo dela ainda estava exaurido, corado, mas, nossa, que coisa mais interessante. *Será que…*

— Quem ia imaginar — ela continuou olhando nos olhos dele — que você era uma *vadiazinha suja*?

Clark xingou ao jorrar por todo o peito dela, já passando a mão ali, ofegando em cima dos mamilos dela e de seus hematomas que continuavam a florescer.

Riley pressionou um joelho no outro e tentou recuperar o fôlego. Olhou para o próprio corpo. Era uma visão tão deliciosamente obscena que ela já sabia que ia gozar de novo mais tarde pensando nisso.

— Eu, hum, vou trazer uma toalha.

Clark se levantou, parecendo meio afobado depois do orgasmo.

Certo. Meu Deus, ela estava num trailer, no meio de uma tempestade.

Ela se permitiu cair de volta nos lençóis, chafurdando naquele desastre todo.

Em algum momento, ela teria que voltar para a pousada vestindo o que restasse dos vestígios físicos de sua paixão. Se aquilo não era uma maldição, ela não sabia o que era.

Riley precisava recuperar a compostura, e rápido. Ela tinha deixado isso acontecer. Tudo bem. Não era o ideal, mas podia lidar com aquilo. E precisava, porque não era a única em perigo ali.

No final, quando Clark chegou a seu momento de prazer, ele olhou para ela como se estivesse perdido. Como se Riley fosse a única coisa que o prendia à Terra. E ela não era. Não podia ser. Não para Clark. Nem para ninguém. Ela nunca teve tanta certeza como naquele momento.

As maldições não entendiam o conceito de dor ou misericórdia. Eram destruidoras, implacáveis. E ela havia feito à sua família e a si mesma um juramento de enfrentá-las na arena. De quebrá-las por qualquer meio necessário.

Sacrifício. Não apenas renunciando a Clark, mas a ela mesma.

Porque ela queria isso: o resplendor, ir além. Ela não podia mais mentir para si mesma. Nesta noite, ele havia deixado marcas em mais do que seu corpo.

Riley queria Clark. Com todos os seus defeitos. Com os dela.

Ela ignorou o nó em sua garganta. A súbita onda de náusea vertiginosa.

Quebrar maldições era mais do que seu trabalho. Era seu dom, seu propósito. Não podia desistir só porque estava ficando mais difícil. Porque o custo se tornara pessoal. Ela não podia ser boa para Clark. Mas podia ser boa nisso.

Um de seus primeiros clientes foi um pintor que havia perdido sua musa. Eles haviam tentado de tudo: amuletos, purificação, rituais. Nada funcionou.

"Você vai ter que abrir mão daquilo que mais teme perder", disse ela, com a maior gentileza possível.

Ele não pintou por um ano. Dizia que doía todos os dias. "Estou vivo, mas me sinto como se estivesse morto."

"Você tem que ter fé", ela tentou consolá-lo, "de que às vezes o que é difícil, o que *parece impossível*, é a única saída."

A musa e a arte acabaram voltando. Riley nunca havia lhe perguntado se o ano morto tinha valido a pena. Tinha medo demais da resposta.

De qualquer forma, Clark merecia algo melhor. Ela esperava que, depois disso, ele encontrasse alguém que nunca tentaria machucá-lo. Deus sabia que daria menos trabalho cuidar de qualquer outra pessoa.

Ele voltou segurando uma toalha úmida. Sua calça jeans ainda estava aberta, pendurada nos quadris, e a gola da camiseta estava esticada. Riley quase conseguia ver onde ela o havia tocado, como se ele tivesse se afastado da cama tão marcado quanto ela. O medo se acumulou com o peso de ferro em sua barriga.

A maldição a havia levado a uma oportunidade que ela nunca teria considerado por conta própria, a chance de se deitar na cama dele, de ficar nua com ele. Passar por suas defesas, deixá-lo sem armadura.

Philippa Campbell havia capturado Malcolm Graphm. *O que parece impossível.*

— Riley? — Por um minuto, pareceu que ele mesmo queria limpá-la, mas, aí, estendeu a toalha. — Você está bem? — Clark parecia preocupado, nervoso. — Quer um pouco de água?

Não ouse chorar, ela disse a si mesma. *Você deve pelo menos isso a ele.*

Ela pegou a toalha, enrolando.

— Estou bem.

Riley sabia rejeitar alguém. Deixar claro que a pessoa não tinha chance com ela. Trabalhava num bar esportivo em South Philly. Era mais gentil ser implacável, ir direto ao cerne da questão, não deixar ambiguidade, para a pior parte poder terminar o mais rápido possível.

Vai, ela disse a si mesma. *Você sabe o que tem que fazer. Como fazer.*

A coisa mais cruel que se podia dizer a alguém era a coisa mais cruel que a pessoa dizia a si mesma.

— Você sabia, né — ela manteve a voz estável —, em algum nível, que Patrick tinha mentido em Cádiz.

Clark ficou paralisado.

— Quê?

Era dessa manipulação que ele a acusara? Se ela não merecia o insulto antes, seria difícil discutir depois daquela noite.

Riley tinha esquecido — tinha deliberadamente se permitido esquecer — que a faca que tornava Clark o vilão da vida dela tinha dois gumes.

— Você presta atenção demais. — Ela se sentou, cruzando o braço na frente da barriga grudenta. — Não teria deixado de ver uma coisa tão grande. Seu instinto teria te mandado investigar, ajudar.

— Você é realmente inacreditável.

Havia uma incredulidade sincera no tom de Clark, apesar de ele ter conseguido deixar a expressão neutra. Era o tipo de coisa que podia ter dito a ela como elogio dez minutos antes, junto a todas as outras bobagens induzidas pelo desejo que havia derramado sobre a pele dela. Agora, ninguém se enganaria sobre o significado.

Um fim aos inimigos.

Ela engoliu o nó na garganta.

— Você acha que, por algum motivo, queria que ele fracassasse? Que perdesse a confiança do seu pai? Partisse o coração dele? Para você finalmente saber como era ser o favorito?

Ele tinha transformado o rosto numa máscara de frieza, mas não era especialmente bom em se controlar. Seus olhos brilharam com uma fúria crescente.

— Tudo para você é um jogo?

Riley se virou, passando a toalha úmida pelo corpo, de forma rápida e meramente formal. Ela ia tomar banho e passar um bálsamo quando voltasse à pousada, podia sussurrar consolos para si mesma ao pegar no sono. Riley vestiu de novo o suéter dele. Não lutaria voluntariamente sem blusa. Ela achou a calça de moletom embaixo da cama e a vestiu, apesar da costura interna vergonhosamente molhada.

Clark era lindo com raiva, os punhos cerrados e o maxilar de aço.

Ele tinha sido cruel com Riley mais cedo porque ela pedira. Aquilo era muito diferente.

Riley levou a mão à bochecha dele, a pele queimando sob a palma. Passou o polegar pelos lábios, aqueles lábios que a tinham beijado e acariciado, que tinham gerado uma tentação tão letal.

Ele fechou os olhos, quase vibrando com o esforço necessário para se segurar embaixo da mão dela.

Anda, ela se exortou. *Termina.*

Ele tinha dado todas as ferramentas. Ela só precisava oficializar. Fazê-lo odiá-la.

— Mas não funcionou, né? — sussurrou ela, sem conseguir pronunciar aquelas palavras nem um decibel mais alto. — Você ainda não é bom o suficiente.

A risada dele foi um latido duro que ressoou nos ouvidos dela quando Clark se afastou, indo para a entrada do trailer e abrindo a porta. Lá fora, a tempestade tinha se exaurido e diminuído para uma garoa lenta.

Clark saiu para a escuridão, deixando Riley sozinha em sua casa.

Desta vez, quando ela chorou, ele não estava lá para secar suas lágrimas.

Se, com um tratamento horrível, Riley conseguisse afastar Clark... a maldição não seria a única coisa que ela tinha quebrado naquela noite.

Capítulo 15

❧

Clark não conseguia parar de sentir o gosto de Riley.

Ele tinha sido muito burro. Muito ansioso. Tão desesperado por ela depois de uma exposição prolongada, todo aquele desejo frustrado, que ignorou os sinais de alerta. Disse a si mesmo que era só sexo. Nada de mais.

Era patético como ela o havia ridicularizado. Na cama, ele podia ter ficado por cima, mas estava comendo na mão de Riley.

Ele esperava que ela o atacasse, mas não daquela forma. Não naquele momento.

Riley havia se aproximado dele apenas o tempo suficiente para encontrar os pontos mais fracos, esperando a oportunidade perfeita para dar o bote.

Por algum motivo, era ainda mais humilhante que ele tivesse tentado enganá-la na semana passada e falhado de forma tão espetacular. Aparentemente, seis meses de reflexão mal-humorada e autoflagelo não haviam ensinado nada a Clark sobre traição. Riley não tinha ultrapassado suas defesas; ele as baixara para ela de bom grado, praticamente se abrindo para cumprir as ordens dela.

Ele não se sentiu atraído por ela — como uma mariposa ao fogo — na noite em que se conheceram? Era de se admirar, então, que, ao tentar tocá-la, ele tivesse se queimado?

Pelo menos agora aquilo estava verdadeiramente acabado para ele. Clark deveria agradecer a ela por ter lhe dado um pouco de juízo. Em nenhuma circunstância ele se permitiria chegar perto de Riley Rhodes outra vez. Se isso significasse abandonar o trailer no meio de uma terrível tempestade, que fosse. De qualquer forma, sua casa inteira cheirava a ela. *A eles*. Levaria dias para o cheiro sair.

Em vez de encontrar um lugar seco para dormir, ele voltou para o castelo e trabalhou, tremendo com os últimos uivos da chuva. A pesquisa o aterrava. Exigia esforço, concentração. Com as ferramentas em mãos, a única coisa que importava era concluir a tarefa. Clark trabalhou até que o corpo refletisse suas emoções — até estar esgotado, exaurido.

Quando finalmente voltou para o trailer depois do amanhecer, estava vazio, exceto pelo tipo de silêncio total que vem depois de uma tempestade violenta. Ele passou um pente no cabelo até parecer um homem que não conhecia a palavra *arrebatado*. Barbeou-se com uma precisão insana. Apertou o cinto de ferramentas e reamarrou o cadarço das botas.

Clark não tinha nascido ontem. Ele entendia de sexo casual. Não era como se achasse que Riley era sua namorada ou algo assim porque o tinha deixado colocar a boca nela. Mas ele certamente acreditava que, quando se ficava pelado com alguém, tratar a pessoa com respeito era o mínimo. Parte desse pacto tácito significava não jogar na cara suas piores inseguranças antes mesmo de o esperma secar.

Seu rosto ficou quente. Clark sabia que era boca suja na cama, mas aquilo era diferente. Ele podia se deixar levar pela carnalidade, sem filtros, no calor do momento, quando o sangue abandonava seu cérebro para atender a demandas mais urgentes. Riley o provocava como nenhuma outra parceira, desafiando-o a todo momento a mostrar o quanto ele podia ser vulgar. Ele achava as reações dela — partes iguais de entrega e resistência — singularmente viciantes.

Mas ele não podia tê-la deixado ir para sua cama sem um grau considerável de confiança. Essa oferta era importante — para ele, pelo menos —, sendo que eles não tinham feito nada além de trair um ao outro desde que se conheceram. Ele achava que, pelo menos, a interação deles na noite passada tinha sido sincera. Saber que ela era capaz de mentir tão bem sobre algo tão cru só o fazia temê-la ainda mais.

Ninguém jamais o tinha visto com tanta clareza quanto Riley. Francamente, ele nunca quis que vissem. Todo o esforço que fazia para controlar seu temperamento, para manter as aparências, não a impediu de encontrar seus pontos fracos.

Clark tinha amado ser um pouco cruel com ela na cama — isso deixou os dois excitados. Mas, na noite anterior, depois, quando ela o atacou na jugular, ele viu como Riley queria desesperadamente que ele revidasse e se recusou a lhe dar a satisfação. Clark não entendia o que havia mudado. Por que ela tinha se voltado contra ele tão repentinamente? Será que ela confundiu os limites entre as brincadeiras na cama e a vida real?

Ele disse a si mesmo que não importava o motivo — estava determinado a não se importar.

Juntando suas ferramentas e suprimentos, Clark foi até a masmorra, uma área que ele ainda não havia explorado. Como era de se esperar, o espaço apertado era excepcionalmente escuro, além de úmido, com o chão de terra inundado pela tempestade.

Clark imaginou que Riley não fosse segui-lo até ali, agora que sabia que ele resistiria à sua isca. Qual era a graça de um cachorro que não ia buscar o graveto?

Quando ele desceu os degraus de pedra, a porta de ferro forjado de uma cela que ocupava todo o cômodo balançou, rangendo, com a brisa fria da manhã. Dentro, o escoamento do solo úmido corria em direção a um ralo no canto. Ao entrar, Clark tentou não pensar muito em todos os outros fluidos que podiam ter sido derramados ali ao longo dos séculos.

Era macabro, mas ele adorava masmorras. Elas guardavam muitas emoções desesperadas. E pessoas desesperadas pensavam mais em deixar uma marca. Esse pensamento o lembrou de algo que Riley tinha dito logo no início sobre aquele castelo e maldições, mas Clark afastou a lembrança, não querendo admitir que ela havia poluído sua mente.

O musgo crescia entre as grossas placas de pedra cinza nas paredes, o cheiro da vegetação rasteira se misturando com outros minerais no ar. Ele procurou metodicamente por pedras soltas, na esperança de encontrar um esconderijo de algum dos antigos prisioneiros da masmorra. De acordo com sua pesquisa, Malcolm Graphm era o homem mais famoso preso ali. Pelo que Clark sabia, também tinha sido o último.

Era um trabalho lento. Ocasionalmente, ele encontrava uma peça que se mexia ao seu toque, mas, na maioria das vezes, a deterioração vinha da idade e não da intenção. Ainda assim, a determinação o nutria melhor do que qualquer outro alimento. Ele precisava encontrar um artefato hoje, algo que não tivesse sido afetado por Riley e todas as suas teorias que traziam confusão.

Finalmente, no nível do solo, seus olhos se fixaram em algo. Era uma coleção de linhas raspadas na gaiola de ferro que pareciam ser... marcas de contagem? E então, enquanto ele limpava as camadas de sujeira e poeira, sob aquilo, minúscula, havia uma linha em gaélico.

Bho a bilean, bàs

Imediatamente, ele pensou na caverna, embora a gravura ali parecesse diferente, fina e inclinada. Quando Clark traduziu a frase com o seu celular, não viu uma correlação imediata: *Dos lábios dela, a morte.*

— Nem me fala, amigo.

Clark sentia o prisioneiro ali naquela cela úmida, preso, mas metódico, contando os dias, esperando por resgate. Sem saber se conseguiria sair. Deixando uma última palavra da única maneira que podia.

Quando as paredes não revelavam mais nada além de poeira, Clark começou a trabalhar no chão. Usar a pá dava vazão à sua raiva. Era mais difícil pensar quando todos os seus músculos se esforçavam, trabalhando juntos para vasculhar a terra havia muito adormecida.

Depois de alguns minutos, a ponta da pá bateu em alguma coisa. O bater de metal contra metal em seus ouvidos foi como rastejar até a água depois de dias vagando no deserto. O coração de Clark acelerou. *Será que era mesmo? A salvação?*

Ele não estava nem aí para o que ia encontrar. Que fosse um penico. Só queria ter algo dali para mostrar além de machucados emocionais.

Deixando cair a pá, ele se ajoelhou. A terra molhada encharcou sua calça enquanto ele juntava a terra grossa entre os dedos, frenético demais para usar luvas ou mesmo ferramentas. Com cuidado, Clark limpou a superfície de algo escuro e curvo no chão. Qualquer que fosse o objeto, era feito de metal pesado.

Depois de remover o suficiente da sujeira, ele puxou um rolo de corrente de ferro feito de anéis grossos entrelaçados com cerca de duas vezes o comprimento de seu antebraço. Em cada extremidade, ele encontrou algemas — longas e grossas, cada uma das faixas com cerca de oito centímetros de largura.

Clark puxou o artefato cuidadosamente do chão. As algemas estavam destravadas e ele se certificou de não as pressionar e fechar durante a inspeção. Ele nunca havia encontrado um par tão antigo. O trabalho em ferro era magistral, como a adaga que eles haviam encontrado, mas muito menos ornamentado, projetado para o serviço e não para a estética. Suas mãos formigavam onde ele segurava o artefato, o entusiasmo subindo por sua espinha como uma corrente elétrica.

Que estranho que um par de algemas pudesse lhe oferecer sua fuga. Com certeza Clark poderia ir embora agora. Levaria aquilo diretamente para a HES para testes e análises laboratoriais. Ele não teria que ficar ali, com Riley. Poderia abandonar a lembrança dela, suas fantasias tolas.

Uma espécie de euforia doentia se apoderou dele, em vez do senso de orgulho habitual que vinha com uma descoberta. Ele documentou a cena, coletou amostras de solo e tirou fotos, tudo com as mãos trêmulas. Quando Clark finalmente arrumou as coisas para ir embora, levou as algemas consigo. Como Riley tinha jurisdição conjunta sobre a adaga, ele pediria a Martin que a entregasse ao laboratório em algum momento no futuro. Depois que ela se fosse.

Ele se apressou em subir os degraus ao sair. Estava muito perto, quase livre quando… lá estava ela. No saguão de entrada, iluminada por trás pelo sol poente.

Todas as evidências de que Clark a havia tocado estavam cuidadosamente escondidas por uma calça jeans escura e uma blusa de gola alta e mangas compridas. O cabelo em que ele havia colocado as mãos na noite passada estava solto, recém-lavado, sobre os ombros.

Depois de uma longa pausa, Riley abriu a boca e a fechou quando seus olhos se voltaram para as algemas sujas nas mãos dele.

— O que você...

— Eu estou indo — disse ele, interrompendo-a. — Vou embora de Torridon.

E daí que ele ainda não havia terminado de examinar toda a planta do castelo? Um homem tem seus limites. Além disso, tanto Martin quanto a HES estavam loucos para que ele concluísse a tarefa havia tempo. Todos ficariam aliviados ao saber que Clark finalmente concordara em partir.

Riley assentiu com firmeza, com o rosto estranhamente pálido.

— E você está indo embora por minha causa?

Ele poderia ter mentido. Mas qual era o objetivo de ser gentil? Ela nem gostava daquilo.

— Sim. Você venceu.

O anúncio não pareceu agradá-la.

— Suponho que — ela se abraçou — nada que eu possa dizer vai te fazer mudar de ideia?

Ele franziu a testa. Ela devia ter acordado culpada para oferecer uma coisa dessas.

Clark pensou: Riley pedindo perdão. Riley dizendo que o desejava. Riley implorando para que ele ficasse. Embora as imagens evocassem breves lampejos de emoção, nenhuma delas o comoveu o suficiente para mudar de ideia.

— Exato. — Ele havia aprendido a lição. Queria dar um fim naquilo e aproveitou a primeira oportunidade que encontrou. — Um artefato não é um resultado excelente depois de seis semanas no local. — Enquanto segurava as algemas, Clark conseguia ouvir a voz do pai. — Mas talvez eu sempre tenha sido mais talhado para o trabalho administrativo.

Ele deu um passo à frente, passando por ela. Estava quase chegando à porta quando ela disse:

— Clark, espera.

Ele fez uma pausa, mas não se virou.

— Se você vai retirar o que disse ontem à noite, nem precisa.

— Não vou. — O desafio característico que estava faltando nela até agora se infiltrou naquela declaração. — Eu só ia dizer que, mesmo que tudo o que eu disse sobre seu irmão e seu pai seja verdade, você está errado sobre o que torna alguém digno.

— *Eu estou errado?* — Ele teve que rir. Se era a tentativa dela de se desculpar, era tão horrível quanto a conversa depois do sexo. — Essas são as últimas palavras que você tem a dizer?

— Sim.

Ele se virou então para zombar dela. De todos os jogos desprezíveis…

— Estou tentando dizer que quero que você saiba… — Ela passou a mão pelo cabelo, deixando-o ainda mais bagunçado. — Você é bom. Uma boa pessoa. E vai ser bom do mesmo jeito sendo um arqueólogo famoso ou um faz-nada desonrado ou, Deus me livre, entrando para uma banda.

Ela fez uma careta verdadeiramente terrível na última frase.

Clark, como a maioria das pessoas, não conseguia aceitar bem um elogio, mas Riley não tinha falado aquilo como um elogio. *Você está errado*, reconfortante em sua familiaridade, garantiu que as outras palavras dela chegassem em volume normal, em vez de abafadas. *Você é bom.*

Ele não sabia se era a tentativa dela de se desculpar. Se sua consciência exigia que ela equilibrasse a balança um pouco antes de ir embora. Mas Clark ouviu a convicção em seu tom. Forte, firme. Apontada como uma flecha diretamente para suas entranhas macias e sujas. Ela estava falando sério.

Dessa vez, quando ele reproduziu as acusações que ela havia feito a ele na noite passada, ele as ouviu de forma um pouco diferente.

Ainda eram uma tentativa flagrante de feri-lo. Uma acusação de seu desejo egoísta de ser visto, de ser amado, de deixar o pai orgulhoso, mesmo que às custas de Patrick.

Clark carregava esse pensamento podre desde sempre. Tentou enterrá-lo, encolhê-lo e ignorá-lo. Mas era parte dele. Como uma pequena mancha escura em seu coração. Motivo de vergonha constante.

Ele havia passado trinta e poucos anos tentando esconder essa... *essa falha*. Antes de hoje, não conseguia imaginar nada pior do que alguém, praticamente uma estranha, enxergar isso.

Mas, agora, se Riley achava — como havia dito — que, de alguma forma, apesar de sua deficiência moral, ele era bom...

Não que ele *poderia* ser bom, caso se redimisse. *Ele já era*, ela tinha dito.

De formas que transcendiam o que ele era capaz de conquistar.

Nesse momento, Clark não gostava dela mais do que naquela manhã. Mas era verdade que ela já tinha conseguido o que queria — ele estava indo embora. Ela não tinha motivo para mentir.

Mesmo que só estivesse entregando a ele um prêmio de consolação, Clark achou que gostaria de ficar com ele.

Ele a olhou nos olhos demoradamente, permitindo-se uma última indulgência depois de uma semana difícil, um mês difícil, um ano difícil.

— Entrar para uma banda é a pior ocupação que você consegue imaginar?

Os lábios dela se curvaram numa sombra de sorriso.

— Não tem, literalmente, nada pior que alguém sentar na sua frente com um violão e tocar uma música que acabou de compor. Devia ser ilegal. Para onde se deve olhar? Para suas mãos? Sua boca? E se for horrível? Eu não vou querer avisar.

Tinha algo doloroso na forma como ela falava da situação hipotética. Embora ela obviamente estivesse falando *sua* de forma geral, as palavras deixavam ambiguidade demais para o ego frágil dele. *Suas mãos. Sua boca.*

A escuridão se abateu sobre eles. A última lasca de sol devia ter caído atrás do horizonte. Um barulho estranho de agitação chamou a atenção deles para cima, onde de repente o teto parecia estar se mexendo, respirando. Ondulando, quase como se…

— Isso aí são…

— *Morcegos* — completou Riley, alguns segundos antes dele.

Quando a onda de minúsculos animais pretos formou uma crista e quebrou, não havia nada entre os dois e os olhos brilhantes e as presas diminutas. Derrubando as algemas, ele se jogou de barriga no chão no último segundo possível.

A corrente de ar da colônia escapando para a noite fez o cabelo dele voar.

— Que despedida.

Riley ficou de pé, cautelosa.

Clark continuou no chão, tentando recuperar o controle da respiração.

— Aqui.

Ela ofereceu a mão para ele se levantar.

Ele não aceitou. A última coisa de que precisava agora era tocá-la.

Seguindo a rejeição dele, Riley foi na direção das algemas.

— Não precisa. Eu pego — disse ele, grosseiro, estendendo os braços para elas.

Quando ambos esticaram as mãos em aros opostos, dois *clicks* consecutivos cortaram o ar.

— Mas que caralhos?

Clark puxou de volta o pulso enredado, mas só conseguiu uns dez centímetros, porque Riley estava presa na outra ponta das algemas.

— Ah, não. — Ela também começou a puxar. — Ah, não, não, não — disse ela, no ritmo da corrente de metal batendo conforme se esticava e contraía entre eles com a força das tentativas de se soltar.

Os dois puxaram em direções opostas, xingando, sem acreditar, até os pulsos ficarem vermelhos e doloridos.

— Riley — falou ele, tentando se aterrar enquanto seu cérebro berrava. — Estas algemas têm o cheiro característico da maldição?

Ela fez que sim, mordendo o lábio.

Puta que pariu.

— Por que você não falou nada?

— Você me disse que estava indo embora! — Os olhos dela se arregalaram do tamanho de um pires. — Eu achei que ela estava quase acabando.

— Bom. — Ele gesticulou para as algemas. — Você é a quebradora de maldições. Desfaça.

— Eu? — A voz dela tinha subido uma oitava. — Eu não sou o Magneto. Não consigo controlar metal.

Clark fechou os olhos. Como tinham chegado a isso? Dez minutos antes, ele estava imaginando quantos enroladinhos de salsicha compraria no primeiro Greggs pelo qual passasse no caminho de volta à Inglaterra.

— Não. — Ele tentou se convencer a ser paciente. — Estou falando para usar o esquema que você vive repetindo. Use um amuleto, purifique. Não quero nem saber qual bobagem você precisa fazer. Conserta isso logo.

Ele não podia ficar acorrentado a ela. Simplesmente não podia. Estava indo embora. Clark nunca mais ia ver Riley Rhodes de novo.

— Os artefatos são só uma extensão da maldição — disse ela, parecendo mais surtada até do que ele. — Até eu quebrar... acho que estamos presos.

— Não. É inaceitável. — Ele a puxou à frente. — Vamos. Tenho várias picaretas no meu kit.

Alguma coisa ia funcionar. Tinha que funcionar. Se precisasse, ele ia serrar os elos da corrente com uma lima de unha, que se danasse aquela peça histórica inestimável.

Capítulo 16

❧

Riley se apoiou na escrivaninha de Clark, quebrando a cabeça, tentando descobrir que porra estava acontecendo enquanto ele estava na quinta tentativa de abrir a fechadura (uma mais frenética do que a outra).

Ela não entendia. Clark estava pronto para ir embora. Tinha dito inclusive que ela o afastara. Mas a algema em seu pulso agia como uma trombeta metafórica berrando: *VOCÊ ERROU*.

A cabeça dela estava latejando. Ela tinha machucado Clark a troco de nada? Não era como se antes ela se sentisse nobre ou coisa do tipo. Só não tinha percebido que era capaz de se sentir pior.

Isso até Clark enfiar um canivete na palma da mão enquanto tentava dar uma de MacGyver no mecanismo da fechadura.

— Caralho.

Ele levou a mão machucada à boca.

— Não faz isso. — Riley o levou até a pia, abrindo a torneira para lavar o corte. — Sabe, para alguém que se preocupa tanto com os machucados alheios, você podia tomar um pouco mais de cuidado com os seus.

Ela não tinha intenção de que aquilo parecesse uma metáfora, mas… *pois é*.

Pegando o kit de primeiros socorros que ele tinha usado para cuidar dos arranhões que ela recebera da gata (o braço direito de Riley realmente estava passando por uma maré de azar naquela semana), ela tirou um Band-aid e o abriu com os dentes.

— Olha, de repente é melhor a gente chamar um chaveiro — sugeriu ela, enquanto Clark tolerava as tentativas desajeitadas de colocar o curativo sem a mão dominante.

— O tipo de broca que eles usariam ia dizimar completamente a integridade do artefato — explicou ele, como se Riley devesse saber exatamente como trabalhavam os chaveiros. — Precisamos de algo feito sob medida, forjado para destrancar o mecanismo sem danificá-lo de um jeito que não dê para consertar.

— Tá, tudo bem. — Ela soltou a mão dele e jogou fora a embalagem de plástico. — Então vamos chamar um ferreiro.

Eram eles que forjavam metal, certo? Será que ainda existiam, como profissão? Ela meio que supunha que fossem uma relíquia das antigas, que nem boticários.

Depois de muita angústia e várias xícaras de chá "para se preparar", Clark concordou em ligar para uma colega que estudava metalurgia antiga para ver se ela conhecia alguém capaz de ajudá-los.

— Vou dizer a ela que é uma pergunta teórica, tá?

A cautela na voz dele fez Riley levantar os olhos. Ele tinha conseguido falar muito pouco com ela nas últimas poucas horas de proximidade forçada, mas aquela frase em particular parecia ser custosa.

Clark estava envergonhado, percebeu Riley, além de não querer estar nem perto dela, de modo geral. Fazia sentido, pensando bem. Sendo quebradora de maldições, ela vivia passando por umas paradas doidas, mas ser fisicamente contido por um dos artefatos que havia descoberto provavelmente era inédito para Clark... mas não para todos os arqueólogos, certo?

— Entendido.

Ela bateu uma continência, sentindo uma necessidade bizarra de usar o máximo possível a amplitude de movimento da mão livre.

Vai saber quanto tempo eles iam ficar presos assim, então Riley estava evitando muito atentamente sua garrafa de água, já que não tinha como ela e Clark estarem se dando bem o suficiente no momento para discutir um sistema para quando um dos dois tivesse que fazer xixi.

Foi preciso uma conversa esquiva relativamente longa, mas, no fim, a colega deu a referência de uma amiga de um amigo que — boa notícia! — podia forjar uma chave para eles. Infelizmente, a ferreira (eles ainda existiam, sim) teria que ir até eles para tirar um molde e só conseguiria chegar de Manchester no dia seguinte, no máximo. E isso depois de Clark se oferecer para pagar um valor exorbitante como taxa de urgência.

Ele a fez se sentar enquanto transferia dinheiro no laptop para o resgate. Aparentemente, não conseguia se concentrar com ela *pairando em cima dele*.

Era muito inconveniente. Ela queria estar de volta a seu quarto na pousada. Era mais difícil ter ideias sem olhar todas as peças. Riley voltou à linguagem da maldição. *Um fim aos inimigos.*

Fim parecia a opção com mais oportunidade de interpretações. Humm. Se a maldição não queria que ela se livrasse de seu inimigo o afastando, como é que ela ia acabar com ele? A morte, obviamente, continuava não sendo opção. Além do fato de que Riley nunca assassinaria ninguém (apesar de sua dependência emocional de *Criminal Minds*) não se encaixava. Se a maldição quisesse machucá-los, já teria machucado.

Eles tinham sobrevivido às influências sinistras — qualquer uma delas podia ter sido letal — relativamente ilesos. Pelo menos fisicamente. A maldição tinha causado bastante prejuízo desde sua concepção, mas, pensando agora, ela não se lembrava de nenhum registro de fatalidade no local em mais de trezentos anos. Não, Riley não acreditava que a maldição quisesse alguém sete palmos abaixo da terra. Na verdade, parecia estar mandando sinais, empurrõezinhos na direção certa.

Ela se virou para Clark.

— Qual é o contrário de inimigos?

— Hein?

Cliques repetidos urgentes e a recusa dele em tirar os olhos da tela do computador diziam que o PayPal estava dando trabalho.

— Estou fazendo palavras cruzadas no celular — mentiu ela, mostrando o aparelho que estava ao seu lado no braço da cadeira.

Não parecia um ótimo momento para explicar a coisa toda de "tentei afastar você porque achei que fosse o que a maldição queria, mas agora preciso repensar minha estratégia".

— Não tenho a menor ideia — irritou-se ele e, aí, depois de um momento de ponderação relutante: — *Amigos* se encaixa?

Ah. Aí estava uma opção que nunca lhe ocorrera.

Será que era plausível? Dava para acabar com seu inimigo transformando-o em outra coisa? Ela supunha que sim. Se bem que não conseguia ver Philippa Campbell e Malcolm Graphm deixando de lado a vingança das famílias para se unirem por... *Na verdade, os amigos se unem por quê? Hobbies? Propriedades de entretenimento?*

— Você...

Não tinha a menor chance de Clark ver *Criminal Minds*. *CSI* era bem mais orientado a evidências.

O computador fez um som de *womp*.

— Riley, descobre sozinha. Claramente estou ocupado.

— Certo.

Alguma coisa se contorceu no peito dela. Clark seria um bom amigo. Para outra pessoa. Ele era leal até demais, estranhamente atencioso, às vezes engraçado — quase sempre sem querer.

Mas, claro, depois do que tinham feito um com o outro, ele e Riley nunca poderiam voltar atrás.

Enquanto a noite caía, ficou mais difícil evitar a presença ameaçadora da cama dele e tudo o que tinha acontecido ali — ao mesmo tempo delicioso e devastador.

— Por que a gente não dorme na pousada hoje à noite? — Pelo menos o colchão era maior, e nenhum dos dois tinha feito o outro gemer em cima dele. — Podemos jantar no pub no caminho.

A barriga dela não tinha curtido "trabalhar" com fome, mas pedir para Clark parar e fazer um lanchinho enquanto ele usava vários objetos afiados parecia forçar a barra.

Relutante, ele concordou. Provavelmente porque não tinha tido tempo de trocar os lençóis.

Enfim, eles foram.

Clark apertou os dentes da segunda vez que Riley derrubou o saleiro.

— Dá para você por favor parar de chamar atenção?

— Desculpa — disse ela, usando a mão esquerda livre para colocar o saleiro de volta ao lado de seu colega pimenteiro. — Esse treco — ela sacudiu a algema no pulso direito — é mais pesado do que parece.

Ao contrário do que Clark parecia acreditar, ela não estava ativamente tentando humilhá-lo.

Além do mais, na opinião dela, a recepção dos dois algemados no pub tinha sido sinceramente tranquila. Alguns olhares, algumas risadinhas por trás das mãos levantadas deles. Um sermão bem-intencionado de que não deviam envolver espectadores nos seus fetiches sem consentimento. Nada de mais.

Eilean não estava nem trabalhando naquela noite. Riley só podia imaginar o que a bartender direta e reta acharia de Clark tentando bloquear os pulsos presos por eles deles atrás de um cardápio em pé. Para sorte dele, foi Ceilidh que apareceu à mesa usando um avental e carregando um bloco.

A ruiva levantou a sobrancelha ao ver os punhos unidos, mas logo mudou o assunto quando Riley articulou com a boca: *Não fala das algemas*.

— Vocês estão prontos para pedir?

— Com certeza — respondeu Riley. Quanto antes acabassem com aquilo, melhor. — Eu quero a salada de espinafre com balsâmico sem cebola, por favor, e uma porção de fritas.

Clark pediu o hambúrguer de sempre e "o maior copo de uísque que você puder servir legalmente".

Depois de Ceilidh anotar os pedidos deles no bloco e voltar à cozinha, Riley se inclinou à frente para cochichar em tom de conspiração:

— As pessoas vão perder o interesse se você parar de fazer parecer que vamos sair sem pagar a conta.

— Tá bom.

Ele parou de olhar as mesas ao redor e a atingiu com toda a força de seu olhar.

Ah, não. Riley percebeu seu erro quando o silêncio cresceu entre eles. Era a primeira vez desde que tinham sido algemados que nenhum dos dois estava ocupado com alguma tarefa.

O suor começou a se acumular na lombar dela. O que eles fariam nos quinze ou vinte minutos que levasse para a comida chegar? Eles nem tinham bebidas ainda — Ceilidh parecia estar com pedidos demais no bar —, então Riley não podia fingir estar ocupada dando um gole ou mexendo na decoração do copo.

Não tinha nada. Ela teria que falar com ele.

O problema era que ela não fazia ideia do que dizer.

"Obrigada pelo sexo maravilhoso de ontem. Desculpa por ter tentado fazer você se sentir um merda depois."

É, não.

Pelo menos teria sido sincero se "você é uma boa pessoa" fosse a última coisa que ela dizia a ele na vida. Sinceramente, nem tinha planejado admitir aquilo. Depois da noite anterior, não era para ela dizer nada a Clark nunca mais. Ela tinha torcido (na maior parte) para descobrir que ele tinha sumido quando voltasse ao castelo.

Mas, claro, lá estava ele na entrada, todo lindo e estoico e magoado, e, vendo-o ir embora, Riley não conseguiu se conter.

Para ser justa, não era para importar o que ela dizia naquele ponto — Clark tinha admitido abertamente que nada que saísse da boca dela podia fazê-lo ficar.

O que dissera nem era um elogio, na real. Só tinha afirmado um fato. Não compensava a forma como ela havia quebrado o código sagrado de interação pós-coito, nem de perto.

Não tinha sido o objetivo dela. Riley só queria — precisava, por algum motivo — que Clark soubesse. Ele tinha passado a vida toda até então acreditando que precisava ser útil para ser desejado. E se ninguém mais tivesse pensado em corrigi-lo? A ideia a deixava irracionalmente brava… mesmo que tivesse sido ela a babaca a tentar usar essa ideia errada contra ele.

Caramba, não era à toa que Clark não tinha nada a dizer a ela. Tudo o que ele tinha compartilhado — não, tudo que ela tinha invadido e arrancado dele —, Riley havia jogado de volta na cara dele na oportunidade mais hostil possível. Ele tinha se aberto com ela, sido mais vulnerável do que era necessário, confiado nela, apesar de ela nunca ter tido coragem suficiente para fazer o mesmo.

O mínimo que ela podia fazer era tentar equilibrar um pouco as coisas entre os dois. Riley não podia mudar a forma como o pai de Clark o tratava nem o que tinha acontecido entre ele e o irmão, mas ele não precisava sentir que era o único daquela mesa que tinha sido avaliado pela família e julgado insuficiente.

Ela reuniu coragem.

— Quer saber a pior coisa em mim?

— Oi?

— Você pode falar que não — ela se apressou a garantir. Não estava tentando fazer as olimpíadas do trauma, ou sabe-se lá como os jovens chamam hoje em dia. — Só achei que talvez você pudesse se sentir um pouco melhor se tivesse alguma coisa contra mim, sabe, depois que eu… *enfim*.

A boca dele se retorceu como se ele tivesse mordido um limão.

Riley tinha certeza de que ele achava que a oferta era boba ou, pior, insultante.

— Desculpa, deixa pra lá. Não sei por que eu…

— Vai lá, então.

Ele fez um gesto com dois dedos para ela prosseguir.

Ah.

— Tá, então…

Ela percebeu que não sabia por onde começar. Com todo o respeito às confissões de trauma de Clark, mas elas tinham vindo com aqueles recursos visuais bem úteis.

— Hum, meu pai foi embora quando eu tinha 9 anos. Essa parte é história de fundo, para dar contexto — esclareceu Riley, intimidada pela expressão completamente estoica de Clark. — Enfim. É. No fim das contas, minha mãe tinha mantido em segredo a coisa de quebrar maldição e ele só descobriu depois que minha avó morreu, quando ela me deixou um monte de materiais de prática.

Ela ainda se lembrava do pai vasculhando o conteúdo cuidadosamente embrulhado de uma caixa de papelão que tinha vindo de Virgínia Ocidental depois do enterro. Como a cara dele tinha ficado branca, depois vermelha.

— Ele, hum… não gostou. Disse que minha avó era uma aberração, e que minha mãe e eu estávamos manchadas por associação.

Riley desejou que Ceilidh trouxesse sua água. Por algum motivo, sua garganta doía, embora ela estivesse praticamente só sussurrando.

— Teve muito grito e gestos amplos depois disso. E aí… acabou. Ele só parou de amar a gente. Pelo menos, foi o que ele disse. Para dar contexto.

— Já chega. — A expressão de Clark estava complicada, contida, mas o que matou Riley foi o quanto ele tinha deixado a voz gentil. — Não precisa continuar por mim.

— Acho que preciso.

Era bom — assustador, mas bom — arejar o lugar dentro dela que tinha ficado fechado por tanto tempo.

Será que Clark tinha experimentado uma fração desse mesmo alívio com ela? Riley torcia para que sim.

— A pior coisa em mim — Riley respirou fundo — é que não precisei fazer a escolha. Minha mãe fez por mim. E eu amo ela por isso. Muito. Mas…

Jordan Rhodes podia não ter escolhido seguir o "talento da família". Podia ter ido embora de Appalachia e deixado a mãe para criar seu próprio caminho. Mas ninguém, incluindo — talvez *principalmente* — um marido, jamais tivera chance de envergonhá-la pelo lugar de onde ela vinha.

Naquela mesma noite, depois que tinham lavado a louça e se deitado juntas na cama de solteiro de Riley, a mãe explicara, o melhor possível, que a raiva do papai não era delas, no fundo. Ela tinha prometido que, embora a partir dali fossem só as duas, elas iam ficar bem.

Riley havia acreditado.

— Mas… — falou Clark, quando ela ficou em silêncio por tempo demais.

— Não consigo deixar de pensar às vezes que, se ele tivesse me pedido… — Riley mexeu no bordado da ponta do guardanapo. — Por mais que eu ame minha avó, ame quebrar maldições… acho que teria aberto mão das duas coisas. — As bochechas dela queimaram de vergonha de seus pensamentos traidores. — Se isso significasse que eu poderia ter um pai, que minha mãe não precisaria fazer tudo sozinha.

Clark de repente apertou os punhos, um movimento que ficou mais proeminente com a forma como a corrente de ferro deu um solavanco entre eles em resposta.

Riley levantou os olhos. Ele estava bem?

Devagar, ele relaxou as mãos até as palmas estarem abertas na mesa.

— Não é errado — disse ele, com a voz tensa — uma criança querer ser amada e aceita pelo pai. — Clark balançou a cabeça de leve. — Dá para ver muito claramente quando é a família de outra pessoa, em vez da sua. — À luz baixa do bar, os olhos perturbados dele pareciam mais verdes do que cinza. — Seu pai falhou com você. E falhou com sua mãe. Não o contrário.

Riley engoliu em seco. Assentiu. Era isso que ela sentia em relação ao pai de Clark. Em relação ao irmão dele, de uma forma diferente.

Enquanto ela estava lá sentada, a imagem espelhada da dor dos dois abriu um pouco o esterno dela, até parecer que suas entranhas iam se derramar sobre a mesa.

— Ao transformar a quebra de maldições numa carreira, você está defendendo sua mãe e sua avó. As escolhas delas. O poder delas. — Clark a olhou intensamente, daquele jeito que às vezes a fazia se sentir uma borboleta presa para a inspeção dele. — Você passou a vida inteira defendendo as duas.

— Sim — disse ela, segurando o contato visual, apesar de parecer intenso demais, cru demais.

Quando Ceilidh veio correndo deixar os pratos à frente deles, os dois deram um pulinho na cadeira.

— Desculpa, desculpa — disse ela, pegando as bebidas de uma colega que parecia igualmente atordoada e apoiando-as também, tão rápido que um pouco do líquido derramou pelos lados. — Acabei de perceber que acho que confundi os pedidos das mesas sete e oito.

Ela deu olhares preocupados a dois casais perto da frente.

— Vocês precisam de mais alguma coisa?

Clark olhou primeiro seu hambúrguer, depois a salada de Riley.

— Você não pediu sem…

— Tudo bem aqui — Riley o interrompeu. — Vai dar uma olhada naquelas mesas.

Ela fez um sinal com a mão livre para a jovem ir embora.

Depois de Ceilidh sair apressada, Riley empurrou a pilha de cebola caramelizada no prato, manejando o garfo desajeitadamente com a mão esquerda. *Droga.* Não era só por cima. Estavam misturadas na salada. Ela talvez conseguisse separar se pudesse usar a mão dominante, mas…

— Não tem problema — disse ela a Clark, que tinha feito a escolha bem mais sábia de pedir um sanduíche que podia segurar com uma só mão, apesar de, ela percebeu, ainda não ter pegado. — Vou comer as batatas.

Ele franziu a testa.

— Quer que eu chame ela de volta?

— Ah, não. Prefiro morrer — respondeu Riley, sinceramente.

Parecia impossível, mas a testa dele se franziu ainda mais.

— Você é alérgica a cebola?

— Não.

Ela só odiava a textura. Só as cebolas, mesmo, para arruinar sua tentativa de se comer algo verde.

Clark pediu o prato inadequado.

— Dá aqui.

— O que você vai fazer?

Riley jurou que, se ele colocasse o guardanapo em cima como se fosse uma mortalha ou algo assim, ela ia arrastar a bunda esnobe dele dali.

— Vou separar a cebola, óbvio.

— Você vai separar a minha cebola — repetiu ela, sem acreditar.

— Vou, se você empurrar a porcaria do prato para mim.
— Ele ficou olhando a corrente da algema entre eles. — Infelizmente, meu alcance está meio limitado no momento.

— Está tudo bem. — Riley empurrou o prato para o lado, em vez de para ele. — Não precisa.

Ela não queria que Clark tivesse trabalho só porque tinha contado uma história triste.

— Riley — disse ele, num tom perigoso. — Eu vou separar essas cebolas você querendo ou não, então sugiro que me dê esse prato antes que eu tenha que me levantar e fazer um escândalo.

Ele colocou a mão livre na beira da mesa como se estivesse ameaçando empurrar a cadeira para trás.

Ela não sorriu, mas quase.

Clark separou as cebolas com a mesma diligência afiada que aplicava a todas as outras atividades, colocando-as em seu próprio guardanapo, o mais longe dela que a mesa permitia.

— Pronto.

Com o trabalho feito e o prato devolvido, ele se recostou na cadeira e finalmente pegou seu hambúrguer.

Já devia estar frio.

Só quando ele levantou as sobrancelhas é que Riley percebeu que estava esperando que ela provasse a salada. Ela fez isso rapidamente.

— Está ótima. — Ela teria dito isso de qualquer jeito depois daquilo, mas era verdade. O ácido do molho cortava muito bem a untuosidade do queijo de cabra. — Obrigada.

— De nada — respondeu ele e, enfim satisfeito, deu uma mordida em sua própria comida.

Riley não conseguiu evitar uma estranha onda de... ela nem sabia qual a palavra para descrever a sensação. Era o que acontecia quando ela via uma foto de bichinho. Uma espécie de suspiro apertado.

O que era ridículo. *Gata, se acalma. É uma pilha de cebola.*

Ele tinha inclusive feito a tarefa de mau humor. Será que os lábios se curvavam para baixo naturalmente ou tinham ficado paralisados assim depois de trinta anos de uso repetido?

Alguns minutos depois, Clark levantou o queixo na direção da garrafa ao lado do cotovelo dela.

— Me passa o vinagre de malte?

— Ah, sim, claro.

Ela foi pegar o condimento bem quando Ceilidh correu para a mesa deles, pedindo desculpas pela cebola, com os olhos imensos e transparecendo pânico.

— Fica tranquila, mesmo — Riley se apressou a reconfortá-la.

— Ah, meu Deus. — Ceilidh dobrou os joelhos e abriu os braços para um abraço rápido. — Obrigada por não ser a terceira pessoa a gritar comigo hoje.

O ângulo do abraço foi meio torto, considerando que Riley só tinha um braço disponível e estava no momento segurando o vinagre, mas ela já tinha passado por isso de estar no meio de um turno quando nada estava dando certo e alguém, qualquer um, levava na boa. Riley levantou o braço e a abraçou de volta, tentando posicionar a mão de um jeito que não desse com a garrafa na cabeça da coitada da garçonete.

— Acontece com todo mundo, sério.

Ao se afastar, Ceilidh bateu no vinagre com o ombro. Quando Riley se deu conta, um líquido insanamente pungente estava se derramando pelo pescoço dela, descendo pelo peito e ensopando a blusa.

Ela tentou impedir, mas seu outro braço não alcançava a garrafa, e agora Ceilidh estava tentando ajudar e se sujando toda também. Clark ficou de pé num salto, puxando Riley com tudo na tentativa de pegar a garrafa, os três escorregando no piso de madeira molhado.

Quando finalmente endireitaram a situação, o bar inteiro estava olhando.

Riley fez uma careta, por si e por Ceilidh, que já estava tendo uma noite realmente horrorosa.

Só quando mandou a amiga se trocar na cozinha — afinal, uma delas precisava ficar lá para trabalhar — foi que Riley, cheia de temor, se obrigou a olhar para Clark, se preparando mentalmente para o escárnio dele, mas em vez disso... ele estava com o rosto nas mãos e o ombro sacudindo.

Que diabo? Será que Clark tinha ficado com tanta vergonha daquele show que estava chorando? Caramba, nem tinha sido ele a se molhar.

Mas, não, espera, ele estava fazendo uns sons indignos de soluço.

— Desculpa — disse ele, recuperando o fôlego. — Não estou rindo de você... — As palavras morreram com mais um surto de gargalhada incontrolável. — Você não está tão mal, sério.

Riley revirou os olhos. Inesperadamente, era legal ouvi-lo rir.

— Eu te ofereceria meu guardanapo — continuou ele, enquanto ela secava sua blusa, sem resultado, com o dela, tão molhado que estava se desfazendo —, mas, veja — ele tentou, mas não conseguiu reprimir mais uma risadinha —, está acebolado.

— Você é muito babaca. — Mas uma alegria se abriu entre suas costelas. E, aí, ela estava rindo também. — Meu Deus, Clark, eu estou *fedendo*.

Isso fez os dois gargalharem de novo. Clark ia cair da cadeira.

— Só fico feliz — falou ele, e secou uma lágrima que tinha aparecido no canto do olho — por já termos concordado em dormir na sua cama.

Capítulo 17

❧

A primeira coisa que Clark notou ao entrar no quarto de Riley na pousada era que o mural de assassinato dela tinha se expandido significativamente. A segunda coisa que ele notou era que sua cara agora estava lá.

— É, então… — Riley tentou se colocar de uma forma que obstruísse a visão dele, uma ação complicada pelo fato de que ele era mais alto do que ela e estavam algemados. — Normalmente eu trabalho sozinha, né? Tipo, só euzinha. Mas, como a maldição insistiu meio que de um jeito agressivo que você e eu estamos ligados… — Ela deu um sorriso fraco. — Ligados — repetiu ela, e levantou o braço algemado —, sacou?

Quando Clark simplesmente tentou contorná-la, ela se apressou a continuar:

— Acho melhor eu te contar minhas teorias provisórias, ou, à luz de desenvolvimentos recentes, a ausência delas.

— Onde é que você conseguiu essa foto?

Parecia ter sido tirada em algum tipo de evento. Ele estava usando um smoking, mas não era uma coisa do tipo posar e repetir. Ele nem estava olhando para a câmera.

— No Google. Obviamente.

— Ah, obviamente — repetiu ele, imitando, com seu sotaque, a forma neutra como ela tinha dito aquilo. — Por que estou aí? E isso é... meu rosto está circulado.

Clark apontou.

— Eu ia chegar lá.

Riley levou os dois bem para a frente da parede que agora se estendia muito além do mural original — aquela fita adesiva ia arrancar o papel de parede quando fosse puxada, sem dúvida —, mas usou o corpo para bloquear a parte que tinha o rosto dele.

— O mural é dividido em seções diferentes dispostas cronologicamente.

Sim, isso Clark conseguia ver. À extrema esquerda estava a seção de origens da maldição que ele vira da primeira vez que esteve ali, agora cheia de informações correspondentes.

Parecia um pouco um jogo de Detetive. "Philippa Campbell (quem) em junho de 1779 (quando) na caverna ao lado do penhasco (onde) porque uma vingança de sangue tinha dizimado a família dela e ameaçado seu lar (por quê)", apesar de, em vez de uma arma, Riley ter listado a frase gaélica que encontraram na caverna: "*um fim aos inimigos* (como)".

— Não fez muito progresso nessa primeira seção, é? — Ele estalou a língua. — Você não sacou tudo isso faz séculos?

Clark queria garantir que ela soubesse que não era por terem rido juntos e ele ter tirado a cebola da salada dela que estava todo caído por Riley de novo.

— Pois é — disse ela, sem demonstrar emoção —, superobrigada por mencionar isso.

A próxima parte dizia EVIDÊNCIAS DA MALDIÇÃO, com uma seção rotulada como "Artefatos" e uma foto instantânea da adaga embaixo.

Não reage a fogo, purificação ou amuletos, anotou ela no espaço branco da foto. Ao lado, um Post-it dizia: *pertencia a Philippa?*

Enquanto Clark escaneava os próximos poucos itens na parede, Riley pegou um bloco de notas em branco da mesa de cabeceira e rabiscou *algemas*, antes de colocar ao lado da adaga.

— Ah, ótimo. Se você não tivesse anotado, talvez a gente acabasse esquecendo.

Riley desenhou um pênis caricato e grudou bem no peito dele.

— Muito madura — comentou ele, retirando o Post-it e olhando para a seção chamada EVENTOS.

— Quando você encontrou urtiga? — perguntou ele, bem no momento em que uma coceira fantasma se manifestou em sua mão. Clark a coçou, distraído. Ainda tinha um pouco do bálsamo dela... — Ah, sua safadinha.

— Você está falando de mim ou da maldição?

— De você.

Ele sabia que não fazia sentido a própria adaga ter causado a alergia, já que Riley nunca sentira nada, apesar de ter lidado com o artefato várias vezes na última semana e meia.

Ela sorriu.

— Só para saber.

O resto dos eventos ele reconhecia: *fogo, cobra, escada, tempestade.*

Riley explicou que o castelo não gostava quando eles ficavam amiguinhos, mas, olhando de novo a lista, Clark ficou em dúvida. Talvez fosse porque ele fisicamente não tinha como escapar dela no momento, mas outra observação chamou sua atenção quase de imediato.

— Você percebe que cada um desses desastres resultou em nós pondo a mão um no outro de alguma forma, né?

Ele tentou parecer calmo, embora, por dentro, estivesse surtando.

Riley lhe garantira que a maldição não podia impactar o livre-arbítrio, mas sua atração por ela com certeza parecia sobrenatural, quase obrigatória. Seria um alívio culpar outra coisa, qualquer coisa que não seu dedo podre para confiança, por não conseguir resistir a ela.

— Quê? — Riley estava quase murmurando. — Não. De jeito nenhum. Fala sério. A gente não se tocou *tanto* assim.

Mas agora ela também estava olhando a lista, provavelmente repassando na cabeça que nem ele.

Riley o encostando contra a parede com a adaga apontada para o pescoço dele, Clark a jogando no chão quando as roupas dela pegaram fogo, a maneira como ela segurara a mão dele para fugir da cobra, ele a pegando ao cair da escada, o corpo molhado de chuva dos dois na cama.

— O oposto de inimigos — disse ela devagar, e, aí, bem mais rápido: — Puta merda. Preciso ligar para minha mãe.

— Oi?

Ele mal teve tempo de ler o nome da última seção, ESTRATÉGIAS APLICADAS, e ver que ela tinha anotações embaixo de "Amuletos", "Purificação" e por acaso estava escrito "Sacrifício"?

Clark se inclinou à frente tentando discernir as palavras — a mulher tinha uma letra abominável; ele achava que dizia algo sobre *longe* —, aí Riley o puxou agressivamente para a mesa onde havia depositado o celular ao entrar.

— Mãe — disse ela, quando alguém atendeu do outro lado da linha.

Riley virou as costas o máximo que conseguia para Clark e meio que colocou a mão em concha no bocal.

Por que de repente ela tinha ficado vermelha?

Se Clark não tinha a intenção de escutar antes, agora com certeza tinha.

— Oi. Hum, então, é meio do nada, mas sabe aqueles romances que você vive lendo em que uma pessoa, tipo, matou a família da outra e, no começo, o protagonista fica todo: "Cuidado. Vou me banhar com seu sangue", mas aí, quando acabam numa luta de espadas alguns capítulos depois, de repente é extremamente erótico?

Como é que é?

A mãe dela deve ter respondido de forma afirmativa, porque Riley assentiu com a cabeça.

— Tá, então. Como se chama isso, esse tipo de enredo?

Depois de mais uma frase murmurada, a cor se esvaiu do rosto de Riley.

— E, só para esclarecer, quando você diz *amantes*, pode ser sexo, né?

Sexo?!

— Caramba. Era o que eu temia. — Riley mordeu a unha do polegar da mão direita. — Tá bom. Obrigada, mãe. Sim. Preciso ir. Estou meio presa numa coisa agora. — Ela olhou para Clark como se dizendo: *Que foi? A piada estava pronta!* — Eu te ligo amanhã, tá? Também te amo. Tchau.

Ela soltou o celular parecendo chocada, quase com medo.

— O que foi isso?

Levando-os desajeitadamente para a mesa de cabeceira, Riley abriu a gaveta e tirou um diário de couro desbotado.

— Eu só precisava, hum, checar um negócio.

Clark apostava que aquele era o livro da avó dela. Parecia bem usado, e ele notou o método de anotações de Riley —

as páginas tão cheias de Post-its que o conteúdo acolchoado esticava a lombada bem vincada.

— Sabe, você não precisa se preocupar com isso — disse ela, enquanto folheava as páginas cada vez mais rápido. — É só uma bobeira de quebra de maldições. Aliás, vai mexer um pouco no celular. — Ela olhou de um jeito significativo para o bolso dele. — De repente vê um vídeo engraçado no YouTube.

Até parece. A única coisa que ele via no YouTube eram seminários de arqueologia e recapitulações das temporadas de csi.

Ele arqueou o pescoço para ver o que ela estava olhando.

— Escuta. — Ela mordeu o lábio inferior. — Não quero que você tenha a impressão errada.

— A impressão errada sobre o quê?

Ele enfim espiou a página por cima do ombro dela e… *Ah.*

O título era RITUAIS SEXUAIS, e a abertura dizia: *Como todos os fluidos corporais, o sêmen pode ser uma parte potente de…* Clark parou de ler e olhou para o alto, vendo estrelas de leve.

— Isso é… você… hum, faz muito *isso*?

— Não. Não, não. — Ela balançou a cabeça para dar ênfase. — Não faço. Eu *nunca* faria isso com um cliente. Não seria apropriado. E, como eu disse, trabalho sozinha, então, não. Nunca fiz. — Ela olhou de modo significativo para o livro. — Aliás, nunca nem li esta seção. Não é exatamente algo que eu queira pensar que a minha avó tenha explorado, sabe?

Clark sabia. A avó dele tinha muitos interesses amorosos na casa de repouso em Kent. Ele com certeza não ficava pensando nas atividades extracurriculares deles.

— Mas, agora, você acha que a maldição de Arden talvez exija…

Urtiga, fogo, cobra, escada, tempestade, algemas. Será que todos esses perigos na verdade tinham sido um poder oculto usando desastres para unir os dois como uma espécie de cupido malévolo?

— Não sei. — Riley voltou à seção de Philippa no mural de assassinatos, mais uma vez puxando Clark consigo, e tirou uma fotocópia do que parecia uma carta. — Talvez tenha alguma evidência histórica sugerindo que a maldição tem um histórico de encorajar tesão reprimido.

Ela fez uma careta, passando o papel para ele mesmo poder ler.

Segundo aquele relato em primeira pessoa, Philippa Campbell tinha feito Malcolm Graphm de prisioneiro e achado formas *criativas* de torturá-lo.

— *Dos lábios dela, a morte* — falou ele, de repente lembrando a frase que encontrara na cela.

— Quê? — Riley franziu a testa. — Diz isso em algum lugar aí?

— Não. — Ele abaixou a carta. — Nas masmorras do castelo, essa frase estava gravada numa cela bem ao lado de marcações de um prisioneiro contando os dias. Eu vi logo antes de encontrar as algemas.

— *Dos lábios dela, a morte* — repetiu ela. — Você acha que podem ter sido as últimas palavras de Malcolm?

— Até onde sabemos, a maldição evitou que qualquer outra pessoa ficasse com o castelo tempo suficiente para fazer prisioneiros desde a morte dele.

Os dois juntos deviam ter revirado cada pedaço de documentação que mencionava Arden.

Riley batucou com o pé.

— Então, a gente supõe que ele estivesse se referindo a Philippa? A ela o amaldiçoando?

— Possivelmente, ou... — Como dizer isso sem se entregar? — Pode se referir à tentação perigosa de um beijo imprudente.

— Ah — disse Riley, baixinho. Seu pé parou de se mover. — Certo.

Por que ela tinha que ter aquela boca perfeita? Clark já não havia aguentado sofrimento suficiente em seus 32 anos? Ele só queria odiá-la e, se não conseguisse isso, então pelo menos o universo podia ter permitido indiferença.

— Espera — falou ele —, mais cedo, você me perguntou sobre o oposto de inimigos. Não era para palavras cruzadas, né?

Riley entortou a tal boca perfeita como se estivesse tentando decidir quanto revelar.

— Tenho quase certeza de que *um fim aos inimigos* era a linguagem da maldição. O que significa que, para quebrá-la, precisamos cumprir o juramento. — Ela respirou fundo. — Até bem recentemente — continuou ela, meio triste —, achei que isso significava que um inimigo tinha que vencer o outro, mandá-lo para longe.

Longe. Os olhos dele voltaram à anotação escrita à mão embaixo da palavra "sacrifício" no quadro.

— Mas a maioria dos relatos supõem que Philippa e Malcolm foram mortos pelos membros do clã dele. Não podiam quebrar a maldição do além-túmulo. Então...

— Quem são os inimigos? — Riley cobriu o rosto com a mão esquerda. — Não sei bem como dizer isto.

Tinha uma foto dele naquele quadro.

Todas as artimanhas dela da última semana... invadir o trailer, pedir uma mecha de cabelo, a solução de purificação para ele beber. No dia anterior — a presença inescapável dela. As perguntas insistentes pensadas para irritá-lo. Aquela roupa incrivelmente distrativa.

O que Philippa queria com aquelas palavras, *um fim aos inimigos*?

Expulsar os Graphm, manter o castelo sem oposição, de uma vez por todas.

— Estamos tentando fazer o outro ir embora — disse Clark, a algema pesada em seu pulso — e não está funcionando.

Riley girou a algema em seu próprio braço.

Espontaneamente, Clark teve uma visão dela em sua cama. Ele tinha achado que a escuridão nos olhos dela ao destruí-lo na noite anterior era só malícia, mas talvez tivesse se confundido com outra coisa: uma determinação sombria, até arrependimento?

— Eu fiz o que achei que fosse necessário. — Ela se obrigou a encará-lo nos olhos. — Não espero que você me perdoe.

Clark não sabia se se sentia melhor ou pior ouvindo que o ataque tinha sido estratégico, calculado para atingir um outro fim que não o ferir. Claro que ela colocaria quebrar a maldição acima dos sentimentos dele. Era seu trabalho.

Os olhos dele pousaram no diário ainda aberto na mesa de cabeceira.

Rituais sexuais.

— É bem inteligente, na verdade. O contrário de inimigos é amantes. — Clark começou a suar junto com Riley. — Mas se essa for a exigência, nós já…

Ele levantou o braço num aceno para substituir o fim da frase e — morto de vergonha — percebeu que estava gesticulando para o peito dela.

Depois do que tinham feito na noite anterior, era ridículo ficar tímido agora, mas suas aptidões tinham sido significativamente enfraquecidas durante aquela conversa.

Além do mais, mesmo que ele fosse… *Deus que o perdoe…* um pervertido na cama, ainda era um cavalheiro fora dela, com licença.

Riley parecia pensativa — e, graças aos céus, distraída.

— E se o sexo tiver que acontecer realmente *dentro* do castelo ou se a maldição só reconhecer certos tipos de interações íntimas? — Ela sacudiu a cabeça. — Preciso ler mais sobre o assunto.

Clark lutou para manter a compostura com sua temperatura interna subindo.

— Você está dizendo que a maldição talvez tenha ideias antiquadas sobre quais atos nos qualificariam como amantes?

Riley deu um sorriso irônico.

— Estou dizendo que acho que as fadas antigas e com tesão talvez só fiquem satisfeitas depois que você me comer.

— Jesus.

Clark ficou sem palavras como um estudante tímido.

— Ei — Riley interveio —, eu com certeza não defino *sexo* por penetração. Mas — ela deu de ombros — é uma maldição de trezentos anos. Faz sentido estarmos operando sob uma definição menos progressiva de *amantes*.

A ideia de que o castelo queria… *isso* causou um choque de atenção no corpo dele. Clark não sabia se era por interesse ou um alerta de sobrevivência primitivo mandando fugir.

Riley deve ter visto alguma perturbação no rosto dele, porque segurou seu braço.

— Ah, meu Deus, Clark, olha, eu nunca, jamais, te pediria isso. Depois de ontem à noite, eu sei que você recusaria — disse ela, com firmeza. Pegando o diário, ela folheou de novo as páginas. — Com certeza tem alguma outra coisa aqui que eu possa tentar.

— Alguma outra coisa. Certo.

A qualquer momento, ele ia parar de pensar em pegá-la por trás.

Em parte por curiosidade e em parte para se distrair, Clark se obrigou a considerar quanto trabalho devia ter dado compilar um diário tão grande.

A avó dela aparentemente havia dedicado a vida toda ao estudo e à prática da quebra de maldições, tomando o cuidado de registrar tudo que conseguia para passar o legado às descendentes.

Esse tipo de comprometimento, a busca numa empreitada dessas, era ainda mais impressionante ao se considerar que, ao contrário de pesca, cartografia ou até tecnologia Lidar, a quebra de maldições era uma prática sem histórico estabelecido.

Perseguir um chamado tão polarizador devia ter exigido um enorme salto de fé, especialmente para uma mulher lá nos anos... o quê, 1920? 1930?

— Riley, como sua avó... Desculpa, como era o nome dela? Como ela virou quebradora de maldições, para começar?

Ela levantou os olhos, evidentemente surpresa com a pergunta.

— June — disse ela, baixinho, como se falar da família, mesmo agora, trouxesse emoções dormentes. — O nome dela era June, e ela nasceu na área rural de Appalachia. Numa pequena comunidade de mineração.

Ah. Ele esperava que ela fosse dos arredores da Filadélfia, como Riley.

— Sempre achei Appalachia fascinante.

O substrato das montanhas tinha 480 milhões de anos. Era um dos fenômenos geológicos mais antigos e misteriosos do mundo.

— Sabia que as montanhas são de antes dos dinossauros?

— Sabia. — Riley abriu um sorriso. — Quando fazem piada com o sotaque dela, minha mãe gosta de lembrar as pessoas de que a cidade de onde ela vem é mais antiga que os anéis de Saturno.

Clark tinha começado a reconhecer na voz dela o tipo particular de delicadeza que nascia — ele suspeitava — de amor e orgulho quando ela falava da mãe.

— Mas ela foi embora?

Riley fez que sim.

— Ela se mudou quando conseguiu uma bolsa para a faculdade, que foi onde conheceu meu pai. Mas, apesar de nunca ter estudado quebra de maldições, ela meio que entrou no outro ramo do negócio familiar.

Ele levantou as sobrancelhas.

— Que é?

— Partos. — Riley devolveu o livro para a gaveta. — Minha mãe é enfermeira obstétrica e ginecológica, mas minha bisavó, e a mãe antes dela, vem de uma longa linha de parteiras nas montanhas. Muitas terras lá são isoladas, quase inacessíveis, presas entre vales e espinhaços. É difícil chegar a um hospital. — Ela se sentou na cama, olhando o lugar ao seu lado até Clark fazer o mesmo. — Nossa família trouxe muitas gerações de crianças ao mundo. E, como as mulheres da comunidade confiavam muito nelas, começaram a aparecer para pedir ajuda com problemas além dos bebês. Quando tinha 19 anos, minha avó era a pessoa que todo mundo procurava na cidade quando estava sofrendo.

Clark nunca tinha ouvido Riley falar desse jeito: efusivo, mas terno, quase tímido.

Ela adorava compartilhar histórias sobre os clientes ou defender suas decisões, mas ele raramente a escutava descrever alguma coisa pessoal. Essa narrativa fácil e reverente sobre sua linha matriarcal vinha num contraste muito agudo com a forma afetada e dolorosa como ela revelara a traição do pai lá no pub.

Ele se viu tão faminto para conhecê-la assim que ficou fisicamente imóvel, aterrorizado de, caso se mexesse demais, ela se assustar e parar.

— No início — Clark exalou quando Riley continuou —, ela só ouvia ou, se fizesse sentido, dava um tônico ou bálsamo que nem o que eu te dei, alguma coisa simples, com ingredientes para levar cura ou conforto, acalmar ou fortificar. Mas aí, um dia, o xerife veio bater na porta dela. — Riley ficou séria. — Tinha acontecido um desabamento terrível na mina. E o amor de June, pai da filha que ela ainda estava gestando, era um dos homens presos lá embaixo. — Riley torceu as mãos juntas no colo, o movimento fluindo pela corrente da algema até Clark. — Por muito tempo, minha avó se recusou a me contar a história. Mas finalmente, no meu aniversário de 8 anos, ela me deixou ficar acordada até meia-noite e a gente se deitou juntas embaixo de um cobertor enquanto ela explicava tudo.

O leve tremor na voz de Riley fez Clark ter o impulso terrível de fechar a mão na dela. Mas ele sabia que o máximo que podia oferecer era sua atenção, então apenas assentiu, encorajando-a a continuar.

— Doze homens, alguns ainda garotos, na verdade, estavam lentamente sufocando sob quilômetros de rochas e fuligem. Impotentes, eles gritaram sua angústia e sua raiva para o solo. E, conforme cada um falecia, sua dor virou uma maldição, eles querendo criá-la ou não.

A garganta de Clark ficou apertada. Ele só podia imaginar o horror completo — tanto para os homens quanto para as famílias — de saber que estavam lá embaixo, sem possibilidade de serem salvos.

— A terra ao redor da mina começou a mudar depois que eles morreram — seguiu Riley. — O solo ficou preto, congelado. Nada crescia. Logo depois, a água dos riachos secou. Animais começaram a morrer de fome. Quem podia, fez as malas e foi embora, mas minha avó ficou. Todos aqueles túneis, a rede de minas... ela tinha medo de até onde a maldição podia se espalhar. Sua comunidade não tinha onde buscar respostas. Não dá para lutar contra uma maldição usando rifles ou o punho. Então, fizeram o que sempre tinham feito: procuraram minha avó e imploraram que ela consertasse as coisas.

Enfrentar uma força tão imensa e opressora, especialmente acreditando que as origens eram sobrenaturais... Por mais que Riley não quisesse admitir seu complexo de heroína, ele claramente era herdado.

— Minha avó escreveu uma contramaldição que se recusou a repetir, disse que não podia, não de novo, mas me falou que reuniu todos os entes queridos dos falecidos. Levou-os à entrada das minas, onde uniram as mãos no solo e repetiram o cântico dela. Todo o amor que aqueles homens tinham perdido e o conforto que buscaram nos momentos finais foram devolvidos à terra, um ritual para espelhar a origem da maldição. Minha avó contou que todo mundo sentiu o momento em que a maldição terminou. Foi uma espécie de silêncio, ela disse, uma espécie de paz.

Eles tinham trocado tantas confissões nas últimas vinte e quatro horas. Tudo parecia trêmulo, perigoso. Um desafio diferente.

Estavam cada um dos dois aprisionados pela jaula do destino, com grades construídas de legado e obrigação, aptidão e determinação. Depois de hoje, Clark enxergava nos olhos dela a mesma desolação que ele mesmo carregava, vinda de reprimir de novo e de novo um anseio para ser aceito. Só que, ao contrário dele, em vez de cortejar a aprovação, Riley cuspia na cara das normais sociais. Ninguém podia rejeitá-la, porque ela existia numa singularidade, isolada e salvaguardada por habilidades que outros não conseguiam acessar.

De início, ele havia imaginado que ela gostava dessa posição, que a criara deliberadamente, mas, depois de hoje, soube que estivera errado. Ela tinha nascido como quebradora de maldições, e qualquer marca posterior era uma tentativa de recuperar a agência depois de um chamado que roubara sua chance de uma vida mais comum.

Clark abaixou a cabeça. Riley tinha oferecido a ele algo frágil, um pedaço de seu coração. Ele queria acreditar na prática a que ela dedicara sua vida, mas como?

Estavam num impasse maior do que um contraste de temperamento ou estilo de trabalho. Era como se ela fosse capaz de ver cores que ele não via e Clark só soubesse seguir seus próprios olhos.

— Quebrar maldições é muita responsabilidade. — Ele queria reconhecer a coragem, o comprometimento que tanto ela quanto a avó demonstravam, apesar de não poder oferecer mais do que aquilo. — E é impressionante. As pessoas colocam o controle do futuro delas nas suas mãos.

Riley balançou a cabeça.

— Quebrar maldições não tem a ver com controle.

— Tem a ver com o quê, então?

A felicidade que pairava em torno dos lábios dela ficou delicada, secreta.

— Esperança.

— Esperança?

A palavra ficou presa no peito dele — um conceito que parecia frágil só até alguém a perder.

Apesar de todo o apego de Riley ao oculto, esperança era um conceito excepcionalmente mortal. Uma crença no melhor, sabendo que sua capacidade de fazer uma mudança efetiva era limitada. Clark, que tinha passado a vida inteira desejando algo — ser visto, ser especial —, se pegava com muita frequência usando uma caricata determinação como substituta.

Esperança. Era a palavra exata para o tipo particular de determinação e persistência de Riley.

Por trezentos anos, uma maldição atormentava o Castelo de Arden. A mulher diante dele talvez fosse a primeira a enfrentá-la diretamente — a tentar consertá-la. De um jeito ou de outro, Clark sabia que ela seria a última.

— Então… — Riley falou de um jeito que deixava claro que ele tinha ficado em silêncio por tempo demais. — Será que a gente devia, tipo, escovar os dentes e tal? Está bem tarde.

Ah. Clark olhou o relógio e viu que era quase meia-noite. O sol já tinha se posto fazia várias horas.

— Acho que é bom a gente ir dormir.

Olhando aquele móvel ameaçador, ele engoliu em seco.

Apesar de ter feito uma malinha para passar a noite ali, Clark não tinha de fato lidado com a realidade de entrar embaixo dos lençóis amarrado a Riley. De tentar *dormir* ao lado dela. Não dava para manter as defesas durante o sono. E se, no meio de um sonho, *ele tentasse fazer conchinha*?

Sem nem imaginar a crise dele, a mulher que a causava cheirou a gola da própria blusa.

— Argh. Bom, já chega. Não posso ficar com esta camiseta nojenta nem mais um segundo.

Clark virou a cabeça com tudo.

— Como assim?

— Bom, eu não vou dormir encharcada de vinagre — explicou ela, como se fosse uma conclusão óbvia. — Imaginei que como você já está, digamos, *familiarizado* com a área impactada do meu corpo, não seria nada de mais eu só…

Ela fez um gesto de Hulk rasgando a roupa.

O rosto dele deve ter demonstrado pânico, porque ela abaixou os braços, tímida.

— Ou, se você ficar mais confortável, super posso ficar com ela.

— Não. — Clark ficou feliz por sua voz sair tranquila. — Não, que bobagem. Claro que é melhor você se trocar.

— Ai, graças a Deus — disse Riley, com o corpo ficando mole de alívio. — Vou pegar a tesoura para você agora.

Tesoura? Ah, é. Ela não tinha como tirar a camiseta por cima da cabeça por causa das algemas.

— Tem certeza de que você não quer cortar sozinha?

— Bom, tenho.

Ela tentou se dobrar para demonstrar que o ângulo não ia dar certo.

No banheiro, eles pegaram a tesoura pequena — minúscula, na real — que ela guardava no nécessaire de maquiagem. *É, não vai dar para resolver logo.*

Riley ficou parada com as costas apoiadas na pia e Clark à sua frente. Ele se viu no espelho — parecendo completamente aterrorizado.

Começando de baixo, ele puxou o tecido com cuidado para longe da pele dela com a mão oposta enquanto cortava o algodão saturado. A pele macia da barriga de Riley estava quente contra os nós dos dedos dele.

Enquanto cada corte da tesoura expunha mais do corpo dela, Clark apertou os molares, lembrando ao seu cérebro que aquilo não era prelúdio de nada. Ele realmente precisaria ir ao dentista depois desta viagem.

Quando ele tinha chegado à gola e aberto o tecido manchado, o peito de Riley começou a subir e descer com uma frequência levemente maior. Ela devia estar nervosa.

Pelo menos estava usando um daqueles sutiãs macios de algodão, do tipo que não tem aro. Ele não sabia o nome, mas era tipo um biquíni, disse a si mesmo. Não tinha nada de particularmente ilícito ali.

A não ser que os seios dela estivessem doloridos por causa da boca dele e os mamilos, sensíveis demais para renda.

Clark continuava perto o suficiente para não conseguir ver de fato a pele exposta abaixo do pescoço — uma bênção, mesmo que temporária. Ele fez um corte descendo da gola pela manga e a libertou da roupa.

— Pode cortar o sutiã também — disse Riley, tranquila. — O vinagre vazou, mas, pelo menos, o sutiã foi comprado na bacia de liquidação da Target, então não é uma grande perda. Assim, posso tomar um banho de gato antes de a gente se deitar.

Uma cena repentina e vívida dela passando uma toalha molhada pelo peito, com a água escorrendo pelos mamilos, deixou Clark levemente zonzo. Estavam algemados, pelo amor de Deus. Mesmo que ele não visse, que fechasse os olhos, que se virasse, ia ouvir. Os movimentos molhados deslizando na pele nua dela.

Cacete. Era similar demais à forma como ele tinha pensado em limpar seus fluidos do corpo dela depois de ficarem juntos no trailer. Clark tinha desejado aquela chance de se demorar no corpo dela — de idolatrar as marcas que havia deixado por toda a pele.

Caralho. *As marcas.* Se abaixasse os olhos, ele ia vê-las.

Seu pau já estava duro.

— Riley.

Ele quase disse "não posso fazer isso". Era demais. Estar tão perto. Saber que era temporário. Tudo nela acabava com ele.

— Sim?

Os lábios dela estavam brilhantes; ela devia ter passado a língua. Meu Deus, como ele queria a boca dela de novo. Queria pôr as mãos em seu cabelo. Precisava de tudo o que tivera na outra noite — só que mais.

Ele não sabia que a última vez seria a última vez.

— Nada — respondeu ele, e voltou a levantar a tesoura.

Comparativamente, o sutiã foi rápido, três tesouradas rápidas até que os seios dela estivessem nus para ele. E, apesar de saber que era errado, Clark olhou, sim. Para a extensão da pele macia de Riley, da clavícula ao umbigo. Para todos os lugares que havia tomado como seus quando ela estava embaixo dele, dócil e implorando. Cada ponto possuído deixado cuidadosamente para ficar assim, pálido, mas presente. A memória dos dentes dele.

Se as coisas entre os dois fossem diferentes, ele teria amado cuidar dela hoje de manhã. Passar um cubo de gelo num rastro de uma marca a outra, lambendo as gotas de água derretendo pela barriga dela. Deixando que os mamilos dela fossem de gelados a quentes em sua boca.

Chega. Ele afastou os olhos, obrigou-se a se virar para não ver mais, mesmo querendo. Mirando os azulejos da parede, Clark se forçou a começar a contá-los, tentando esconder o fato de que, em algum momento, tinha perdido o controle da respiração.

Depois de um longo momento em que só havia zumbido nos ouvidos dele, Riley abriu a torneira. Devia estar fazendo o que havia dito. Pelo menos, o cheiro do ar passou de restaurante de peixe frito a algo como sabonete de mãos, talvez de lavanda. Clark ficou grato pela pequena misericórdia de ela não ter pegado o xampu no chuveiro. Se fosse forçado a pensar em lubrificante naquele momento, ele talvez chorasse de verdade.

Riley pegou uma toalha e se embrulhou até conseguir puxar uma blusa limpa — algo sem alças e mangas, então ela podia colocar por baixo e subir como um elástico ao redor do peito. Ela também trocou a calça por shorts de dormir, muito rápido. Apesar de seus esforços deprimentes, Clark viu uma calcinha verde-menta de relance.

— Pronto, já estou decente — anunciou ela ao terminar.

Clark não podia dizer o mesmo. Só dava para torcer que ela confundisse seu silêncio e sua recusa a olhá-la nos olhos como pedantismo enquanto eles terminavam de fazer a higiene noturna.

Riley prendeu a escova de dentes dentro da bochecha.

— Você vai dormir de roupa?

Normalmente, ele não fazia isso, mas, se tirasse o jeans agora, ela ia saber o quanto ele não estava calmo.

— Vou. — Ele jogou o fio dental na lixeira. — Não faz mal.

Enfim, eles se deitaram, mantendo no meio da cama o máximo de espaço que as algemas permitiam. Não era muito.

O frio das Terras Altas entrava pelas janelas de vidro duplo da pousada. Apesar da colcha grossa, era difícil não se enrolar na direção do calor convidativo do corpo de Riley enquanto a temperatura do quarto ficava cada vez mais baixa.

Mesmo de olhos fechados, Clark não conseguia fingir que estava sozinho. Seu cérebro ficava prestando atenção ao som da respiração dela ou à leve depressão no colchão quando ela se mexia.

Para controlar a mente, ele pensou na maldição.

Tinha tanta certeza, quando Riley encontrou a adaga, que ela era uma golpista se aproveitando de um folclore local que saíra de controle. Mas, quando tentou pegá-la na mentira sobre suas habilidades, ela o levara à caverna, onde ficou mais difícil reconciliar o que ele via à sua frente com o que achava que sabia.

Ele estava preso a ela por uma algema de ferro antiga, enfrentando uma pilha cada vez maior de evidências que não sabia explicar ou descartar. E ela o apresentara à possibilidade tentadora de que, de algum jeito, transar com ela pudesse satisfazer alguma ordem sobrenatural.

O que um cientista poderia fazer?

A ideia se espalhou como uma planta trepadeira em seu cérebro. Ele tinha a chance de testar uma teoria e ter Riley nos braços por mais uma noite. Clark podia ver por si próprio o que significava tentar quebrar uma maldição.

Ele poderia beijá-la. Seu pau latejou contra o zíper. *Estar dentro dela.*

A mente e o corpo concordavam: a oferta era sedutora demais para resistir.

— Riley. — Ele se virou para ela. — Você faria?

— Faria o quê?

A voz dela era um sussurro, o formato de seu corpo ao lado dele era um esboço iluminado pelo luar.

— Você me deixaria… — *Não fala desse jeito, seu babaca completo.* — Você transaria comigo de novo para quebrar a maldição?

— Hum. — Ela dobrou a mão livre sob a bochecha. — Acho que, se você estivesse disposto, sim.

Só aquela declaração não muito ansiosa fez com que ele precisasse enfiar as unhas na palma da mão.

— Não seria a coisa mais difícil que eu já tentei — disse ela, com a voz tão próxima que ele soube que podia pegar a corrente entre os dois e puxá-la para si.

Num instante, podia encher as mãos com as doces curvas dela.

— Acho que nós dois saberíamos — falou ele — que o único motivo para estarmos fazendo isso é testar sua teoria.

Me fala que eu estou errado. Me fala que você me quer além do seu trabalho. Além do bom senso.

— Com certeza. — Ela levantou a cabeça para fazer que sim para ele, com a voz agora cautelosamente otimista. — Isso estaria cem por cento explícito. Para ser sincera, provavelmente nem seria muito sexy, se isso te fizer se sentir melhor. Como é para o ritual, você pode pensar como se fosse quase uma doação de esperma.

— Boa ideia. — *Adeus ao que sobrava do ego dele.* — Vou tentar, sim.

— Então, você está dizendo que sim? — Riley se sentou apoiada na cabeceira. — Você vai fazer? Vai ajudar?

Como se levá-la para a cama fosse alguma caridade, não um privilégio.

— Sim — disse Clark para a escuridão. — Desde que nós dois coloquemos os limites adequados, não vejo que mal pode fazer.

Ele era um puta mentiroso.

Quando Clark deu por si, houve um *click* pesado de metal.

Capítulo 18

Você é a porra de uma profissional. Comporte-se como tal. Espera, isso não estava certo. Riley não era a *porra* de uma profissional. Só alguém que precisava de porra como parte de seu trabalho. *Merda, ainda parece…* A questão era que ela conseguiria permanecer indiferente a esse ritual. Ela trataria como qualquer outra estratégia ligeiramente esquisita que já havia tentado na esperança de derrubar uma maldição — confiando em seus instintos e indo em frente com convicção.

Nem era preciso dizer que ela estava se convencendo no caminho para o castelo. Fazia três dias que as algemas os haviam libertado. Três dias desde que Clark olhou para seus pulsos milagrosamente livres e disse:

— Bom, você tem que admitir que parece um sinal encorajador.

A ferreira que havia pegado o trem até Inverness não ficou nada satisfeita ao ser informada de que sua ajuda não seria mais necessária. Mas, depois que Clark lhe garantiu que não pediria reembolso, ela decidiu se inscrever em um passeio pelo lago e tirar uma folga.

Depois de toda a exposição prolongada um ao outro, Clark e Riley concordaram que fazia sentido tirarem um tempo para se recompor antes de tentarem fazer o ritual. Ela leria e pesquisaria enquanto ele redigiria seu relatório para a HES.

A avó havia deixado algumas teorias interessantes sobre rituais sexuais para considerar, citando muitas fontes externas, mas cada maldição era diferente. Quanto mais Riley lia, mais evidente ficava o fato de que teria de desenvolver algo do zero.

Depois de ter feito isso, ela percebeu que teriam sorte se estivessem prontos para tentar fazer aquilo antes do fim da semana. Mesmo com a ajuda de Clark, Riley teria uma quantidade surpreendente de trabalho preparatório.

Eles estavam se reunindo agora para definir um plano de ação.

Riley não estava nervosa. Estava suando porque seu suéter estava muito apertado.

Quando ela enviou uma mensagem no dia anterior que o colocava como responsável pela busca no local, Clark sugeriu que eles se reunissem novamente em sua primeira opção — o salão nobre. Depois de algumas gentilezas desconfortáveis, mais apropriadas para estranhos do que para pessoas que já tinham se visto peladas e iam repetir a dose, eles finalmente foram direto ao ponto.

— Certo. — Riley andou de um lado para o outro em frente à cadeira dobrável em que Clark estava sentado. — Então, o objetivo central do ritual é provar que não somos inimigos, certo?

— Hmmm?

Houve um ruído de plástico quando ele tirou uma barrinha energética do bolso.

— Clark. — Riley parou de andar para olhar para ele. — É sério. Preciso que você acredite nesta coisa toda. Não vai dar certo se você estiver esperando que a gente fracasse.

Ela já tinha dúvidas suficientes sobre contar a ele seu processo, dando-lhe tantas oportunidades de zombar de suas ideias ou rejeitá-las bem antes de ela tirar a roupa.

— Estou comprometido. — Ele fez questão de enfiar a barrinha de volta no bolso para demonstrar. Então, com a voz séria, falou: — Continua, prometo que estou ouvindo.

— Tudo bem. — Riley não tinha outra escolha a não ser acreditar na palavra dele. — O ritual que escrevi tem quatro etapas, cada uma delas projetada para mostrar à maldição que abandonamos a hostilidade um com o outro. É tudo uma questão de demonstrar confiança e — ela molhou os lábios — ternura. — Não tinha como contornar essa última parte; ela tinha checado. — Não vai ser fácil de fazer dar certo. Tem muita coisa que a gente precisa resolver e, depois que começar, se um de nós der para trás, podemos estragar tudo.

Clark puxou seu caderno e destampou a caneta que ficava guardada dentro dele.

— O que você precisa que eu faça?

Enquanto Riley delineava os passos do ritual, garantiu que Clark tivesse a oportunidade de opinar e concordar com cada ato. No fim, estava se sentindo até confiante de que as perguntas e os ajustes sugeridos por ele tinham melhorado as coisas.

Bom, o sentimento principal era confiança. Ela franziu a testa para o esboço de projeto que ele tinha feito.

— Você tem certeza de que consegue construir uma banheira usando matéria-prima de uma loja de jardinagem e os restos de um daqueles fogões velhos na cozinha?

— Você se preocupa com a sua parte da lista — ele fechou o caderno com um *clap* — que eu me preocupo com a minha.

— Tá. — Ela suspirou. — Então, só tem mais uma coisa.

Clark começou a guardar tudo, dobrando a cadeira e enfiando dentro da malinha.

— Hum?

— Acho que seria melhor você não se masturbar antes do ritual, para a gente garantir que você tem, sabe, *material suficiente*.

Ele levantou com tudo a cabeça.

— Você está sugerindo que eu não desempenhei bem nessa área da última vez?

— Não — ela se apressou a garantir, tentando não desenterrar a memória. — Confia em mim. Você foi muito… eficaz. — Ela cobriu os olhos enquanto ele dava um sorrisinho. — Só estou tentando cobrir todas as possibilidades.

— O que você precisar. — Clark puxou a alça da mochila mais para o alto no ombro e a olhou de cima a baixo, de um jeito que era quase lascivo. — É um prazer ser útil.

Ah, puta que me pariu. Como era aquele ditado? Feitiço virando contra o feiticeiro?

No dia seguinte, ela recrutou Ceilidh para ajudá-la a encontrar sua metade dos suprimentos.

— Um ritual sexual de converter inimigos a amantes com um inglês gostoso? — A escocesa gemeu. — Por que as demandas do seu trabalho são tão melhores que as do meu?

Elas compraram sal a granel e colheram sorva, voltando para o pequeno apartamento de Ceilidh para cozinhar a fruta vermelha vívida, em fogo baixo e lento, por horas, tentando obter a consistência certa. Acabaram adicionando um pouco de mel silvestre de um fazendeiro local. Cortou perfeitamente a acidez, tornando a mistura rubi borbulhante pegajosa, quase com a espessura de um xarope. Riley enfiou o dedo na mistura que estava esfriando e levou-o à boca para dar uma lambida. *Perfeito.*

Na quarta-feira, estavam quase prontos. Clark garantiu a ela que, embora um problema com uma válvula tivesse "atrapalhado o trabalho", a banheira estaria pronta na noite seguinte.

A última coisa a fazer era ter a conversa um pouco incômoda, mas necessária, sobre proteção.

Enquanto Clark cortava lenha, eles falaram de testes de ISTS (tudo certo) e controle de natalidade (o DIU de Riley). Tudo parecia muito maduro, o mais próximo possível de profissional.

Finalmente, chegou o dia do acerto de contas, com tudo preparado e cuidadosamente planejado. Não havia mais nada a se fazer a não ser *aquilo*.

Por sorte, eles haviam concordado em esperar até o pôr do sol. A calada da noite parecia tornar as coisas um pouco menos esquisitas.

Riley não queria se atrasar, mas a mistura de sorva tinha de estar fresca e o fogão do apartamento de Ceilidh decidiu falhar no último minuto. Quando ela finalmente foi deixada no castelo, com Ceilidh buzinando e gritando "Boa trepada!", Riley conseguiu ver pelo brilho laranja quente nos vitrais que Clark já havia chegado.

Ela esperava encontrar lanternas e lampiões, mas em vez disso encontrou…

— Puxa vida, Clark.

Ele havia colocado velas de verdade no lustre e mais velas nas poucas arandelas de parede que tinham sobrevivido. O efeito criou o jogo certo de luz e sombra para realçar a antiga glória do cômodo.

— Que lindo.

Quando ela enfim conseguiu parar de observar o teto e as paredes, viu o que mais ele havia feito. No centro do cômodo, tinha sido colocada uma lona limpa. Em cima estava o colchão do trailer, coberto com lençóis e cobertores novos, além de uma pilha de todas as almofadas que ela reconheceu do sofá dele. Ao lado, havia toalhas bem arrumadas, um grande frasco de água e dois copos de metal.

Riley cobriu com uma mão o aperto em seu peito.

— Você deixou tudo tão bonito.

Ela sabia que não era um gesto romântico. Ele era prático e preocupado com a segurança. Provavelmente não queria quebrar as costas rolando no chão frio e no escuro, só isso. Sem dúvidas, pararia no meio do sexo para lhe dar um sermão sobre a importância da hidratação.

— Obrigada — disse ela, de qualquer forma, com sinceridade.

Era um gesto parecido com flores antes de um encontro — não, na verdade, era melhor. Era como ter alguém que se preocupava com seu conforto. Como se Clark quisesse que ela soubesse que o esforço valia a pena.

— É, bom, só porque nós precisamos ficar pelados no meio de um castelo em ruínas não significa que tenhamos que ficar desconfortáveis o tempo todo. — Ele ficou de pé com as mãos atrás das costas, e seu rosto não revelava nada.

— A banheira foi a verdadeira conquista.

Ah! Ela nem tinha notado. Mas estava ali, no canto. O equipamento que ele havia construído era impressionante, uma estrutura de tijolos empilhados que parecia quase um forno de pizza com uma grelha, uma chaminé que ela reconheceu de sua memorável incursão na cozinha e uma grande calha de metal no topo.

Riley foi até lá e colocou a mão. A água estava quente, não escaldante, mas com certeza aquecida, com ondas de vapor subindo no ar frio.

— Vai esfriar conforme a lenha embaixo queima — explicou Clark, ao lado dela —, mas mesmo assim ainda vamos ter bastante tempo.

— É incrível.

E ela estava falando de tudo, mas, principalmente, de ele fazer aquilo por ela. Com ela.

O sorriso que ele lhe deu foi pequeno, quase tímido.

— Quer pegar suas coisas?

Ah, é. Ela estava com uma bolsa pendurada no ombro. Verdade.

Primeiro, Riley dispôs o círculo de sal para proteção, criando um arco amplo no salão todo. Aí, colocou cuidadosamente a mistura de sorva ao lado da cama, já que demoraria um pouco para precisarem.

Quando não tinha mais nada para Riley arrumar, ela se virou para onde Clark estava apoiado na parede, de braços cruzados, vendo-a trabalhar.

— Última chance de voltar atrás.

Riley estava parcialmente brincando, parcialmente falando com ele.

A noite tinha uma espécie de potencial faiscante, o cheiro de ozônio era mais forte naquele cômodo do que em qualquer outro e aumentava a cada minuto.

— Já repassamos tudo duas vezes — disse Clark, com os olhos sérios, a boca séria. — É um bom plano. Muito bem pensado, mas simples.

— Não devia ser você me tranquilizando.

O fato de não ter como fazer aquilo sozinha a assustava mais do que Riley queria admitir.

— Eu não me importo.

Ele colocou uma mecha de cabelo atrás da orelha dela.

Riley não conseguia saber se era para ser um gesto zombeteiro ou conciliador — como ela talvez agisse se fosse ele a pedir sua ajuda.

Era egoísta, mas ela estava feliz por a parte dele vir primeiro.

Ele havia se vestido casualmente, assim como ela, sabendo o que estava por vir.

Será que ela nunca o tinha visto de camiseta antes? O algodão branco liso parecia grosso, definitivamente não era do tipo que vinha num pacote de três da Hanes que ela gostava de comprar, e o corte simples destacava a beleza pura de Clark. As mangas curtas, cortadas na altura dos bíceps, abraçavam as curvas como se soubessem da sorte que tinham.

— Pronto? — A voz dela saiu aguda.

Eles mal tinham começado e seu coração já batia tão freneticamente quanto as asas de um pássaro engaiolado.

Clark acenou lenta e tranquilamente com a cabeça, pegou uma toalha e se aproximou para ficar ao lado da banheira.

Lá vamos nós, pensou ela enquanto se ajoelhava na frente dele. Pelo menos poderia esconder o rosto enquanto desamarrava os cadarços das botas.

Despir o inimigo era um retorno aos costumes antigos. Uma maneira de mostrar que eles se uniam sem armas, escondidas ou não.

Ela tirou as botas dele e as meias, depois decidiu ficar de pé e pegar a camiseta antes de chegar à calça jeans. Riley precisava tirar tudo. Ele não podia ajudar.

Embora o ar lá fora estivesse frio, o calor residual da água fazia o ar parecer quase uma sauna. Tudo parecia meio que um sonho. O cheiro de fumaça de madeira, doce em seu nariz, era reconfortante e familiar.

Por todas as métricas racionais, ela deveria estar mais bem preparada para ver o peito dele desta vez. Mas, quando o algodão branco da camiseta passou por cima da cabeça e caiu no chão, ela não estava. Vê-lo nu era apenas o começo do que fariam naquela noite, mas a maneira como olhar para ele a fazia se sentir não era o tipo de coisa que dava para superar.

Não apenas porque Clark era lindo. Riley sabia que ele se esforçava muito para ter aquelas camadas de músculos tesos, a definição impressionante, mas ele seria igualmente adorável se fosse macio e arredondado. Tudo se resumia à maneira como ele se portava. A força que havia nele. A paciência em sua postura. Uma abertura tranquila que se desprendia dele e a deixava de certa forma mais à vontade.

Ela tirou rapidamente a calça jeans dele e a cueca cara. Notou que ele já estava com o pau meio duro e sentiu um agradável frio na barriga. Mas, para ser justa, provavelmente tinha mais a ver com o pedido dela para que ele *adiasse a recompensa* do que com qualquer coisa que Riley tivesse feito ou estivesse prestes a fazer.

Virando-se, ela lhe deu as costas para que ele pudesse abrir o zíper do vestido. Não era nada de especial, um vestidinho preto básico na definição mais literal, um corte em A com um modesto decote em V. Ela o colocara na mala para a Escócia só para o caso de seu novo empregador querer levá-la para tomar chá. Ela o vestiu aquela noite para facilitar as coisas para ele, uma peça a menos para tirar.

Clark desceu o zíper com um único puxão longo e cuidadoso, mas teve que ajudar o tecido a passar pelos quadris dela, com as palmas das mãos deslizando por ambos os lados das coxas até o vestido parar em volta dos tornozelos.

— Droga, esqueci de tirar seus sapatos primeiro — disse ele, com a voz baixa e frustrado.

Ela percebeu que era um descuido genuíno pela forma como as orelhas dele ardiam enquanto ele se ajoelhava na frente dela.

Se fosse outra noite, em outro universo, talvez ele não esperasse para terminar de despi-la. Talvez se inclinasse para a frente — não seriam mais do que alguns centímetros — e beijasse o arco do quadril dela, com só a meia-calça fina como gaze entre seu corpo e os lábios dele.

Ela já estava feliz com o ar frio que refrescava sua pele febril.

Ele se desfez das botas dela, com mais cuidado do que ela havia feito com as dele, tomando o tempo necessário para dobrar o vestido e colocá-lo sobre elas, de modo que o tecido escuro não tocasse o chão.

O problema dos rituais era que você tinha que ir devagar, metodicamente. Seria muito mais fácil se entregar se Riley pudesse acelerar as coisas. Se pudesse ser selvagem, caótico. Ela se sacrificaria de bom grado para que Clark a encostasse na parede, se isso significasse que não teria que fingir que esta noite era apenas profissional para ela. Se não tivesse que esconder que nunca tinha desejado ninguém assim.

Apesar das repetidas afirmações de Clark de que ela amava o risco, ela não amava, não. Claro, ela era impulsiva, mas isso era diferente, ação sem pensar. O risco era calculado. Riley nunca foi boa na parte de pensar.

Clark, por outro lado, nunca tinha feito nada sem antes analisar até a exaustão. Devia ser por isso que ele parecia muito mais no controle de si esta noite. Além de um ligeiro aumento de velocidade na respiração, ele mal parecia se incomodar com a lentidão com que abaixava a meia-calça, tendo que se esforçar para esticar o material sedoso pela bunda e pelas curvas das coxas antes que ela pudesse enfim se livrar da peça. Enquanto isso, ela estava morrendo com a expectativa. Então, estremeceu quando ele disse:

— Parece que você também quis deixar tudo bonito. — E passou um dedo sob a faixa de renda na parte superior de sua calcinha mais bonita.

Quando ele puxou o elástico à frente e o deixou estalar de volta contra a pele de Riley, ela quase gritou.

— Você deveria estar demonstrando seu afeto por mim — sibilou Riley.

— E estou — respondeu ele inocentemente antes de deslizar a calcinha dela para baixo.

Clark se levantou para abaixar uma das alças do sutiã do ombro dela e depois a outra, testando a engenharia do estilo meia taça que, mesmo em seus melhores dias, funcionava mais como decoração do que como suporte.

— Isto sou eu apreciando seus esforços. — Ele abriu o sutiã na parte de trás antes de colocar um único dedo entre os seios dela e, fixando-a com o olhar, puxar tudo. — A sua parte é a mais fácil. — A voz dele estava mais sombria e mais profunda do que o céu sobre o oceano lá fora.

Riley supôs que ele estivesse falando do que ela havia pensado antes, que se sacrificar para servir alguém era mais fácil do que o contrário, mas, aí, ele completou:

— Tenho que esperar séculos para poder tocar você do jeito que eu quero.

Eles foram até a banheira, onde Clark se abaixou para ficar submerso até o esterno. Quase que imediatamente, sua pele dourada adquiriu um tom rosado. Os tijolos da base tinham mantido a água bem quente.

Ele espirrou água no peito e levantou as pernas de modo que os pés ficassem pendurados nas duas extremidades da bacia.

— Me explica de novo o que esta parte simboliza.

Riley tinha visto as anotações dele. Ela sabia que ele sabia. Ou Clark queria preencher o silêncio pesado na sala, ou precisava lembrar a ambos por que estavam ali.

— Estou servindo você. — Ela derramou um punhado do sabonete de pimenta laranja dele nas mãos e esfregou os braços de Clark. — Para mostrar que não me considero superior.

— Ah, sim. — Ele relaxou ainda mais na água fumegante, deixando os cabelos da nuca úmidos enquanto se reclinava, sorrindo. — Agora lembrei.

Na verdade, não era difícil tatear os cumes e as cavidades dele. Conseguir traçar seus contornos com as mãos escorregadias de sabão. Era diferente da massagem que ela havia feito nele, quando só queria provar o quanto não se importava, não o desejava. Agora, o desafio era fazer com que Clark visse que ela gostava de fazê-lo se sentir bem. Que aquilo lhe dava prazer, seus olhos ficavam pesados, seus mamilos duros pressionados contra as costas dele enquanto ela se inclinava em cima dele.

Ela não estava sendo cuidadosa, em nenhum sentido da palavra. A água descia por seus antebraços e espirrava em seu pescoço, de modo que, embora ela estivesse fora da banheira, seu corpo ainda ficasse úmido e quente. O vapor enrolou o cabelo em suas têmporas e fez com que o coque solto caísse até ela ter que levantar a mão e puxar o elástico, deixando os fios loiros flutuarem ao redor de seus ombros.

Riley permitiu que suas mãos passassem da cintura dele apenas brevemente, o suficiente para valer, mas não para provocar.

Pelo modo como ele exalou baixinho e continuamente quando ela seguiu descendo pelas pernas dele, Clark deve ter pensado que ela fez aquilo como um ato de misericórdia.

E foi, mas não para ele.

— A água ainda está quente — disse ele quando ela terminou. — Se quiser experimentar, eu esfrego suas costas.

Mas não era assim que o ritual acontecia, então ela tirou da bolsa um roupão para ele — não um roupão cerimonial, mas um fofo e branco, do tipo que se compra em um spa — e um para ela. Ceilidh tinha insistido para que Riley os levasse quando foram comprar o sal em um mercado grande.

Ninguém vai trepar se vocês congelarem as partes.

Riley fez uma anotação mental de comprar algo bacana para ela por ser uma amiga tão sábia e boa.

Eles se sentaram na beirada do colchão, e Riley abriu o pote de sorva que tinha preparado. Clark comeria da mão dela, um símbolo de confiança — já que frutos crus são venenosos.

Colocando dois dedos na calda cor de rubi, ela os estendeu. Ele podia facilmente ter lambido, mas, com a mão em torno do pulso dela, Clark pôs os dois dedos em cima da própria língua e fechou a boca.

Riley fez um ruído, um ruído significativo, com o calor molhado quando ele lambeu as pontas sensíveis dos dedos. Clark só continuou olhando-a nos olhos, seu olhar cheio de promessas, todas obscenas. Depois de um tempo indecente, ela puxou a mão de volta.

Podia ter acabado ali. Era suficiente, eles só tinham planejado aquilo, mas Riley não queria parar. Pegou o pote de novo, usando desta vez o dedo anelar para coletar mais do lustro acetinado pegajoso e doce, espalhando-o primeiro no lábio superior, depois, no inferior.

No segundo em que ela terminou, Clark se lançou à frente para capturar sua boca. Gemendo como se estivesse esperando permissão. Usando os dentes como se lembrasse o que ela gostava.

Ele a beijou sem parar, guloso pelo sabor azedinho que a sorva deixara em seus lábios.

Quando, enfim, ele se afastou, ofegando, tentando recuperar o fôlego, seus lábios estavam manchados. Os dela deveriam estar iguais. Colocando uma das mãos na nuca dela, Clark a deitou de costas e apoiou os braços acima dela.

Eles não tinham ensaiado essa próxima parte. O caderno dela só dizia: *e aí a gente transa.*

Riley não conseguiu achar nada para sugerir que uma velocidade ou posição específicas fossem exigidas. Devia funcionar, desde que ele gozasse dentro dela, desde que ela deixasse.

Ele abriu toda a frente do roupão dela antes de derramar uma longa fileira de calda de sorva entre os seios dela, usando a boca para ir atrás dos pingos que escorriam até o umbigo.

Ela se arqueou — sabendo que, se tivesse trazido frutas venenosas, neste ponto ele estaria passando mal.

Mesmo depois de ter limpado todo o rastro da mistura, Clark continuou beijando-a. De um jeito mais quente. Mais embaixo. Deslizando as mãos por baixo da bunda dela, abrindo suas pernas para poder encaixar os ombros no meio.

— Deixa — disse ele, virado para o interior da coxa dela, e podia significar qualquer coisa.

Riley concordou com a cabeça até conseguir encontrar a voz.

— Claro, sim.

Quando ele abaixou a cabeça morena para sentir o gosto dela, Riley soltou um gemidinho. Ela queria aquilo, mas nunca teria ousado pedir.

Com tudo o que se passara entre eles, ela esperava que Clark a provocasse, se prolongasse, a fizesse gemer de novo, mas não. Em vez disso, ele colocou a boca direto no clitóris, sugando, e esfregou lá embaixo, checando, garantindo que ela estava molhada o suficiente antes de curvar os dedos dentro dela.

Ah, céus. Era rápido de uma forma que ela gostava. Apertado e esticado, mas não muito.

Ela deslizou as mãos para o cabelo dele, estimulando-o, segurando-o perto. Do jeito que ela estava agindo, seria de se pensar que nunca tinha feito aquilo antes. E tinha, mas não assim — não com alguém que achava que talvez a odiasse. Alguém a quem tinha entregado o pior de si. Que, apesar de seus protestos, continuava tratando-a com gentileza.

— Clark — disse ela, para os dois, uma confirmação, uma reivindicação.

As pontas dos dedos dele estavam deixando hematomas nas coxas dela. Ao contrário da última vez, ela achou que ele nem estava percebendo. Clark gemeu, como se fosse tão bom para ele quanto para ela, apesar de Riley não conseguir imaginar.

Quando ela gozou da primeira vez, se esfregando na boca dele, supôs que ele não tivesse percebido. Clark não suavizou em nada, continuou enfiando os dedos dentro dela, continuou com a boca no clitóris.

— Ei. — A voz dela estava destroçada. Ela precisou tentar de novo. — Ei, pode parar. Está tudo bem. Eu já…

Mas isso só o fez gemer e ir mais forte, apoiando a perna dela no ombro. E isso — isso foi… A segunda vez veio tão forte e tão rápido que ela viu tudo borrado.

Clark mesmo assim não parou — não parecia nem que a ideia tivesse lhe ocorrido, apesar de ela ter gritado alto —

mais alto —, então Riley precisou apertar as costas dele de leve com o calcanhar.

— Se quer que eu chegue até o evento principal, você precisa parar.

Ele levantou a cabeça, lambeu os lábios e disse:

— Desculpa — disse, de um jeito meio rouco e tímido. — Desculpa. É que eu gosto.

Ele limpou a boca com o dorso da mão.

— Caralho. — Se Riley achava que estava correndo perigo antes daquilo...

Os olhos de Clark se fecharam quando ela escorregou a mão para alcançá-lo, puxando o nó do roupão dele até abrir. Ele jogou o pescoço para trás, as veias saltadas, quando ela fechou a mão e acariciou pela primeira vez o pau dele, respirando pelo nariz, sobressaltado, com urgência.

Riley tentou espelhar a pressão e o deslizar que ele tinha usado em si mesmo antes, mas Clark balançou a cabeça quase imediatamente depois de ela acelerar.

Ele fechou a mão em cima da dela, parando o movimento.

— Não consigo.

Por um segundo, o coração dela parou.

Mas, aí, ele disse, em um tom acusador e impotente:

— Eu estou com tesão por você já faz *a porra de uma semana*.

E *ah. AH.*

Qualquer controle que ele tivesse antes se foi. Ele empertigou tanto as costas que parecia que ia quebrar no meio.

Riley se deitou de volta até os ombros baterem no colchão e o puxou à frente para ele a cobrir com seu corpo, o pau pressionado forte e insistente contra o quadril dela.

Clark segurou a bochecha de Riley, olhando-a de uma forma que a deixava desesperada, então, ela o beijou de novo, gemeu na boca dele, porque precisava daquilo e não devia, ela o queria quando não podia.

Se ele tivesse sido sarcástico de novo, ela teria gostado. Mas, no momento, a forma gentil como passou as mãos pelo cabelo dela, fazendo carinho pelo pescoço, seu cheiro em todo lugar — apimentado e de laranja e o sal do suor —, era melhor. Mais. Mais do que ela havia pedido, mais do que merecia.

Ele estava pesado em cima de Riley, um esmagamento bom enquanto ele se movia um pouco, se esfregando nela, se obrigando a esperar. Riley fechou de novo a mão em torno dele, posicionando-o enquanto levantava os próprios quadris.

A boca dele se abriu sobre a dela enquanto ele entrava, empurrando quando ela se apertou, seu corpo se ajustando ao estiramento enquanto Riley segurava nos ombros dele.

Desta vez, quando ele começou a estocar, foi ele que sussurrou:

— Caralho.

As sílabas se arrastavam pela língua. E, aí, o nome dela, quase com raiva, como se ela devesse ter dito a ele que seria bom assim, só que ela não sabia. Achava que estava preparada, mas não estava.

Você é uma quebradora de maldições, Riley disse a si mesma. *Isto é um ritual*. Mas não importava, não enquanto ele beijava o ponto em que o coração pulsava no pescoço dela.

O peito de Clark deslizou contra o dela enquanto mexia os quadris, agora mais rápido, com a mão na parte de dentro do joelho dela, empurrando para fora, a abrindo.

Ela não podia gozar de novo, o corpo estava muito sensível, já exaurido. Ela ia voar em milhões de pedacinhos, entrar em combustão nos braços de Clark. Mas, se ele percebeu, não ligou, porque esticou o braço entre os corpos e apertou o clitóris dela, sem diminuir o ritmo dos quadris.

Como tantas outras coisas que ele lhe dera, afinal, era um presente não ter escolha exceto se entregar.

Desta vez, ele sentiu quando ela gozou. Ela soube, porque Clark deixou a cabeça cair à frente, enterrando o rosto na curva do pescoço dela enquanto suas estocadas finalmente ficavam irregulares.

Enquanto ela acariciava suas costas, levando-o até o fim, Riley queria se apegar àquilo que não podia ter, àquilo que nunca fora dela, mas parecia. Agora, neste momento em que Clark se derramava dentro dela, enquanto cada vela do salão oscilava uma, duas, três vezes antes de todas se apagarem em uníssono.

— Espero que tenha gostado do show — falou Clark, ofegante, para a escuridão.

Eles tinham feito o ritual perfeitamente. Mas, quando ele procurou a mão dela, roçando o polegar nos nós de seus dedos enquanto ficavam deitado juntos embaixo dos lençóis, Riley pensou: *Talvez não funcione, nem assim.* Porque, naquele momento, ficou claro para ela que nunca havia conseguido odiá-lo, não de verdade, nem uma única vez.

Capítulo 19

❧

Alguém estava batendo na porta do trailer de Clark, estragando o que, até ali, tinha sido um sonho muito agradável. Exceto — Clark abriu um olho — que ele não estava no trailer. E tinha um corpo quente enrolado contra o seu peito, mechas de cabelo que não lhe pertenciam entrando em sua boca. E — ele se sentou, com urgência — *a batida não era uma batida*. Eram passos no hall de entrada, ficando mais altos e próximos.

— Ei! — reclamou Riley em voz alta, tendo acordado com o movimento abrupto de Clark.

— Olá? — chamou o pai dele, aparecendo na entrada do salão nobre.

Os olhos dele se arregalaram por um terrível segundo enquanto ele via o filho, a companhia do filho, a cama, a nudez precariamente coberta.

Imediatamente, ele se virou para a parede.

— É… vocês estão bem aí?

Clark ficou de pé rapidamente, pulando no piso frio de pedra ao tentar pôr a calça e batendo o dedão num pedaço solto.

— Não é exatamente o que um pai espera encontrar quando vem visitar o filho no trabalho — falou Alfie, com a voz alta o bastante para tentar encobrir os sons de pessoas se vestindo freneticamente.

Pai?, falou Riley sem som para Clark se enrolando apressada num lençol.

— Pensando bem, vou esperar lá no hall de entrada, que tal? Enquanto vocês se ajeitam.

Alfie voltou por onde tinha vindo.

Assim que seus passos desvaneceram, Riley pressionou Clark:

— Que caralho voador seu pai está fazendo aqui?

Clark nem teve tempo de pensar em como ela estava linda, bagunçada de sono e sem maquiagem, a luz do meio da manhã deixando sua pele luminosa. Tá bom, ele tinha um pouco de tempo, sim.

— Ele disse que queria dar uma passada no local quando falei com ele há algumas semanas. Eu tinha me esquecido completamente. — Para ser justo, havia muita coisa acontecendo. — Já estou indo! — chamou ele.

Percebendo que tinha vestido a camiseta ao contrário, Clark teve que tirar e colocá-la de novo.

— Ele vai achar que você entrou para uma seita.

Riley fez um gesto para o anel de sal rompido, a cera derretida das velas, a mancha carmesim onde deviam ter derrubado as sorvas em algum momento, seu braço se movendo como uma aeromoça irada apontando as várias saídas de emergência.

Uma seita parecia um disfarce bastante sensato para o que ele de fato estava fazendo. Clark não conseguia imaginar o pai aceitando bem a ideia de um ritual sexual e místico, especialmente em seu local de trabalho.

Por falar nisso.

— Então, a noite passada… humm… fez alguma coisa?

Bom, além de ameaçar transformá-lo de corpo e alma.

Riley fez uma pausa, fechou os olhos, como se estivesse checando seus sentidos.

— Não. — Ela tirou o cabelo do rosto enquanto se abaixava para calçar as botas. — Não sei o que está acontecendo. As velas tremeluzindo e depois se apagando assim que... *completamos o ritual* parecia um sinal positivo, mas a assinatura do cheiro não mudou hoje de manhã.

Bem, Clark não podia dizer que estava totalmente chateado. Assim que Riley quebrasse a maldição, ele nunca mais a veria. Essa perspectiva estava se tornando rapidamente mais ameaçadora do que qualquer outro terror que o castelo havia lançado sobre eles.

— Olha. — Ele pegou o cotovelo dela sem pensar, mas, quando o olhar dela caiu imediatamente para sua mão, recuou. Aparentemente, a permissão que ele tinha para tocá-la na noite passada havia sido revogada. Bom saber. — Eu só ia dizer que, antes de sairmos, por favor, aconteça o que acontecer, não deixa meu pai fazer muitas perguntas para você.

O pai dele era curioso por natureza e profissão, e analisava as pessoas vivas com a mesma precisão que aplicava aos mortos. Em algum momento, Clark supôs que ele houvesse suprimido seu senso de empatia para poder arrancar pequenos pedaços do coração das pessoas, prová-los e categorizar sua contribuição para a sociedade.

Riley colocou o cabelo atrás da orelha.

— Por que ele iria querer me fazer perguntas?

Clark nunca a tinha visto tão agitada. Em comparação, ele parecia quase calmo — como se o universo estivesse desalinhado, a menos que eles fossem forças opostas em algum aspecto.

— Você não vai se surpreender ao saber que não sou pego em posições comprometedoras com frequência. Pelo menos, não dessa forma.

Era por isso que Patrick havia sido excluído, enquanto Clark fora apenas colocado em uma rédea mais curta. Seu pai não acreditava que ele fosse capaz de uma traição ou, nesse caso, de uma negligência imprudente — porque ele não esperava nada de Clark.

Sem mencionar que a maneira como eu olho para você é óbvia.

— Meu pai vai supor, infelizmente, que esta bagunça foi obra sua.

Quando já estavam suficientemente decentes para entrar no hall de entrada, o pai dele já tinha criado uma teoria. Clark percebeu pela maneira como ele estudou Riley, com a cabeça bem inclinada. A mesma expressão de quando pegava a espátula para fazer uma extração delicada.

Saindo do salão, Riley se esgueirou na parede, como se achasse que poderia passar despercebida sem uma apresentação formal, mas o pai cortou isso pela raiz, marchando em frente com o sorriso jovial característico.

— Desculpe por perturbar vocês nesta manhã. — Alfie Edgeware estava confortável com seu cabelo grisalho, tinha as bochechas queimadas de sol e cada uma de suas rugas era merecida. Embora todos os homens Edgeware tivessem a mesma estrutura óssea, o rosto do pai tinha mais personalidade, cicatrizes e marcas que o tornavam irregular, acessível, enquanto Clark era bonito. — Já estive em muitos locais de trabalho ao longo da minha carreira, mas, afinal, um velho ainda pode ser surpreendido. Alfie. Pai do Clark.

Ele usou o título, Clark sabia, não como identificador primário, mas supondo que sua reputação o precedia.

— Riley.

Ela estendeu a mão, com as costas retas.

O pai dele deu seu aperto com textura de couro na mão dela, levantando uma sobrancelha como se esperasse ouvir mais. Um sobrenome. Uma relação. Mas Riley, espertinha, não entregou nada.

— Prazer. — Ela não parecia especialmente contente. — Se me dá licença, preciso voltar ao meu quarto na pousada.

Riley abaixou a cabeça de uma forma que deveria sinalizar sua saída, mas sua abordagem deu errado — as informações obviamente escondidas chamaram a atenção do pai de Clark.

— Se você está visitando a cidade, devia almoçar comigo e com meu filho. Marquei um tour privativo a uma destilaria na ilha de Skye. É uma oportunidade única.

Tudo isso era novidade para Clark — e a cara de Alfie. Achar algo local e exclusivo, curtir entregar aquilo como um rei benevolente.

— Obrigada pela oferta. — Riley olhou para Clark, prolongando o contato visual para confirmar que entendia a diretiva anterior de não dar abertura ao pai dele. — Mas, infelizmente, desta vez vou ter que recusar.

Mais uma vez, ela foi em direção à porta, mas Alfie se virou para Clark.

— Com certeza esta linda jovem ainda não se cansou da sua companhia, né?

O mais surpreendente no comentário foi que Clark não estava pronto para ele. A crueldade mesquinha das palavras, coberta por um tom alegre.

Na noite anterior, ele havia prometido a si mesmo que não deixaria de colocar nada na mesa. Isso significava se abrir para Riley, centímetro por centímetro. Nem mesmo a chegada inesperada de seu pai havia conseguido fechar tudo de novo.

Ele já estava tentando pensar em uma desculpa, mas Riley interrompeu sem se importar:

— Na verdade. — Clark conhecia aquele meio-sorriso. Ele o tinha visto logo antes de encontrar uma adaga apontada para seu coração. — Sabe de uma coisa? Estou livre, sim.

Clark se colocou entre eles, só por precaução, enquanto abria caminho para a saída.

Algumas horas depois, após ele e Riley terem tido a chance de tomar banho (ela) e entrar em pânico (ele), seu pai os levou em um carro alugado até Skye. A viagem deslumbrante incluía colinas verdes ondulantes, pântanos enevoados e o lago — tão misterioso quanto vasto. Não que Clark pudesse apreciar nada daquilo.

Ele ficava esperando algo ruim acontecer, com as palmas tão suadas que deixavam manchas úmidas na calça. Mas o pai devia querer o benefício do contato visual para o interrogatório, porque manteve a conversa leve — falando sobre as pessoas que conheceu no exterior, algo engraçado que alguém disse a ele no avião, os perigos do jet lag.

Até mesmo a visita à destilaria correu bem. O charmoso proprietário lhes mostrou diferentes tipos de barris, onde processavam os grãos, grandes peças de maquinário de metal gigantescas que pareciam os robôs alienígenas descritos em um romance de ficção científica que ele havia lido recentemente. As coisas só começaram a desandar depois que se sentaram ao redor de um tampo alto na luxuosa sala de degustação particular.

O proprietário trouxe um cardápio encadernado em couro com todas as diferentes variedades e safras do local.

O pai de Clark o examinou antes de pedir uma rodada de algo antigo e caro para a mesa.

— Não importa quantas vezes eu venha à Escócia... — confidenciou ele depois que o homem saiu, passando o cardápio, agora que já havia feito o pedido. — Nunca consegui pegar gosto por essa bebida.

— Você está bebendo o tipo errado. — Riley passou um dedo pelas seleções. — Da próxima vez, experimenta algo menos turfado e você vai gostar mais. O sabor é mais rico, caramelizado em vez de defumado. — Acenando a mão, ela chamou o anfitrião de volta para pedir sua própria bebida. — Uísque é um gosto adquirido. — Riley passou o cardápio de volta para o pai dele. — É o machismo deslocado que convence os homens de que precisam se provar bebendo Lagavulin dezesseis anos.

Alfie piscou.

Clark tentou se lembrar da última vez que alguém havia explicado alguma coisa ao pai dele, repreendendo-o gentilmente.

— Você provavelmente tem razão. — O sorriso de seu pai era divertido. — Você sabe bastante sobre uísque, né?

— Até que sim — disse Riley. — Sou bartender há mais de uma década e tenho uma afinidade especial com uísque.

Belíssimo. Ela havia conseguido neutralizar o assunto de sua profissão.

— É mesmo? — Alfie se recostou em sua cadeira. — Nesse caso, insisto que você escolha minha segunda dose.

Graças à sua risada calorosa, o pedido não pareceu condescendente. Ainda assim, um teste feito de boa-fé podia ser igualmente revelador.

Riley concordou, sem hesitar, e depois debateu com o garçom sobre os méritos de um *sherry* e de um Calvados puro malte de barril de bourbon antes de fazer a escolha.

— É um uísque para iniciantes — ela disse ao pai dele quando o uísque chegou em um copo alto, puro —, mas também é incrível. Sem compromisso.

Depois de agitar a seleção e tomar um bom gole, Alfie fechou os olhos e balançou a cabeça.

— Cacete, é maravilhoso.

Ao contrário de Clark, que não teria resistido a sorrir, Riley apenas acenou com a cabeça, embora ele visse em seus olhos que ela estava satisfeita com sua escolha.

Parte do fascínio do pai era como ele fazia você se sentir — importante, excepcional — quando queria.

Clark não diria a ela que a queda daquele sentimento era rápida e acentuada. Ela nunca teria a chance de descobrir.

— Me conte mais de você — disse o pai dele a Riley. — Você é estadunidense?

— Sou de South Jersey, nos arredores da Filadélfia — confirmou ela, e aceitou contar a ele sobre sua cidade natal, que aparentemente era "um pilar da cultura estadunidense de lanchonetes", algo de que Clark nunca tinha ouvido falar, mas que agora queria experimentar com uma espécie de curiosidade desesperada.

À medida que a conversa prosseguia, Clark percebeu que nunca tinha visto Riley tão pacata. Era chocante. Ele não tinha certeza de gostar.

De início, ele atribuiu a mudança ao fato de ela estar desconfortável, mas, quando não foi embora depois de um segundo copo de uísque, ele mudou de ideia. Aquilo era ela se esforçando. Não por Alfie. Claramente as opiniões dela sobre o pai dele não tinham variado desde a avaliação inicial daquela noite no bar. Não. Pelo jeito como os olhos dela ficavam indo na direção de Clark, devia estar falando de si mesma e escutando o pai dele tagarelar sobre a única vez que visitara Atlantic City *por ele*. Porque sabia o quanto ele valorizava a opinião favorável do pai.

Clark teve que mexer no guardanapo para pensar nisso por um tempo.

Quando Riley se levantou para ir ao toalete, Alfie cutucou o filho com o cotovelo.

— Relaxa. Eu gostei dela. — Ele sorriu para a bebida que ela escolhera. — Você deveria levá-la lá em casa algum dia. Ela pode ficar com aquela garrafa de uísque que meu editor me mandou.

Espera aí. Riley e o pai dele estavam... se dando bem?

Uma montagem de devaneio repentina o assolou: Riley queimando um bolinho que queria levar ao jantar de domingo. Ele a beijando depois de comprar um substituto. Riley jogando dardos no pub do bairro do pai dele. Deus sabia que ela era capaz de competir com um monte de velhos no que dizia respeito a insultos. Clark não se importaria de ficar assistindo e pegando bebidas para ela. Acalmando-a quando ela perdia e, em seguida, desafiava seu oponente para uma briga. O pai dele e Riley em férias de família, convencendo-o a fazer alguma coisa horrível, tipo saltar de um penhasco.

Ele mordeu a parte interna da bochecha. A adição de Riley, ou de qualquer pessoa, não substituiria a ausência de Patrick.

Pela primeira vez em muito tempo, Clark sentiu saudade do irmão sem nenhum sentimento de ressentimento, traição ou culpa. Talvez porque ele tivesse aprendido recentemente a facilidade com que o medo poderia convencê-lo de que a coisa certa a se fazer era mentir até mesmo para as pessoas que você respeitava e de quem gostava para protegê-las, para se proteger. Ele não conseguia identificar o momento exato, talvez não houvesse um, mas um punhado de pequenas mudanças que ocorreram em algum lugar nos terrenos do Castelo de Arden finalmente resultou em uma libertação. Ele havia renunciado a Patrick. Perceber isso foi como respirar fundo pela primeira vez depois de seis meses com um resfriado que ele não conseguia curar.

Clark sempre foi um segundo filho, mas hoje ele via o potencial disso.

— Sempre achei que você poderia ousar um pouco mais. — O pai bagunçou seu cabelo. — Fica bem em você. — Ele se afastou e inclinou a cabeça novamente. — Você parece feliz.

Antes que Clark pudesse processar aquele comentário e o que ele significava, o pai começou a contar uma história sobre uma das próprias façanhas, com sua infame coalizão de companheiros chamada Dave. Embora essa história em particular — de como o homem de meia-idade que Clark conhecia como "Dave Bem-Comportado", havia ganhado o apelido, agora aposentado, de "Dave da Rave" ao desmaiar em uma poça de vômito durante um show de punk underground — fosse nova.

Clark riu, sem fôlego. Era o tipo de história confusa e vergonhosa que se contava a um amigo, alguém que você via como um colega, não como uma criança.

Quando Riley voltou e eles pediram a última rodada, Clark não conseguia acreditar como o passeio tinha sido bom. Será que já havia se sentido tão relaxado perto do pai? Sim, o uísque desempenhara um papel importante, mas era mais do que isso. Riley proporcionava uma espécie de amortecedor mágico, suavizando as arestas que normalmente os separavam.

Debaixo da mesa, ele cutucou o joelho dela com o seu.

— Obrigado por isso — disse ele quando o pai se levantou para falar com o proprietário.

Ela lançou-lhe um olhar de canto de olho, suave e íntimo, e deu de ombros.

— Vocês dois não vão acreditar nisso — disse o pai, assustando-os ao voltar para a mesa. Ele apoiou as mãos no encosto da cadeira. — Aparentemente, tem uma pessoa horrível no Castelo de Arden se fazendo de quebradora de maldições, seja lá o que isso signifique.

Merda. Clark poderia escolher o caminho mais fácil, deixar o comentário de lado com um "é mesmo?", mas Riley não faria isso. Ela não teria nenhum problema de entrar em ação e contar ao pai dele exatamente o que fazia e por quê, gloriosamente íntegra, como sempre.

Sim. A qualquer momento. Ela devia estar…

Mas o joelho dela tremeu junto ao dele. E, quando ele a olhou, ela estava com os olhos bem fixos na toalha de mesa.

Clark não entendia. Depois de todas as vezes que ela o repreendeu, defendeu sua família e seu ofício, por que estava ali sentada agora mordendo a língua sobre o que fazia?

Então, algo se soltou no peito dele, alguma parte vital. Clark percebeu que Riley morder a língua era uma escolha. Uma oferta. Pelo que ele havia feito por ela na noite passada. Como se houvesse alguma coisa na Terra capaz de tê-lo afastado.

— Então? — O pai dele olhou de um para o outro, perplexo, mas ainda jovial. — Vocês ficaram sabendo alguma coisa sobre isso?

Clark podia ficar sentado sem fazer nada. Eles podiam seguir em frente, terminar a noite com chave de ouro. Deus sabia que ele já tinha experiência suficiente em decepcionar Riley e seu pai.

Mas, mesmo que Riley conseguisse se reconciliar com a ideia de deixar este momento passar em branco, Clark não conseguiria. Não suportava que ela tivesse que se esconder, se diminuir, para ninguém.

Ela ficou ali, se segurando, sem esperar apoio nem defesa — nada de Clark. Ela nem sequer se deu ao trabalho de olhar para ele... e isso resolveu tudo.

— Não sei por que está tão surpreso — disse ele antes de ter a chance de pensar demais. — Certamente você já ouviu falar da maldição de Arden. Há relatos de misteriosas atividades malévolas no local que remontam a vários séculos.

— Não me diga que está envolvido com isso, Clark?! — A temperatura na sala caiu vários graus quando o pai o encarou. — Eu criei você para não acreditar nesse tipo de engano tolo.

— Você me criou para ser um pesquisador. — Alimentara ele e Patrick com uma dieta rigorosa de lógica. Construíra sua casa no altar da ciência. — E estou dizendo que tem algo mais do que o poder da sugestão acontecendo naquele castelo. Uma maldição é, no mínimo, uma teoria viável.

Riley levantou a cabeça e chamou a atenção dele, como que dizendo: *Tem certeza de que sabe o que está fazendo?*

O pai não notou, concentrado apenas no filho, enquanto suas bochechas se esvaziavam de raiva.

Clark nunca o contrariava. Nem como filho. Nem como cientista.

— Rumores como esse, de forças sobrenaturais, são tóxicos. — Alfie manteve a voz baixa, controlada, mas, no encosto da cadeira, sua mão se fechou em um punho. — Você vai ter que me perdoar se eu preferir dar importância a fatos em vez de alarmismo.

— Mas você é arqueólogo. Sabe que um fato não é nada além da nossa melhor aproximação da verdade. — Ele esperava uma reação negativa, mas ignorar até mesmo a possibilidade... — *O mundo é plano. A Terra é o centro do universo. Um átomo é o menor bloco de construção da matéria.* Se a história nos ensinou alguma coisa, é a frequência com que nos enganamos.

Clark descobriu, para sua surpresa, que não estava argumentando apenas pelo bem de Riley. Ele acreditava nas palavras que saíam de sua boca. Um argumento elaborado tanto para ele mesmo, duas semanas antes, quanto para seu pai agora.

— Você acredita que um lugar pode ser sagrado, certo?

— Acredito. — Seu pai já havia trabalhado em muitos templos e túmulos. — Para um grupo específico de pessoas.

— Bom, esses lugares são o epicentro de emoções poderosas, que coexistem em um único espaço, ano após ano, e deixam para trás uma certa energia. Não podemos nomear esse sentimento, esse poder, mas ainda assim reconhecemos que ele existe.

As narinas de seu pai se dilataram.

— Não estou acreditando nisso. Estou te dizendo que tem uma pessoa que se aproveita da ignorância dos moradores de vilarejos rurais, vendendo serviços que não pode realizar, e você está dizendo que acredita que as *maldições* têm alguma explicação lógica?

Debaixo da mesa, Clark se segurou ao assento da cadeira. Perder a aprovação do pai tão pouco tempo depois de tê-la conquistado parecia um acidente de carro no qual ele era, de alguma forma, tanto motorista como espectador. Mas ele se recusava a deixar que Riley ficasse ali sentada ouvindo o pai de outra pessoa cuspir a mesma ignorância que o dela.

— Estou dizendo que grande parte do universo é desconhecida.

Riley colocou a mão sobre a boca e sussurrou:

— Caramba, nem acredito.

Parte de Clark queria deixar por isso mesmo. Ver se talvez conseguiam levar as coisas de volta a uma direção agradável e tranquila durante uma rodada de digestivos. Ele podia salvar a situação, fazer com que o pai voltasse a sorrir para ele.

No final, ele não pôde escolher. Alfie tinha que dar a última palavra.

— Pois escute aqui. — Ele apontou para Clark. — Se você encontrar aquele quebrador de maldições, diga que eu o acho um bandido sujo.

— Quer saber? — Riley se levantou. — Ele não precisa fazer isso. Porque sou eu. — Ela deu um aceninho. — Oi, eu sou a quebradora de maldições.

Isso surpreendeu Alfie.

— Eu pensei que você fosse bartender.

— Sou as duas coisas. — Ela sorriu com firmeza. — É uma espécie de situação mista.

Ele se virou para Clark, com a boca retorcida de desgosto.

— Então é por isso que você se envolveu nessa história. Por uma rapariga.

Ah, sim. Aí estava a marca registrada de seu pai.

Só que Clark não era mais um garoto.

— Na verdade, não — disse ele. — Simplesmente me parece uma arrogância espetacular supor que qualquer coisa que eu não possa provar seja impossível.

As bochechas de seu pai ficaram coradas.

— Você está me chamando de *arrogante*?

— Clark — disse Riley. — Está tudo bem, não precisa…

Mas isso não era mais apenas por ela.

Ele sustentou o olhar do pai.

— Sim, senhor.

Alfie tirou a carteira e jogou uma nota de dez na mesa.

— Eu deveria ter percebido. — Ele riu, um som oco. — Você sempre foi fácil de enganar.

Riley segurou a respiração.

Dois coelhos. Uma cajadada. Clark precisava reconhecer o mérito dele.

O pai tinha conseguido pegar todos os grandes erros que ele já cometera e somá-los em um comentário limpo e mordaz, ao mesmo tempo que insultava a integridade de Riley.

Depois que a porta da sala de degustação se fechou, eles ficaram em silêncio por segundos que pareceram infinitos.

Bem, estivera perto de conseguir a aceitação de seu pai por um minuto. Já era alguma coisa.

Riley puxou sua cadeira de volta, sentando-se ereta e cruzando os braços.

— Você está bem?

— Excelente.

Clark esvaziou o copo antes de apoiar os cotovelos na mesa e abaixar a cabeça nas mãos.

— Ele acha que conhece você, mas não conhece. — A voz de Riley estava baixa e suave. — Não é fraqueza. O seu jeito de confiar nas pessoas.

Clark levantou os olhos e cruzou as mãos, sem saber o que fazer.

— Como você pode dizer isso depois do que acabou de acontecer?

Era como uma peça ruim. Quantas vezes ele teria que apelar para o pai em busca de aceitação, afeto, antes de perceber que Alfie não era capaz disso?

— Você sabe como ele é. — Riley olhou para a porta pela qual o pai dele havia saído. — Você sabia do risco que corria ao enfrentá-lo. Mas estava dando a ele uma chance. De ser melhor. — Ela se virou para Clark. — Não foi um acidente ou descuido. — Como tudo nela, as palavras eram claras, definitivas. — Você é mais corajoso do que ele.

Clark engoliu em seco, ficou sentado e tentou se obrigar a ouvir.

— Não sei o que é mais desconcertante: quando é cruel comigo ou quando é gentil.

— Acho que você gosta de um pouco dos dois — respondeu ela, tentando arrancar um sorriso.

Em vez disso, ele assentiu, sério.

— Depende do meu humor.

Clark sabia que seu pai criticava porque se importava. Porque achava que Clark precisava de empurrões e estímulos para atingir seu potencial. Dentro da cabeça do pai vivia um capataz implacável, e Alfie Edgeware atribuía seu sucesso a esse animal severo e astuto. Saber daquilo não impediu a onda de náusea.

— Acho que só temos uma opção real agora.

— É. — Riley pegou seu celular. — Vou pedir um Uber.

— Não, eu quis dizer que vamos usar a artilharia pesada. Quebrar essa porcaria de maldição.

Ela ergueu as sobrancelhas.

— Estou ouvindo. Você tem uma ideia?

Clark sorriu, surpreso por conseguir fazer isso.

— Por acaso, tenho.

Capítulo 20

❧

Aparentemente, para arqueólogos, "usar a artilharia pesada" significava "usar suas credenciais acadêmicas para conseguir acesso à sala de livros raros de uma universidade, ainda que tal sala de livros raros esteja tecnicamente fechada ao público devido a reformas".

Ou, pelo menos, era o que Riley tinha entendido da ligação de Clark para o chefe da coleção em St. Andrews.

— Conseguimos. — Ele tinha sorrido ao desligar, parecendo apenas um pouco impressionado, sentado ao lado dela no banco de trás de um Uber caríssimo na volta a Torridon. — Vai ter um segurança lá para nos receber às dez da manhã.

— Ótimo.

Riley não tinha entendido cem por cento o plano nesse ponto, mas Clark parecia tão adoravelmente ansioso. Depois de o pai dele ter sido um monstro horrível — tipo, tão ruim que, por algumas horas, Riley ficou feliz por seu próprio pai ter tido a decência de não ficar por perto —, ela teria ido a quase qualquer lugar que o fizesse sorrir assim.

Quando voltou à pousada, depois de toda a rotina de sempre de lavar o rosto e escovar os dentes, Riley colocou o pijama e ligou para Ceilidh para ver se ela queria ir de trem com eles de manhã visitar a coleção. Pelo que ela percebia, Ceilidh era a única pessoa que amava livros mais que Clark.

— Putz, eu tenho aula — resmungou a amiga. — Será que você pode tirar fotos de tudo? Tipo, tudo mesmo?

— Ah, claro — concordou Riley. — Não deve ser problema. Clark disse que só tem uns duzentos mil livros lá.

Ceilidh fez mais um som de dor excruciante.

— Não joga na minha cara, sua mulher horrível, senão não deixo você pegar meu carro e vai ficar presa no trem por mil anos.

Riley riu.

Na manhã seguinte, como Ceilidh não cumpriu a ameaça, Clark e Riley se encontraram com o guarda após um trajeto de quatro horas de carro.

— Não vão ficar presos aí dentro. — O guarda os fez passar por uma porta que parecia muito antiga. — A maçaneta tranca automaticamente atrás de vocês, e meu turno acaba em uma hora. — O bigode branco volumoso dele tremelicou. — Não vou voltar.

— Pode deixar, senhor.

Clark segurou a porta para Riley, que, enquanto entrava, tentou assentir de uma forma que transmitisse seu máximo respeito por instituições acadêmicas, seus funcionários e procedimentos.

— Uau.

Ela não tinha uma visão estabelecida sobre como era uma sala de livros raros, já que nunca tinha visitado uma nem realmente pensado na existência delas antes, mas, mesmo com alguns andaimes e lonas cobrindo parte do espaço, a sala enorme do St. Andrews era majestosa.

Riley não conseguiu evitar uma inspiração funda do cheiro doce e seco de papel conservado. Os Estados Unidos tinham muitas vantagens, na opinião dela, mas, *cara*, os europeus realmente mereciam uma medalha em relação a coisas antigas. E leis sobre armas. Mas isso era outra história.

Não eram só os livros que eram velhos ali — era tudo. A mãe dela teria chamado o espaço de belo. Tinha todas as coisas pelas quais ela babava na HGTV: tetos altos e abobadados, sanca enfeitada.

Clark foi direto para o computador no canto, era um homem numa missão, mas Riley só virou a cabeça, absorvendo os livros em todas as direções, inclusive para cima.

Alguns tinham lombadas de tecido ou couro, alguns livros eram finos e outros extraordinariamente gordos; volumes viviam em familiazinhas. Havia livros embaixo de vidro, com as páginas abertas mostrando as ilustrações pintadas à mão e folheadas a ouro.

— Carambolas.

Era a primeira vez que ela pensava numa universidade como mais do que o lugar para ir tirar um diploma que permitia à pessoa ganhar mais. Esse local, esta sala, guardava tantos séculos de conhecimento que só de poder acessar por algumas horas seu coração doía.

Ela tinha inveja de como Clark nem piscou ao entrar. Aquele era o mundo dele. Claro que se sentiria em casa.

Riley o encontrou debruçado sobre um teclado.

— Foi muito legal da sua parte me trazer aqui.

Antes de ir à Escócia, ela tinha achado que trabalhar sozinha a tornava mais forte. Agora, perguntava-se quanto tinha perdido por não pedir ajuda antes.

Enquanto Clark a olhava, o frenesi decidido em que ele estava desde a ida do pai sumiu. Seus olhos ficaram mais calorosos.

— Você gostou?

— Como poderia não gostar?

Ela já tinha passado por várias seções em que queria poder ficar mais tempo. Livros sobre botânica, misticismo, geologia.

Clark sorriu e apontou para a tela.

— Acho que está prestes a gostar ainda mais.

Ela se inclinou à frente e leu por cima do ombro dele.

— *História do clã Graphm: de registros públicos e coleções privadas, compilada por Amelia Georgiana Murray MacReive. Publicado em 1790.*

— Por que você não coletou isso como parte da sua primeira rodada de pesquisa?

Parecia promissor. Um estudo da vida do clã antes, durante e logo depois dos acontecimentos da maldição em 1779.

— Apareceu nas minhas buscas iniciais, mas, por causa da condição do livro, não dá para tirar da coleção. — Ele apontou para uma anotação na catalogação. — Digamos que eu tinha menos incentivo para fazer a viagem até aqui uns meses atrás.

Riley assentiu com a cabeça. Reconhecia no rosto dele o mesmo ardor de quando ele defendera a quebra de maldições no restaurante. Eles estavam ali por causa do pai dele. Porque Clark estava enfim resistindo a uma vida de tirania.

Ele não tinha desenvolvido uma nova crença no chamado dela, exceto pelo pedido de Riley e um senso de obrigação. Clark não sentia, como ela, que estavam à beira de algo antigo e poderoso. Tão perto — se conseguissem superar aquele último trecho — que talvez tivessem a capacidade única de consertar algo que estava quebrado havia muito tempo. Por mais que Riley quisesse acreditar que ele realmente era seu parceiro, não ousava ter esperança.

Era só ver a avó e a mãe dela. Quebradoras de maldições não tinham parceiros, nem românticos, nem de nenhum tipo. Tinham aventura e adrenalina, gratidão quando faziam bem um trabalho. E, se Riley pudesse decidir, tinham pagamentos.

A forma como o pai de Clark a olhou, como se ela fosse lama em seus sapatos, não era uma anomalia. Todo o círculo de cavalheiros acadêmicos dele empinaria o nariz para o legado familiar dela. Clark podia estar disposto a defendê-la uma vez, mas ela não o via aceitando esse trabalho em tempo integral.

Seguindo o número de catalogação, eles encontraram o livro escondido num armário especial com controle de temperatura, a lombada dobrada e descolando, com sinais de desgaste. Depois de tomar o cuidado especial de lavar e secar as mãos, eles levaram o texto para uma das mesas de vidro da sala e puxaram duas cadeiras.

— Algo estranho, né? — Clark procurou confirmação dela depois de se sentarem.

— Isso — disse ela, resistindo ao impulso de estender a mão e alisar para trás um cacho rebelde na testa dele.

Eca. Quando ela tinha virado tão piegas? Quando aquele homem tinha virado tão... querido?

Várias horas e um torcicolo depois, Riley percebeu que o livro estava lotado de coisas estranhas. O problema era que nenhuma delas parecia especialmente útil. Além do mais, só tinha um livro e estavam em dois, então não paravam de bater os ombros e as coxas enquanto se debruçavam tentando ler as letras miúdas e desbotadas.

Ela retirou a avaliação de que Clark era útil. Ele era uma distração absurda.

Cada inalação trazia os rastros persistentes do creme de barbear de gaultéria dele. Ela não parava de olhar seu maxilar. O que, inevitavelmente, levava a olhar a boca.

Aí, Clark a pegava olhando para sua boca e perguntava:

— O que foi?

E ela tinha que inventar alguma coisa, fingir que estava perdida em pensamentos sobre padrões de cultivo ou métodos de cobertura de telhados. Era uma zona.

Mas não era culpa dela. Riley não sabia mais quais eram as regras entre eles.

Tinham feito todo aquele ritual que, apesar de não ter quebrado a maldição, ainda os cimentava como íntimos. Ela sentia que *conhecia* Clark, o corpo e a mente. Que ele lhe pertencia, mas não era verdade.

Agora, toda aquela união para provar que o pai dele estava errado, ou, no caso de Riley, que todo mundo estava errado, acabava fazendo parecer possível que... *Ei, espera um minuto...*

— Clark. — Ela segurou o braço dele enquanto mantinha os olhos grudados no livro. — Olha este relatório de ferimentos.

— Sério? Ferimentos? — Ele pareceu meio nauseado. — Preciso mesmo?

— Precisa. — Riley empurrou o livro para mais perto dele. Imaginou que nem todo mundo crescia estudando os diários médicos da mãe como hobby. — É um excerto do relatório de um médico de campo logo depois de os Graphm dominarem Arden. E está vendo aqui? Diz que o paciente, um sentinela, morreu depois de ser atacado com um instrumento incomum.

— Certo — disse Clark, ainda olhando para ela, claramente perdido. — Está compartilhando isso só porque fica animada com esportes de sangue?

— Quê? Não. — Ela deu um tapinha ineficaz na mão dele. O homem tinha escolhido um belo momento para parar de prestar atenção a detalhes. — Quer ler de uma vez?

Com o queixo na mão, Clark se debruçou sobre a passagem.

— Muito bem. Diz que o ferimento ocorreu depois de o sentinela entrar na torre de vigia do castelo… Ah. — Ele levantou a cabeça. — Foi lá que você ameaçou me esfaquear. Que coisa nostálgica. Olha como a gente evoluiu. — Ele sorriu com carinho.

— Continua lendo, anda — insistiu Riley, massageando as têmporas na tentativa de permanecer calma.

— Não está a fim de relembrar velhas lembranças, pelo jeito. — Ele se eriçou e, por algum motivo, o gesto o tornou mais britânico. — Bom, tudo bem. Tá bom, onde eu estava? — Clark fez uma cena para voltar a ler. — Ah, sim. Aqui estamos. *Sentinela entrou na torre de vigia*, blá-blá-blá, ah, olha só, ele de fato foi esfaqueado na nuca por "uma adaga de desenho incomum"… hummm… e o médico nota que, por causa do comprimento e da largura da lâmina que deve ter causado o ferimento, o agressor precisava ter habilidade extraordinária de partir a medula espinhal num único golpe. — Clark se virou para ela. — Você acredita que esse homem foi atacado com a adaga que você achou no castelo?

— Parece, não?

— Preciso ler mais. — Clark se dedicou ao resto do texto por vários momentos, fazendo sonzinhos de *hummm* e pedindo para ela ficar em silêncio toda vez que tentava fazer uma pergunta, antes de enfim se recostar e cruzar os braços. — Não faz sentido.

— O quê?

— Bom, fora o fato de ser improvável que Philippa tivesse a força física ou o treinamento para um ataque desses, não entendo como ela teria chegado perto o suficiente do sentinela para atacar a uma distância tão curta. Aqui, levanta. — Ele pegou as duas mãos dela e a puxou para ficar de pé. — Tá, você é a Philippa. Fica aí. — Depois de posicioná-la, ele deu uma corridinha de quatro metros e meio. — Eu sou o sentinela. Esta é mais ou menos a distância do fim da torre de vigia até o fim da escadaria.

Riley apertou os olhos, tentando lembrar, mas parecia mais ou menos certo.

— E agora?

— Agora, tenta me esfaquear na nuca com a sua adaga.

Ela julgou a distância entre eles. A lâmina que tinham encontrado não podia ter mais de vinte centímetros. Riley andou na direção de Clark. Como a torre era circular e a entrada da escadaria era extraordinariamente estreita, ela não via como poderia parar atrás dele.

— Não dá, né? — Clark fez a mímica de desembainhar algo do quadril. — Além do mais, eu tenho uma espada. Não tem como você chegar perto o suficiente.

— Só se… só se eu não for a Philippa. E se eu for o Malcolm?

Desta vez, ao se aproximar, Riley estava com a mão atrás das costas.

Confuso, Clark permitiu que ela chegasse à distância de um braço. Em vez de estender a adaga, Riley abriu o outro braço, o envolveu e, só quando ele tentou segurá-la — de forma automática, sem pensar —, ela raspou as unhas dos dedos da outra mão na nuca dele, as substitutas mais próximas de uma adaga.

— Malcolm era um herói para seu clã. O filho favorito. — Clark estremeceu. — Eles não esperariam encontrá-lo numa torre de vigia, sendo que ele devia estar nas masmorras. O sentinela teria ficado surpreso e o recebido como um irmão perdido.

— Especialmente se ele parecesse estar desarmado. — Ela estava a ponto de mandar um e-mail de agradecimento à sala de roteiro de *Criminal Minds*. — A adaga de Philippa seria fácil de esconder até o exato momento em que ele precisasse.

O coração de Clark acelerou, espelhando o dela no ponto em que o peito deles se encostavam.

— Sempre foi estranho Malcolm ter morrido no cerco e ninguém nunca ter dito como nem por quê. Mas se, bem no fim, ele traiu o clã, não iam querer que soubessem. Os Graphm teriam feito tudo o que podiam para esconder o registro. Teriam queimado qualquer rastro de relatos de guerreiros, mas algo assim — eles se separaram para correr até o relato médico — talvez tivesse passado despercebido.

Riley ficou olhando a página.

— Não entendo. Ele mal ficou três semanas lá. Achei que deviam ter ficado a fim um do outro, lógico. Mas Malcolm se virar contra seu clã por Philippa? — Ela soltou uma longa expiração. — Era síndrome de Estocolmo? Tipo, estamos falando de uma situação *A Bela e a Fera* aqui?

— Não — respondeu Clark, surpreendentemente rápido, surpreendentemente seguro. — Acho que ele se apaixonou por ela. Quer dizer, olha o que sabemos mesmo séculos depois da morte dela. Ela era corajosa. Decidida. Esperta.

Clark riu, parecendo maravilhado. Olhando para Riley.

— Ele deve ter ficado apavorado, no começo, com como gostar dela, desejá-la, o colocava à sua mercê — considerou ela.

Duas coisas são ligadas pela repetição, a avó tinha escrito, *história e maldições*.

— *Dos lábios dela, a morte* — disse Clark. — De tudo o que ele conhecia, tudo o que ele era.

Riley não tinha visto. Não queria ver. Estava bem ali na palavra — *amantes*.

Ela fechou as mãos em punhos.

— Ninguém se apaixona tão rápido.

Principalmente mulheres que sabiam que não deviam, que tinham visto tudo desmoronar num instante.

Clark a olhou bem nos olhos.

— Claro que se apaixona.

Não. Agora não. Isso não. Riley deu um passo para trás, depois mais um, e continuou até seus calcanhares baterem numa estante de livros na extremidade da sala.

Ele não devia ter permissão de olhá-la daquele jeito, como se a conhecesse. De ver o quanto ela estava assustada. De desejá-la mesmo assim.

Nas histórias, quando um príncipe se apaixonava por uma plebeia, o felizes para sempre era garantido porque o fim era só o começo. Era supor demais, se quisessem a opinião de Riley. As coisas só pareciam dar certo porque os protagonistas nunca tinham sido testados de verdade.

Onde estava a prova de que conseguiam sobreviver aos testes da vida cotidiana? O que aconteceria na primeira vez que ela o envergonhasse na frente de seus amigos da sociedade? Como ficaria a cara dele quando a copeira levasse o príncipe para sua casa com uma cozinha duvidosa e colchão barato da Ikea?

— Você está deixando todo esse papo de conto de fadas te afetar.

— Estou, é? — Ele não estava se movendo, mas Riley sentia o espaço entre os dois como uma corrente, chamando, convidando. — Me fala que você não sente o mesmo.

— Eu não sinto — disse ela num instante, alto e impiedosamente.

Mas Clark só se recostou na mesa e cruzou as pernas compridas na altura dos tornozelos.

— Não acredito em você.

O rosto dela explodiu de calor. A audácia de não aceitar a palavra dela. Sendo que ela precisava daquilo!

Ele era mesmo um homem irritante. Pelo menos a raiva era segura, quente e poderosa. Riley se apegou a ela, enrolou-a em seus ombros como um cobertor.

— Como você gostaria que eu provasse?

Ela ia pegar alguém num bar do campus, ligaria para qualquer um de seus contatos marcados como ABSOLUTA-MENTE NÃO no celular. Se lhe trouxessem uma caneta, ela assinaria o juramento legal que ele escolhesse.

O babaca não queria nada disso.

— Me beija — disse ele, com a voz grave como uma canção de sereia.

Os joelhos de Riley balançaram.

— Quê? Por quê?

— Porque não tem mais nada atrás do que se esconder.

Riley bufou. Ela não recusava um desafio. Todos os dias, enfrentava males antigos. Com certeza não tinha medo de um homem, nem daquele homem.

— Estamos a meio dia de viagem do castelo. Da maldição — falou ele. — Se você não está se apaixonando por mim, tudo bem. Me beija — repetiu Clark —, e aí nós dois vamos saber.

Tá bom. Ela marchou até lá, agarrou o suéter dele com o punho e o puxou.

Ele talvez estivesse esperando um selinho, mas ela deu um beijo completo, depravado, com língua e dentes. Riley o beijou como se eles nunca mais fossem transar e ele fosse se arrepender pelo resto de sua vida infeliz. Ela pôs os braços no pescoço dele e fingiu que não era porque os próprios joelhos estavam tremendo.

Clark ficou lá e aceitou, abriu a boca para ela, permitiu que ela se esfregasse nele, e o tempo todo encontrava os lábios dela com controle, acalmando-a até uma espécie de ritmo, acariciando o cabelo para longe do rosto dela, sorrindo encostado aos lábios frenéticos dela, como se tivesse vencido.

Eles se beijaram até ela só conseguir ouvir o sangue latejando nos ouvidos, o ritmo insano da própria respiração.

— Pronto — disse ela, ofegante, só se afastando quando não conseguia mais ficar nem um segundo sem se derreter contra ele. — Rá! Viu? — De algum jeito, sua voz estava ao mesmo tempo rouca e aguda demais. — O que eu falei? Estou ótima. Estou superótima.

Clark ficou lá parado, com o suéter amarrotado, o cabelo desgrenhado pelas mãos dela, a boca vermelha, lábios inchados por beijos, e — o cérebro dela quase explodiu — enfiou as mãos nos bolsos.

— E aí? — exigiu ela. — Você não vai falar nada?

Riley precisava que ele brigasse com ela agora mais do que precisava de oxigênio.

Um segundo de silêncio se passou. Depois mais um.

— Clark — avisou ela, como se houvesse um oceano puxando sua cintura, seu peito, sua garganta —, se você não falar alguma coisa… — Ela levou a mão aos lábios que formigavam e aí, percebendo o que tinha feito, arrancou-a dali. — Eu… juro, eu vou embora.

Ele não estava certo. Eles não estavam… não podiam estar.

Ela só precisava se segurar até voltar ao vilarejo. Lá, poderia pedir uma segunda opinião. Isso mesmo. Ela tirou o casaco das costas da cadeira e pegou a bolsa. Só precisava de uma perspectiva externa, algumas explicações alternativas.

Riley podia contar com Ceilidh. Como pesquisadora especializada em maldições, ela teria alguma explicação razoável para as conclusões de Clark serem uma tolice. Elas ririam. Precisavam rir.

Odiar Clark era uma coisa. Não era bom, mas também não a fazia querer pular de um penhasco. Isso — *a teoria dele* — exigia que ela descartasse qualquer senso de auto-preservação.

Clark, o filho da puta, ficou ali parado, olhando o relógio como se estivesse esperando o ônibus.

— Você acha que estou brincando? — Ela se virou e caminhou de volta para a saída, esperando que ele acabasse com aquilo. — Não estou. — Ela deu um tapinha no bolso e escutou o som reconfortante de metal balançando. — Estou com as chaves.

A qualquer segundo, ele voltaria a si.

— Eu vou te deixar aqui mesmo. — Ela estava quase na porta. — Você vai ter que pedir carona para voltar. E, apesar de ser lindo, ninguém vai te levar, porque você tem uma personalidade horrorosa...

Ah, quem ela estava enganando?

Mais tarde, se alguém perguntasse, ela não correu até ele depois disso. Não se jogou nos braços abertos dele com tanta força que ele disse "uff" no pescoço dela ao se abaixar, sorrindo, para roçar sua mandíbula com os lábios.

— Acho bom ficar com essa boca ocupada — avisou ela. — Se eu vir um traço de sorrisinho, vou...

Clark pegou o queixo de Riley na mão e levantou o rosto dela para si.

— Vai o quê?

— Me apaixonar por você — completou ela e, desta vez, quando o beijou, foi suave. Esperançoso.

Ela beijou o canto da boca dele, que marcava a cara fechada. Aí, a testa tantas vezes franzida.

Riley pegou as mãos dele, grandes, quentes, ásperas, e beijou os nós dos dedos. Aí, virou-as e beijou cada palma.

— Me promete — disse ele, e mal era um sussurro — que não está falando isso só porque acha que vai quebrar a maldição?

— Prometo. — Riley esfregou o polegar na clavícula dele. — Como você disse, estamos a meio dia de viagem do castelo. — Ela se encaixou sob o queixo dele e apertou forte. — Isto somos só nós.

Clark a olhou por um momento, como se estivesse tentando garantir que ela era real.

— Nesse caso — falou ele, meio sem fôlego, um pouco zonzo e alegre —, eu te amo.

Mesmo depois de toda a preparação, as palavras a pegaram de surpresa. Riley não tinha percebido o quanto queria escutá-las. Quanto queria que viessem de Clark. Quanto escondera de si mesma, porque desejar aquilo a assustava.

Mas agora… Ela carregava o amor por ele no peito. Como se tivesse engolido o sol. E só conseguia pensar: *Espero que seja igual para ele. Que ele não só escute as palavras, mas que elas fiquem em algum lugar seguro atrás de suas costelas — uma luz que não se queima.*

Capítulo 21

❧

— Desculpa — disse Clark quando ficou de pau duro depois de tantos beijos ofegantes.

Ele roçou os lábios na têmpora dela, escondendo o rosto cada vez mais quente. O lugar era público, pelo amor de Jesus Cristo. Além do mais, ele estava vulgarizando o momento.

Só que Riley não parecia achar isso.

— Não é para se desculpar.

Ela desceu a mão pelo peito dele e o segurou por cima do tecido lanoso da calça.

Clark não conseguiu se segurar; ele se empinou na mão dela.

— O que você… A gente *não pode*.

Não era tanto por não saber o que ela estava sugerindo, mas por se ver completamente escandalizado.

Os pisos de madeira sob seus pés eram originais desta instituição acadêmica muito antiga, muito importante.

— Claro que pode.

Riley abriu o botão de cima da camisa dele e lambeu o vão exposto do pescoço.

— Alguém pode entrar — disse ele, sem poder fazer nada.

A ideia fez seu coração acelerar e todo o seu corpo superaquecer.

Riley ainda estava com a mão no pau dele, circulando a cabeça com o polegar por cima do tecido áspero, aplicando uma pressão levíssima.

— É. — Ela ficou de joelhos na frente dele, mantendo contato visual. — Pode, sim.

Clark se apoiou na estante às suas costas enquanto ela empurrava a camisa dele para cima para passar bem de leve as unhas redondas nos pelos abaixo do umbigo. Os arrepios se espalharam a partir do contato, fazendo-o estremecer. Ela puxou o zíper dele bem devagar, como se esperando que ele a impedisse.

Ele não impediu.

Com um sorrisinho como de quem sabia exatamente o quanto ele ficava excitado com a ameaça de serem pegos, Riley abriu o botão da calça, fechou a mão no pau exposto e beijou a ponta.

Clark nunca tinha — *ah, meu Deus* —, nunca tinha feito nada assim. Nunca tinha quebrado uma regra — *uma lei*, corrigiu-se, com um sobressalto inebriante —, com certeza não de propósito.

Riley devia ter suposto isso, já que se sentou apoiada nos calcanhares, lambeu os lábios cor-de-rosa perfeitos e levantou as sobrancelhas como se fosse decisão de Clark se ela deveria ou não chupar o pau dele na porcaria da sala de livros raros.

— Por favor. — Ele pôs as mãos no cabelo dela, emaranhando-as, de uma forma delicada mas segura, convocando-a à frente. — Meu Deus, Riley. Por favor.

O sorrisinho de resposta dela foi maligno. Devasso. Dizia que ela sabia que era a porcaria de um sonho erótico dele. De joelhos. Numa biblioteca.

Clark estava tão duro quando ela deslizou por seu membro que o calor escorregadio e apertado da boca dela foi quase demais.

Embora Riley provavelmente soubesse que ele estava mal pelo ritmo frenético da respiração, pela forma como suas coxas ficavam tensas enquanto ele vazava nos lábios dela, como sempre, ela não pegou leve. Não teve nada de começar devagar para aquecê-lo. Não, ela foi direto e lambeu a cabeça, apertando a base e ditando um ritmo que fez Clark morder o lábio com força para não gritar.

Ele passou o polegar pelas bochechas redondas dela, agora encovadas, trabalhando para ele. O risco tornava tudo mais íntimo. O segredo dos dois.

Quando o som de passos e pedaços de conversas distantes entrou do corredor pela abertura entre a porta de madeira e o chão, ele ficou ainda mais tenso, se equilibrando numa corda bamba para manter o controle, prazer e medo vibrando coluna acima e abaixo em medidas iguais.

Desse jeito, ele não duraria. Sem chance. E, por mais que fosse adorar se derramar na boca dela, precisava estar dentro de Riley sabendo que não era para um ritual ou um jogo entre os dois.

Delicadamente, ele a puxou para erguê-la, beijando-a, sugando o gosto da língua dela antes de guardar o pau latejante sob o cós da cueca e a empurrar de ré até os joelhos dela baterem na mesa onde antes estavam estudando.

Ele pensou por um momento em fazer um grande gesto de varredura, derrubando tudo no chão como num filme, mas não queria danificar uma parte da coleção — e as anotações deles eram importantes demais —, então, rapidamente e com cuidado, reuniu todos os materiais nos braços e os depositou em segurança numa cadeira no canto enquanto

Riley o olhava, parecendo estar se divertindo, parecendo — incredulamente — encantada.

Quando a mesa estava livre, ela subiu com um pulinho, abrindo as pernas e o chamando para o meio delas. Clark foi e colocou as mãos embaixo da blusa dela para esfregar a pele sedosa das costas antes de acariciar os seios por cima do sutiã.

Mais uma vez, o estilo do sutiã não parecia feito para muita coisa além de enlouquecê-lo, as taças tão decotadas que mal cobriam os mamilos. Querendo olhar direito, ele puxou a blusa dela.

Puta que pariu.

Ela estava praticamente se derramando do tecido escuro. Ele só precisou passar o polegar para ela pular nas mãos dele.

Riley ofegou quando ele puxou os mamilos. Primeiro, suavemente, e depois, aos poucos, mais forte. Ela tinha pedido mais violência no trailer, mas ele não sabia se tinha mais a ver com a animosidade crescente entre os dois naquele momento, com a forma como ela não queria desejá-lo.

Ele ficou olhando nos olhos dela, monitorando sua reação enquanto Riley arqueava o corpo para suas mãos, prendia as pernas em sua cintura e se esfregava nele.

Depois de beijar um hematoma quase curado sob a clavícula dela, Clark pressionou os dentes na marca, mordendo de novo, alguma parte primitiva dele insistente, possessiva.

A respiração dela falhou e as unhas se afundaram nas escápulas dele.

Quando Clark enfim colocou a mão embaixo da saia dela, fechou os olhos e gemeu, as perguntas sobre ela estar gostando daquilo — e quanto — definitivamente respondidas.

Clark tirou a calcinha dela e a guardou no bolso, enquanto Riley subia a saia até o quadril. Ele passou os dedos para frente e para trás nela, espalhando a umidade pelo clitóris em círculos fortes e rápidos até ela se apertar e estremecer.

— Por favor. — Riley pegou o pau dele. — Não consigo mais esperar.

Ela não estava nem tentando falar baixo, como se não ligasse de alguém ouvir, desde que ele continuasse tocando-a.

Apesar do quanto ela estava excitada, precisaram de um minuto para ele se acomodar por completo. Quando fizeram isso, Clark teve que respirar pelo nariz, contando de dez até um, tentando se controlar para poder ser gostoso para ela.

Sem mostrar nenhuma compaixão por aquele sofrimento, Riley agarrou a bunda dele e levantou um pouco os quadris, recebendo-o o mais fundo que conseguia de uma vez.

Ele apoiou uma das mãos ao lado dela na mesa para usar como alavanca enquanto balançavam juntos. Um *tum, tum, tum* contínuo que subiu à cabeça dele e o deixou zonzo.

— Você é sexy demais, caralho. — Ele mordeu o lábio inferior dela até fazê-la gemer. — Quase queria que alguém entrasse pela porta agora para te ver assim, quase sem roupa, esses peitos maravilhosos balançando, a boceta tão molhada para mim que vai deixar uma marca nesta mesa.

— Meu Deus, Clark. — Riley apertou as coxas na cintura dele, prendendo os tornozelos atrás das costas. — Quando a gente se conheceu, eu achei que você fosse *reprimido*.

A risada fez as estocadas dele engasgarem.

Ele levou dois dedos aos lábios de Riley, empurrando-os delicadamente para dentro e descansando-os na língua aveludada.

— Antes de você, eu era muitas coisas.

Ela chupou da forma como tinha feito antes com o pau dele: ávida, os olhos escuros semicerrados.

Quando ele tirou a mão da boca dela, passando os dedos pelo queixo e o pescoço, deixou um rastro muito tênue. Uma linha direta até onde a mão dele descansou, na base do pescoço.

Por um momento, os olhos de Riley se fecharam, os lábios se abrindo, antes de ela pôr a própria palma por cima da dele e — fixando os olhos nos de Clark — apertar gradualmente, mudando a posição até a mão dele estar aplicando uma pressão levíssima de cada lado da garganta dela.

Clark parou o movimento do quadril, mantendo-se dentro dela, segurando tudo em seu corpo, tentando não gastar.

— Tudo bem assim?

Riley soltou a mão dele e acariciou seu rosto, passando os nós dos dedos pela testa tensa.

Inclinando-se um pouco para trás, Clark olhou para baixo enquanto ela levantava o queixo, dando-lhe uma visão desobstruída do quanto confiava nele: completamente.

— Sim. Nossa, sim.

Ele foi para trás e mergulhou à frente, dando exatamente o que ela havia pedido. Exatamente o que ela precisava.

Tinham sido duros um com o outro, lutado por controle tanto físico quanto emocional, mas aquilo era diferente. Clark nunca tinha sentido nada como o maravilhamento espantoso que vinha de estar tão perto de alguém de quem se gostava tanto, algo que parecia ao mesmo tempo impossível e certo.

— Não acredito que te encontrei — falou ele baixinho enquanto ela caía pelo abismo, se desfazendo nos braços dele. — Não acredito que você é real.

Quando ele enfim se deu permissão para gozar, o prazer foi tão intenso — espantoso — que ele viu tudo borrado. Todas as outras vezes com Riley tinham sido boas, mais do que boas — o melhor sexo da vida dele —, mas aquilo? Aquilo era diferente.

Só para nós, ela tinha dito.

Ele tinha sido feliz antes. Tinha ganhado uma corrida de ovo na colher no dia dos esportes no ensino fundamental. Cavalgado com a mãe em Lake District, o gritinho de alegria dela alto em seus ouvidos. Tinha entrado em Oxford. Comprado o trailer e construído a estante de livros de seus sonhos com as próprias mãos.

Nada daquilo era precisamente como ter Riley Rhodes nos braços, dizendo que o amava, sussurrando sem parar encostada aos seus lábios, suas bochechas, sua mandíbula. Como abraçá-la, beijá-la, sem se preocupar com ser a única vez que tinha permissão — ou a última.

Capítulo 22

❦

Eles passaram a noite num chalé alugado e aconchegante não muito longe do campus da St. Andrews. Com suas portas arredondadas e tetos baixos, o lugar lembrava a Riley um buraco de hobbit.

Clark bateu a cabeça entrando com a pizza que pediram para o jantar.

— Esta massa é horrível — comentou Riley enquanto pegava uma segunda fatia. (Bom, ainda era pizza.) Ela enrolou as pernas no sofá, descansando os pés na coxa de Clark, sentado ao lado dela. — Você tem que ir pra Filadélfia para eu te mostrar uma pizza de verdade.

— Tá bom — respondeu Clark, tranquilo, sorrindo para ela enquanto tirava um cogumelo e colocava na boca. — Eu vou.

O coração dela acelerou.

— Sério?

Ela abaixou o pedaço de volta no prato. Ele tinha acabado de anunciar casualmente que ia visitá-la nos Estados Unidos?

— Sério — disse ele, e aí, mais inseguro: — Quer dizer, se você me receber.

Ela abriu um sorriso.

— Eu vou amar te receber.

Clark manteve os olhos nela enquanto tomava um gole grande de cerveja.

— Ah, cala a boca.

Riley viu a garganta dele subir e descer e tentou não pensar no que mais ele podia colocar a boca, para não acabar rastejando para o outro lado do sofá e estragando o jantar.

(Mas ele a chupou depois, sim. Primeiro, no chuveiro, de joelhos, e depois de novo na cama, com o braço na barriga dela, dizendo: "Mais um. Me dá mais um", com uma voz áspera e desesperada que garantiu que ela gozasse de novo.)

Só depois é que Riley percebeu que a maldição nem tinha sido mencionada a noite toda. Não era de propósito, uma regra nem mesmo algo que qualquer um dos dois parecesse estar evitando ativamente — é que tinham tantas outras coisas a dizer.

Depois de guardarem a comida, Clark insistiu em fazer perguntas a ela, "agora que podia". Ele segurou os pés dela, que estavam com meias, no colo, massageando as solas com o polegar.

— Qual é seu nome do meio?

Contra sua vontade, Riley deu uma risadinha.

— Olivia.

Era a cara dela — a cara deles — só falar desse tipo de coisa depois de exporem as cicatrizes emocionais e físicas.

O fato de Clark parecer tão faminto por conhecê-la fazia com que ela se sentisse bem, *adorada*. Não só a parte quebradora de maldições, mas quem ela era além disso. Todas as coisas tediosas pareciam interessá-lo.

— Quando é seu aniversário? — rebateu ela quando era sua vez.

Eles descobriram que tinham nascido em partes opostas de janeiro — ele no dia 4 e ela, no dia 27.

— Talvez a gente possa comemorar juntos. — Ela queria ser corajosa, como ele ao dizer que ia visitá-la. — Fazer a média e festejar lá pelo dia 15?

Com a implicação de que ela queria que aquilo desse certo, continuar, descobrir o futuro, mesmo que as coisas ficassem complicadas, Clark reluziu. Não tinha outra palavra. Os olhos, a bochecha e o sorriso dele ficaram radiantes.

Riley esfregou o canto da boca, saboreando como uma seiva.

— Estou muito feliz de termos decidido ficar aqui hoje.

Inclusive porque, se alguém no vilarejo os pegasse se olhando daquele jeito, ela morreria na hora.

— Espera. — Ele se desanimou. — Meu pai poderia ir?

O tom dele deixava claro que achava que Riley talvez negasse.

Ela não ia fazer isso.

— Sim, claro.

Clark tinha direito de decidir seu relacionamento com Alfie. Riley ia apoiá-lo.

Ele acariciou o osso do tornozelo dela.

— Ele ama comprar presentes, então vai ficar de bom humor. E minha mãe é a melhor. Ela vai fazer um montão de meias de crochê para você… É o que ela faz enquanto esperam deliberações no tribunal.

— Eu ia me sentir honrada.

Ela estava feliz por, mesmo depois da primeira interação desastrosa com o pai dele, Clark querer que ela conhecesse sua mãe. Encaixar-se na vida dele e vice-versa.

Talvez, se eles tivessem 20 e pouco anos, fosse cedo demais para falar desse tipo de coisa, mas não tinham. Ambos tinham uma identidade forte, sabiam o que queriam, o que valorizavam.

Riley não torcera para o amor ser assim, não tinha se permitido. Ao desenhar um futuro com alguém que amava, ela não se enganou achando que seria fácil e sabia que Clark também não faria isso — fala sério, ele era a pessoa mais meticulosa e ponderada que ela já conhecera —, mas, apesar de não terem explorado as complicações de vistos e fuso horários hoje, ela sabia que dariam um jeito.

Formavam uma boa equipe.

Voltando na manhã seguinte, eles levaram comida como agradecimento a Ceilidh na hora de devolver o carro dela. Riley sentiu-se alarmantemente adolescente sentada ao lado de Clark no sofá contando à amiga, tímida, enquanto comiam curry, sobre a descoberta deles em St. Andrews e o novo plano de quebrar a maldição.

Clark completou quando ela ficou sem saber o que dizer da parte pessoal, colocou a mão no joelho dela que balançava, a pressão quente e reconfortante.

Foi preocupante que Ceilidh tivesse ficado tão feliz por eles que caiu em prantos. Suspeitas de que ela era romântica: confirmadas.

Ela secou os olhos com um guardanapo do restaurante.

— Então, vocês vão se dar as mãos na frente do castelo e declarar seu amor?

Riley fez que sim. Era o que tinham conseguido pensar no caminho de volta.

— Vocês vão salpicar sal de novo ou se dar banho ou... — Ela fez um gesto vulgar.

Riley rasgou um pedaço de *naan* e jogou na amiga.

— Não. Desta vez, acho que precisamos achar um jeito de honrar as fadas.

Riley sabia que a maldição tinha durado um puta tempo, causando um monte de conflitos e prejuízos dos quais o catalisador sobrenatural da antiguidade talvez não estivesse muito a fim de abdicar.

— Nossa melhor chance de evitar alguma palhaçada mística de última hora é desenhar uma cerimônia com uma quantidade apropriada de fanfarra para se despedir um poder secreto. Basicamente, preciso aprender sobre os costumes locais das fadas, urgentemente.

— Ah. Bom, eu ajudo. — Ceilidh molhou em curry o pedaço de *naan* que tinha caído ao lado do cotovelo dela. — Na verdade, os habitantes do vilarejo por aqui conhecem todo tipo de costume e história de fadas. Por que a gente não convida eles para participar? As crianças podem colher flores para espalhar. — Ela mastigou, pensativa. — Ahh, e podemos pedir para Eilean trazer hidromel. As fadas amam hidromel!

Era uma sugestão brilhante. Mesmo que Riley nunca tivesse quebrado uma maldição com plateia antes.

— Você não acha que as pessoas vão se incomodar?

— Você está falando sério? — Ceilidh limpou as mãos e pegou o celular. — Essa maldição aterroriza nosso vilarejo há trezentos anos, caramba. Agora que finalmente alguém veio acabar com ela, o mínimo que a gente merece é um festival de verdade. Vou fazer uma grinalda para o seu cabelo.

Ela murmurou nomes, presumivelmente olhando os contatos.

Riley se virou para Clark, que estava comendo *biryani* em silêncio.

— O que você acha?

Ela não era a única que ia participar desse ritual.

Ele abaixou o garfo, parecendo surpreso por ser consultado.

— Acho que você ficaria belíssima de grinalda.

— Não. — Riley revirou os olhos. — Estou falando de a cerimônia ser pública.

— Ah. Bom, como ex-cético — disse ele, dando um gole de água —, acho uma ideia esplêndida. Você enfrentou tantos questionamentos e oposições. Por que não deixar mais gente ver o que você faz?

— Sério mesmo? — Fazia menos de um mês que ele achava que Riley era o pior tipo de golpista, só uma semana que tentara desaparecer atrás de um cardápio no Coração de Lebre, com vergonha de estar algemado a ela em público. — Você, Clark Edgeware, quer intencionalmente montar um espetáculo?

Ele deu um meio-sorriso.

— Só desta vez. Admito que eu reagiria de outro jeito se fosse a primeira vez que estamos nos declarando, mas já tivemos nosso momento privado.

Abaixando a cabeça, ele pareceu adoravelmente envergonhado. Riley sabia que Clark estava pensando no que tinha acontecido depois. Cara, ela mal podia esperar para continuar a corrompê-lo.

— E, bom. — Ele se recompôs. — Podemos convidar jornalistas de Inverness. Se eles podem sair da cama para cada suposta aparição de Nessie, com certeza podem vir ver uma quebradora de maldições profissional trabalhando.

— Não sei, não.

Riley passou o dedo por uma flor pintada na borda do prato. Em teoria, deveria aproveitar imediatamente a sugestão. Mas e se, de algum jeito, ela fizesse bobagem? Será que queria mesmo documentação profissional?

— Matérias na imprensa seriam uma boa para o seu negócio, né? — A voz de Clark estava gentil, mas firme. — Logo, logo, você vai ter terminado este trabalho e estar procurando o próximo. É melhor receber todo o crédito possível por superar a maldição de Arden.

Era verdade. Se funcionasse, ela voltaria para casa. Para a vida normal. Era fácil, enquanto trabalhava naquela missão, ser arrebatada pela resolução do problema e pela intriga. Mas, toda vez que uma aventura acabava, Riley precisava enfrentar a realidade de formulários de imposto e boletos se empilhando.

A mãe dela chamava a semana depois do fim de um projeto de "os cinzas". Quando Riley não estava exatamente deprimida, mas caía numa espécie de marasmo. Comendo cereal direto da caixa e vendo reprises até seu saldo bancário ficar baixo o suficiente para ela precisar passar um delineador para um turno na noite em que serviam asinhas de frango. Ela não queria muito voltar a isso, mas não tinha escolha.

Seu silêncio prolongado fez Clark inclinar a cabeça.

— Não era isso que você estava buscando quando chegou? Legitimidade, uma forma de fazer seu nome como quebradora de maldições?

Esse tinha sido o objetivo dela. Mas agora talvez ela quisesse mais.

— A gente não pode ligar para eles depois? Quando soubermos que funcionou?

— Nesse caso, como íamos provar que foi você que quebrou? — Ceilidh cortou um pouco de *papadum* e pôs na boca. — Não deixa o conservadorismo desse aí — ela deu um tapinha nas costas de Clark, fazendo-o engasgar por um momento com um pedaço de *dal* — te desanimar de enfrentar uma situaçãozinha com altos riscos e altas recompensas.

Clark pareceu afetado com o que era, para falar a verdade, uma crítica justa — mesmo que vinda de alguém que só tinha tecnicamente sido apresentada a ele havia vinte minutos.

— Tá bom. — Riley não conseguia resistir à combinação do entusiasmo dos dois. — Tudo bem. Vamos nessa.

— Ótimo. — Ceilidh pegou o celular de novo. — Porque a Tabitha McIntyre já concordou em fazer os bolos de mel que são receita da família dela há doze gerações, e meu primo Lachlan vai levar o violino. Você está prestes a ver como é uma celebração nas Terras Altas, *lassie*.

Riley segurou a mão da amiga sobre a mesa e apertou.

— Obrigada. Por tudo. Eu não poderia ter feito isso sem você.

— Que bobajada. — Ceilidh apertou de volta. — Todos tínhamos perdido a esperança antes de você chegar. Agora, olha só a gente.

Esperança. Riley quase tinha esquecido como era aquilo. Ela nunca tivera tanta gente a apoiando. Amigos. Um companheiro. Uma comunidade inteira.

Mesmo assim, algo em suas entranhas estava inquieto com a ideia de se apresentar em público, literalmente colocar seus sentimentos por Clark em xeque na frente de tanta gente.

Mais tarde, enquanto estavam deitados embaixo da colcha dela na pousada, Clark a beijou.

— Ah, vai, considerando tudo o que a gente já passou, qual a pior coisa que pode acontecer?

Capítulo 23

❧

Bêbado com aquele coquetel primoroso de um novo amor, Clark se convenceu de que não tinha como nada dar errado.

Demorou cerca de uma semana para que tudo ficasse pronto no vilarejo. Quanto mais pessoas ficavam sabendo do festival improvisado, mais queriam contribuir.

Não havia muito que Clark pudesse fazer, pois sua parte estava firmemente definida, então, ele terminou sua pesquisa e trabalhou no relatório para a HES. Acabou emoldurando seus resultados através da lente dos possíveis laços do castelo com o misticismo, um ângulo que nunca lhe teria ocorrido antes. Embora sua busca não tivesse encontrado muitos artefatos, ele esperava que, ao incluir as gravuras que haviam identificado na caverna, pudesse convencer a HES de que Arden merecia mais pesquisas e esforços de preservação.

Ainda assim, a calma que desejava, quando ela enfim chegou, deixou Clark estranhamente nervoso.

Riley estava igual, com as mãos e a boca em um movimento constante e frenético. Quando ela não estava coordenando as oferendas para as fadas, eles saíam do local para se distrair. Faziam caminhadas e iam de ônibus a museus locais. Lugares onde pudessem encontrar tranquilidade juntos.

Isso ajudou, aliviou o aperto em seu peito. Mas, apesar de nenhum deles tocar no assunto, ainda estavam transando como se estivessem correndo contra o tempo.

A manhã do ritual amanheceu clara e brilhante. Ao meio-dia, uma multidão local havia se reunido no gramado do castelo, sobre cobertores espalhados. Especiarias ricas e quentes enchiam o ar fresco — cravo, canela e gengibre — com a fumaça de turfa das fogueiras. Eilean distribuía canecas de hidromel para os adultos e chocolate quente para as crianças, enquanto um homem que devia ser o primo de Ceilidh tocava violino, com o arco se movendo rápido o suficiente para que as cordas ficassem borradas.

Havia bolos de mel e pães doces dispostos em bandejas como oferendas para as fadas e fitas nos freixos para marcar a ocasião. Crianças e adultos conversavam com seus amigos e vizinhos. Um burburinho de empolgação pairava no ar, todos deslumbrados com a ideia de que tinham vindo para testemunhar um evento sobrenatural único.

Quando encontrou Riley na entrada, Clark percebeu, pelo cuidado com as roupas e pela maquiagem extra no rosto, que ela estava nervosa.

— Vai dar tudo certo — disse ele, ajustando a grinalda de urze-roxa pálida na testa dela. — Você fez tudo o que podia para se preparar.

— Obrigada. — Seu sorriso era fraco, os olhos se voltaram para a multidão. — É que tem muita gente lá fora.

A princípio, ele pensou que isso não era muito a cara dela — o nervosismo, a preocupação com o que os outros poderiam pensar —, mas Clark sabia que Riley sempre se sentira uma estranha, que enfrentava ridicularização e rejeição quase constantes por seu trabalho. Quanto mais pessoas soubessem do que ela fazia, mais pessoas poderiam rejeitá-la.

Ela sempre devia ter temido isso em algum nível, mesmo enquanto trabalhava para expandir sua empresa; a diferença é que agora estava deixando que ele visse como ela se sentia, confiando o suficiente para baixar a guarda.

— Ei. — Ele depositou um beijo em sua têmpora. — Você consegue.

Riley cerrou os dentes em uma aproximação de um sorriso quando alguém começou a tirar fotos deles com um flash montado.

— Como você sabe?

— Riley. — Ele dobrou os joelhos para que ela pudesse encarar seus olhos. — Porque é você.

Pegando sua bolsa, ele tirou um pacote embrulhado em papel de seda.

— Eu ia te dar isso depois, mas...

Ela pegou o presente e o desembrulhou com cuidado, passando os dedos por baixo da fita para não rasgar o papel.

— Clark.

Riley ofegou, olhando para o belo caderno em couro que ele havia encomendado sob medida com um artesão local havia alguns dias. Uma correspondência quase perfeita ao que ela tinha da avó, só que novo.

— É para suas próprias observações. Você é uma especialista, que nem sua avó, e vai querer passar adiante o que aprendeu...

Ela o interrompeu com um beijo, então Clark achou que ela tinha gostado.

Pouco tempo depois, eles se posicionaram em frente à entrada do castelo.

A música parou, a multidão ficou quieta e silenciosa enquanto mostravam os artefatos amaldiçoados.

Clark segurou as algemas e Riley, a adaga. Além de homenagear as fadas, eles queriam se lembrar de Malcolm e Philippa, de sua bravura e de seu amor condenado.

Os dois arrumaram cuidadosamente os objetos de metal na grama e, em seguida, Riley colocou um pedaço de corda trançada em volta deles, os nós entrelaçados simbolizando a lembrança, a reunião de seus espíritos, agora protegidos para a eternidade.

Ao seu sinal, as crianças, ensaiadas e ansiosas, espalharam flores silvestres sobre o arranjo — tomilho e cardo —, as flores caindo como gotas de lágrimas, como chuva.

A multidão parecia vibrar com energia. Era como se Clark pudesse senti-los, da mesma forma que sentia a terra sob seus pés, a pedra imponente do castelo às suas costas.

Havia esperança no ar. Todas essas pessoas reunidas pela chance de ver um erro corrigido. De ver alguém mudar as coisas. Acenar com um novo futuro para seu lar, um futuro cheio de potencial, livre de antigas rixas e sangue derramado.

Quando Riley se virou e pegou suas mãos, Clark se sentiu um pouco como se estivesse se casando na frente de testemunhas. A ideia o deixou muito menos desconfortável do que deveria.

— Pronta?

Ela endireitou os ombros.

Clark assentiu e apertou as mãos dela quando uma brisa veio do leste, aleatória e extravagante e, de certa forma, familiar.

A força da ventania repentina fez as árvores balançarem, espantando os pássaros de seus ninhos. Os espectadores se levantaram apoiados nos joelhos, virando-se e apontando enquanto as folhas se juntavam ao vento, rodopiando até envolver Clark e Riley como uma espécie de casulo.

— Os padrões climáticos neste castelo não parecem estritamente naturais — comentou ele, olhando por cima dos ombros para os redemoinhos de verde-floresta, carmesim e âmbar que passavam, soprando o cabelo de Riley contra as bochechas.

Ela sorriu.

— Acho que é um bom sinal.

Ele se esforçou para bloquear os espectadores, a imprensa que havia chegado com câmeras e microfones estendidos. Para se concentrar apenas em Riley, para deixar o amor por ela fluir por ele como água, para sentir o amor dela por ele a partir do lugar onde suas mãos se uniam.

— Posso? — Clark teve que elevar a voz para ser ouvido em meio ao barulho do ar ao redor deles.

Quando ela acenou com a cabeça, ele respirou fundo.

Clark estava perdido quando chegou a Arden. Não apenas nos últimos seis meses. Não. Ele estava perdido havia tanto tempo que tinha parado de querer ser encontrado.

Ele tinha medo de Riley quando se conheceram. Ela o deixava tão irritado, tão frustrado. Ela o enxergara antes que ele soubesse que queria ser enxergado.

Mesmo assim, Clark a desejara, não apenas seu corpo; ele precisara se importar com ela.

Sua risada no escuro. Sua determinação feroz. O modo como ela às vezes cantarolava distraidamente enquanto trabalhava.

Clark passara a vida estudando como as outras pessoas viviam e amavam — tudo isso filtrado pela distância do tempo. Ele preferia emoções silenciadas pelo solo e pelos séculos.

Estava evitando aquilo. Deixando passar. Que pena.

— Eu te amo — disse ele, alto e claro. Foi uma sensação diferente, *diferente do tipo bom*, poder dizer primeiro. — Eu te amo — repetiu, mais suave, uma indulgência.

— Eu te amo. — A voz dela estava mais baixa.

Mais doce, ele pensou, mas igualmente segura.

A multidão aplaudiu. O violino voltou a tocar, feroz e comemorativo. As pessoas levantaram os copos e os bateram com tanta exuberância que o líquido escorreu pelas bordas.

A brisa parou e, por um segundo, as folhas congelaram, parecendo estar suspensas no ar, antes de caírem de uma só vez e ficarem moles no chão a seus pés.

Uma onda de confusão o invadiu, seguida de pavor. Ele se inclinou para Riley e perguntou:

— O cheiro?

Mas ele já sabia.

Ela balançou a cabeça.

— Nenhuma mudança.

Os olhos dela foram para o repórter na primeira fila. Ele se virou para uma pessoa com câmera, sussurrando no ouvido dela.

— Droga.

Clark não tinha pensado de verdade, não tinha se permitido imaginar, o quanto uma história sobre fracasso poderia ser prejudicial à reputação de Riley.

Ou ela está iludida, ou é uma charlatã. Era disso que ele se convencera, porque a verdade era mais difícil de comprar, menos conveniente.

Agora, as mesmas conclusões iam ser publicadas na internet, quando alguém pesquisasse o nome dela.

— Riley, me desculpa. Eu não deveria ter te forçado a fazer isso.

Ceilidh se agachou diante de uma criança decepcionada, consolando-a. Do outro lado do gramado, o clima havia piorado rapidamente. Clark queria acreditar que os moradores ainda estavam do lado deles, mas sabia que não parecia nada bom.

Quando o homem com o crachá de imprensa começou a se aproximar, Riley puxou Clark para dentro do castelo, colocando-os na alcova escondida na entrada, onde haviam guardado suas bolsas e sacolas.

Imediatamente, ela pegou o diário da avó, abrindo-o e folheando as páginas agachada.

— Está faltando alguma coisa. Não sei se deveríamos fazer o voto na caverna em vez de no castelo. Ou será que devemos fazer ao mesmo tempo em vez de um depois do outro? Tem muitas variáveis.

— Vamos dar um jeito.

Ele falaria com a multidão; diria a todos que tentariam de novo em breve. Ao menos, Clark sabia como lidar com um escândalo. Era preciso se expor. Tomar a dianteira.

Ele se sentia estranhamente calmo. Sem aquele mesmo medo, embora tivesse percebido tarde demais que era provável que qualquer cobertura negativa da imprensa aqui incluísse seu nome também.

Como ele poderia temer uma narrativa falsa quando ele mesmo tinha visto como era tolo errar com Riley e seu trabalho?

— Droga. — Ela cobriu os olhos com a mão. — Eu não quero estar envergonhada, mas estou.

— Está tudo bem. — Ele se agachou ao lado dela. — Tentativa e erro, certo? Tudo isso faz parte do processo.

— É o segundo ritual que eu erro.

— Bom, não posso dizer que achei o último ruim — falou Clark, tentando fazê-la sorrir.

Não deu certo.

— Era para eu ser profissional — disse ela baixinho —, especialista.

Eram as mesmas palavras que ele usara para ela mais cedo.

— Você é. — Ele se levantou e a puxou para fica de pé. — Não deixa um bando de gente aleatória te afetar.

— Não são só eles. — Riley mordeu o lábio. — Eu nunca fiz isso antes.

Clark a abraçou até ela se apoiar nele.

— O quê? Quebrar uma maldição?

— Não — respondeu ela, virada para o peito dele. — Me apaixonar. Quantas vezes mais tenho direito de errar antes de você perder a fé em mim?

Ele passou a mão pelo cabelo dela.

— Ah, meu amor.

Ela se afastou só um pouco.

— É a primeira vez que você me chama de um apelido carinhoso sem ser como insulto.

— Infelizmente, você vai ter que se acostumar.

Considerando o que tinha acontecido com o pai dela, Clark estava decepcionado, mas não surpreso por ver que Riley acreditava que seu apoio era frágil.

— Tá bom, chegou a hora. — Ele deu um passo para trás para ela poder vê-lo direito. — Preciso te falar uma coisa. Não tenho certeza de que um dia vou acreditar cem por cento em maldições. Por mais que eu observe ou vivencie, sempre vai ter uma partezinha da minha mente procurando explicações alternativas.

— Como assim? — Riley franziu a testa. — Então, o que estamos fazendo aqui? Por que você disse para o seu pai tudo aquilo sobre ser aberto e aí fez campanha para convidar toda essa gente aí fora para testemunhar…

— Eu acredito em *você* — interrompeu ele. — Na sua engenhosidade, na sua resolução de problemas, na sua coragem e no seu comprometimento. — Ele acariciou a bochecha dela. — No seu coração enorme e na sua cabeça dura bizarra.

Riley fechou os olhos, apoiando-se na palma da mão dele.

— Eu vou te amar — Clark prometeu — mesmo que você nunca mais quebre outra maldição. *Mesmo* — repetiu ele — *que você componha uma música e cante bem na minha frente.*

Ela piscou para ele.

— É uma promessa e tanto.

— Pois é.

E ele não poderia ter feito aquela promessa se Riley não o tivesse ajudado a enfrentar seus medos, sua vergonha.

O celular dele tocou, assustando os dois.

— Um segundo. — Clark pegou o aparelho do bolso traseiro da calça. *Número desconhecido.* — Alô?

— Sr. Edgeware? É a Helen, da HES — disse uma voz, em meio à estática.

O serviço no castelo era péssimo.

— Ah, sim, Helen. Oi.

Ele devia um e-mail a ela. Talvez vários. Quando é que um trabalho não tinha sido a coisa mais importante da vida dele? Clark sentia partes iguais de culpa e satisfação.

Ele adentrou mais o castelo para se afastar do zumbido crescente da multidão decepcionada.

— Como posso te ajudar?

— Infelizmente, estou ligando para informar que estamos suspendendo imediatamente seu trabalho no Castelo de Arden.

Ele estava esperando essas palavras, temendo-as, havia meses. Ainda assim, foi pego completamente de surpresa.

— Hein? — Ele fechou um ouvido com o dedo. — Como assim? Posso perguntar por quê?

— Infelizmente, não posso divulgar o processo de tomada de decisão do comitê. Mas acredito que alguém — ela disse com uma pena notável — talvez tenha sido informado de que você não era a pessoa certa para o trabalho.

Quem ligaria para a HES? No segundo em que a pergunta passou por sua cabeça, Clark soube a resposta.

Helen disse outras coisas, algo sobre passar para buscar o último pagamento. Ele não conseguia ouvir muito bem.

Meses de trabalho, suas novas propostas, mortos na praia. Helen pigarreou.

— Tem mais alguma pergunta?

Clark não tinha. *Não para ela.*

Depois de desligarem, ele deu uma risada dura e dolorida, até lágrimas aparecerem no canto dos olhos e ele ter que se apoiar na parede para não escorregar até o chão.

Ele tinha aceitado aquele trabalho para tentar recuperar sua reputação. Para reconquistar a estima do pai.

Tudo para, agora, Alfie arrancar a oportunidade. A pura ironia da situação.

— O que está acontecendo?

Riley tinha vindo encontrá-lo, com uma clara preocupação no rosto.

— Ah, nada. — Clark desejava poder dizer que estava surpreso, mas era a cara de Alfie. Ele tinha colocado o filho num projeto e, quando deixou de achar que Clark merecia esse favor, voltara atrás. — Meu pai acabou de me fazer ser demitido.

Durante toda a sua vida, Clark tinha se ressentido de muita coisa no pai. De quando ele não estava em casa. De toda a atenção que ele dava a pessoas que não eram da

334

família. De sua crueldade casual. Mas, naquele momento, Clark se ressentia, acima de tudo, de o pai tirá-lo de Riley quando ela precisava dele.

Se ela não tivesse obrigado, ele não teria ido.

— Vai. — Ela empurrou delicadamente o peito dele. — Não deixa ele sair ileso dessa.

Três semanas atrás, ele temia esse exato cenário — estragar o trabalho, decepcionar o pai — mais do que quase tudo.

Quando Patrick sugerira pela primeira vez que Clark se juntasse a ele na busca pelo templo perdido, ele tinha dado para trás, dito não. "Não estou interessado em fazer papel de trouxa perseguindo um mito."

Patrick havia sorrido com a reprovação.

"Isso, bem aí", disse ele, apontando para a cara de desdém de Clark, "é o motivo para você vir junto. Qualquer coisa que gere uma reação tão forte é indício de que tem algo bem enterrado de que você precisa."

Ele estava certo na época e estava certo agora.

— É o fim do meu contrato, não o fim do mundo.

Clark viu que não estava mentindo. Suas prioridades tinham se destravado, mudado, nas últimas poucas semanas. Riley lhe mostrara que não havia sucesso profissional suficiente no mundo para determinar seu valor.

— Não é uma questão de trabalho e nós dois sabemos. Vai — disse ela de novo, desta vez com mais suavidade. — Eu seguro as pontas. Garanto que já lidei com minha cota de multidões iradas antes de te conhecer e consigo lidar com elas agora.

Então, Clark foi.

Capítulo 24

❧

Quando Riley terminou de resolver as consequências do ritual, a noite havia caído. Não tinha muitos efeitos colaterais positivos em se ter um monte de times esportivos da sua região que viviam ferrando tudo no fim da temporada, mas, pelo menos, Riley sabia como encurralar bêbados decepcionados depois de uma vitória muito desejada ser arrancada debaixo do nariz deles. Acalmar nervos irritados estava longe de ser sua parte favorita do trabalho, mas, com alguma sorte, ela tinha conseguido controlar os danos o suficiente para evitar resenhas negativas no Yelp.

Não teria feito tanta diferença, disse ela a si mesma enquanto chutava os sapatos para longe em seu quarto na pousada, *se ela e Clark tivessem conseguido quebrar a maldição na frente daquela multidão.*

A maioria das pessoas não conseguiria perceber, pelo menos não de imediato. Este era o problema de aceitar trabalhar com maldições públicas em vez de privadas: Riley tinha que descobrir como provar que seu pagamento era merecido, sendo que a única evidência de uma maldição quebrada era sua ausência.

Ela tirou o sutiã e se sentou no chão, apoiando-se na cama enquanto puxava o celular.

A mão atendeu depois do terceiro toque.

Em vez de um cumprimento normal, Riley disse:

— Você acha que a maldição da nossa família é morrer sozinha?

Ela não tinha a intenção de jogar algo tão pesado na cara da mãe despreparada. Especialmente não às — ela olhou o relógio e fez uma careta — oito da manhã. Só saiu. Toda a bravata finamente aprimorada de "durona" desmoronou com o som da voz da mãe.

Jordan Rhodes não respondeu de cara. Em vez disso, Riley a ouviu arrastando uma cadeira da cozinha e se sentando com um suspiro.

— O que aconteceu?

— Eu me apaixonei.

A confissão veio meio sem fôlego.

Ela e a mãe às vezes falavam de amor. Os detalhes superficiais dos relacionamentos alheios — o novo romance de uma vizinha e se ia durar, atores com tanta química na tela que deviam se odiar na vida real. Mas fazia muito tempo que não tinham motivo para debater assim, quando era algo próximo, revolucionário e precioso.

— Ah. — Riley conseguiu ouvir o sorriso de sabedoria de sua mãe lá em New Jersey. — O inglês irritantemente bonito, não é?

Agora que estavam juntos, Riley queria discutir com o apelido que andava usando para resumir Clark havia semanas, mas pois é: ainda era verdade. Às vezes, a cara do homem a fazia querer dar um soco na boca dele usando a própria boca. Em vez disso, ela gemeu.

— Estou tão feliz e também completamente doida.

— Parece mais ou menos como deve ser. — A mãe cantarolou um pouco. — Fala sério, de inimigos a amantes.

Está bem lá no rótulo. Não vai me falar que você não percebeu.

De verdade, Riley não tinha percebido. Parecera haver motivos bons demais para as coisas não darem certo entre ela e Clark. Eles vinham de mundos tão diferentes. Tinham abordagens completamente opostas para lidar com praticamente tudo. Tinham se magoado de propósito. Mas, acima de tudo, Riley há muito tempo usava a quebra de maldições para manter as pessoas distantes.

— Não achei que eu fosse capaz.

A mãe ficou quieta por tempo suficiente para Riley puxar o celular do rosto e checar se a ligação não tinha caído.

— Mãe?

Ela soltou uma expiração longa.

— Eu fodi tudo.

— Quê? — Riley puxou uma fibra solta do carpete. — Como assim?

— É que… — A mãe parecia cansada, como se estivesse ficando resfriada. — Eu cresci sem pai, então pensei, *me deixei pensar*, que você não ter o seu não seria tão ruim.

— Mãe — disse Riley, ferozmente. — Não. A gente nunca precisou dele.

Elas não falavam do pai de Riley. Não desde aquela noite quando ela tinha 9 anos. Não era que ela nunca tivesse ficado curiosa, não tivesse perguntas, mas fazê-las sempre lhe parecera uma espécie de traição — como se falar o nome dele já sugerisse que a mãe não estava fazendo o suficiente, não a amava o suficiente, sendo que a verdade era justamente o contrário.

— Quebrar maldições e parcerias românticas não são coisas excludentes — disse ela, naquela Voz de Mãe que diz

"Acho bom você ouvir isso". E, aí, suavizando de novo: — Desculpa se eu te dei essa impressão.

Magoar a mãe, especialmente sem querer, fazia Riley sentir que seu peito estava colapsando. Mas, agora que a conversa estava acontecendo, ela precisava continuar. Precisava fazer as duas chegarem até a saída.

— Mas você manteve em segredo. Disse para ele que a vovó era costureira. Que eu passava os verões ajudando ela a cortar tecido.

Ela conseguia imaginar a mãe na mesa da cozinha, passando os dedos pelas ranhuras familiares da madeira, tentando selecionar as palavras.

— Eu mantive segredo dele sobre as maldições não porque tinha vergonha da vovó ou da prática, mas porque tinha vergonha de mim mesma por a ter abandonado.

— Como assim?

Riley nunca havia considerado essa possibilidade. A mãe sempre parecera tão em paz com sua decisão. E, embora desse apoio para Riley assumir a herança familiar mais à frente, nunca tinha mostrado nenhum sinal de desejar ter feito o mesmo.

— Quando eu era criança, antes de ir para a faculdade, treinei do mesmo jeito que você. Eu não tinha o seu talento natural nem sua motivação, mas acho que, principalmente, vi minha mãe dar tudo o que tinha a isso, resolvendo os problemas alheios, em troca do que sempre me pareceu pouco reconhecimento ou recompensa. Aos 22 anos, não me sentia preparada para o nível de resiliência que a quebra de maldições exige. Caralho, ainda não me sinto preparada aos 52.

Na falta de um aparelho de teletransporte, ela se conformou com o FaceTime.

Quando a mãe abriu o vídeo da ligação, ainda estava usando o pijama de flanela. Tinha uma caneca de café soltando fumaça ao lado do cotovelo.

— Mãe — falou Riley, baixando os olhos para o celular, tentando deixar a voz firme, sua própria versão da Voz de Mãe. — Juro, você é a pessoa mais resiliente que eu conheço.

A mãe cobriu o rosto com a mão, aí deu um longo gole de café antes de responder:

— Obrigada, filha. Sabe o que percebi? Não importava, no fim, se eu escolhia quebrar maldições ou não. — Ela abaixou a caneca. — Eu lia o diário dela quando você estava na escola ou dormindo. Procurando um jeito de ficar mais próxima dela. Procurando conselhos. E percebi que todas aquelas páginas de reflexão e conselho, todos os rabiscos e notas de rodapé… No fim, sua avó não ligava se qualquer uma de nós seguiria os passos dela. Ela queria que nós a conhecêssemos. E queria que nós acreditássemos na nossa capacidade de mudar as coisas, de ajudar as pessoas.

Naquele momento, olhando o rosto da mãe, ainda levemente inchado de sono, Riley soube a resposta a uma pergunta que nunca tinha feito. *Você chegou a se preocupar em ter feito a escolha errada mandando-o embora?*

Nunca houve escolha. A pessoa certa não obriga você a escolher.

— Estou com saudade de você — ela disse à mãe. — Tenho saudade da vovó também.

— Ela ia estar orgulhosa pra caralho de você, filha. — A mãe abriu um sorrisão. — Quase tão orgulhosa quanto eu estou.

Riley começou a chorar, soltando um soluço grande e ruidoso na própria mão. Precisou se levantar e pegar lenços no banheiro. Teve que pôr a ligação no mudo enquanto assoava o nariz como uma trombeta.

— Estou meio que sem saber o que fazer no momento — admitiu. Agora, o rosto das duas estava inchado na tela. — Eu me preocupava numa intensidade normal, razoável, com fracassar na quebra de maldições, mas, agora, minha vida pessoal, esse homem que eu adoro, com quem quero decidir um futuro, está envolvida. E, pela primeira vez, é como se eu tivesse um parceiro.

Clark e a quebra da maldição. Duas coisas que ela queria tinham se tornado irremediavelmente emaranhadas.

— E agora, de repente, não estou mais no controle total. Precisamos confiar um no outro. Ele está lá, perto, em cada erro. E é uma merda, porque quero impressioná-lo. Por mais fútil que pareça.

— Parece amor.

— Eu nunca tive tanto a perder.

Era frustrante. Aterrorizante. A parte dela queria mesmo desesperadamente que a mãe interferisse e desse um jeito de melhorar tudo.

— Para ser justa, você nunca fugiu de uma situação que exigia um salto de fé, mas, em alguns sentidos, no que diz respeito a achar um companheiro, essa é a parte fácil. Não dá tempo de pensar. Para o bem ou para o mal, acaba rápido. Mas, se você quiser fazer o amor durar, tem que dar passos menores, ajustar seu ritmo ao da outra pessoa bem o suficiente para conseguir segurar a mão dela.

— E se a pessoa fizer tudo isso, ajustar o ritmo, mas mesmo assim não der certo?

— Aí não dá certo.

— Tá bom — disse Riley, frustrada —, então, e se doer pra cacete?

— Aí... dói pra cacete.

Caralho. Riley abraçou as coxas.

— As coisas eram mais simples quando achei que estávamos amaldiçoadas a morrer sozinhas. Piores, mas mais simples.

— Bom, você sabe o que a vovó sempre disse. — A mãe deu outro gole de café. — Se você acredita que está amaldiçoada, está amaldiçoada.

Capítulo 25

❦

Só foi preciso uma ligação à assistente do pai para descobrir que Alfie não tinha ido longe. Ele tinha reservado um quarto em Inverness. Tinha ficado esperando na coxia, pronto para dar um bom sermão em Clark enquanto a carreira dele, mais uma vez, sofria um baque.

No hotel, quando ele disse ao recepcionista que ia visitar Alfie Edgeware, o homem se ofereceu a mandar um serviço de chá de cortesia.

Normalmente, Clark ficava ansioso antes de ver o pai. A barriga se enchendo daquele nervoso inquieto de antes de uma prova, quando você tentava lembrar tudo o que sabia, manter a mente afiada, pronta para responder de uma forma que mostrasse o que você tem de melhor.

Agora, ele não se sentia assim. Em vez disso, foi tomado por uma estranha calma. Como se seu centro de gravidade tivesse mudado, se estabilizado.

Riley tinha razão. Ele sabia o que precisava fazer.

A suíte do pai dele era duas vezes maior que o trailer de Clark e incluía uma abundância de floreios dourados bregas. Enquanto Clark segurava a porta, o garçom do hotel entrava para colocar uma bandeja carregada na mesa na frente de Alfie, que estava sentado ao lado da janela. Só depois de Clark ter dado gorjeta ao homem e aberto a porta para ele sair foi que Alfie dobrou o jornal em um dos braços de veludo da poltrona de leitura e levantou os olhos.

— Estava esperando que viesse antes.

— Engraçado. Só recebi agora sua convocação. — Sem esperar convite, Clark se acomodou na poltrona oposta. — Você não acha que estamos todos um pouco velhos para envolver instituições públicas nas nossas rixas familiares?

— Se achasse que você ia me ouvir, eu mesmo teria mandado você sair de lá. — O pai pegou um biscoito amanteigado. — Você devia me agradecer por resolver a questão discretamente antes de a HES descobrir que estava tirando a calça às custas dela.

— Dadas as circunstâncias às quais você está se referindo, acho que vai concordar que discrição não é mais minha maior motivação.

O pai puxou as mangas da camisa social bem passada, abrindo os punhos e os dobrando para trás, como se para deixar implícita uma tranquilidade que não existia no resto de sua postura subitamente tensa. Ele devia ter esperado que Clark aparecesse lá hoje, mas não assim.

— O que vai acontecer é o seguinte. — Clark se inclinou à frente para servir o chá do belo conjunto de porcelana. — Primeiro, você vai pedir desculpas por me tratar que nem criança ou alguém que trabalha para você, já que não sou nenhuma das duas coisas.

Apoiando o bule na mesa, ele adicionou leite à xícara do pai até a cor ficar parecida com chocolate ao leite Cadbury — o tom exato que Alfie gostava.

— Aí, você vai acertar as coisas com a HES. Não quero nem saber como, mas sugiro começar admitindo que cometeu um erro.

Alfie em geral não punha açúcar, apesar de gostar, então Clark jogou um cubo antes de levantar o pires para mexer.

— Depois, finalmente — disse ele, girando a colher de prata —, como, nesse ponto, você vai ter merecido meu perdão magnânimo, nós dois vamos fazer as pazes com o Patrick, já que vocês dois são orgulhosos demais para fazer isso sozinhos. — Ele estendeu a xícara fumegante ao pai. — Chá?

Alfie aceitou e deu dois goles, olhando pela janela a tarde de garoa, antes de responder:

— Não vejo motivo nenhum para pedir desculpas ao Patrick.

Clark suspirou.

— Como seu filho, eu não devia ter que te falar isso, mas acontece que é errado arrancar um filho da sua vida porque você está com vergonha dele.

Sério, Clark tinha uma gratidão tremenda pela mãe. Sem a criação paciente, generosa e tolerante dela, não dava para saber o quão horroroso ele teria se tornado.

Ele tinha perguntado uma vez, depois de o pai ter esquecido o aniversário dela pelo segundo ano seguido, por que a mãe continuava com ele. "Seu pai é um ótimo homem", ela dissera com um sorriso triste. "E nunca consegui me impedir de acreditar que, com a nossa ajuda, ele também poderia ser bom."

Clark se serviu de um chá escuro e forte.

— O que o Patrick fez, falsificar aquelas imagens, mentir a toda comunidade, foi errado. E eu sei que manchou sua reputação impecável, mas já passou da hora de nós dois o perdoarmos, em especial porque ele obviamente fez isso numa tentativa equivocada de te deixar orgulhoso.

Alfie apoiou a xícara com uma força trepidante.

— Não estou bravo pelo que ele fez com o meu nome. O que não consigo perdoar é o que ele fez com o seu.

— Oi? — Clark pausou com a xícara nos lábios. — Por favor, me diz que escutei mal. — Devagar, ele abaixou o chá. — Porque pareceu que você anda indo dormir à noite culpando Patrick por me enganar e aí acordando na manhã seguinte para me dizer o quanto eu sou fraco por ter acreditado nele.

Às vezes, a verdade era tão óbvia, estava tão irritantemente embaixo do seu nariz o tempo todo, mas você não conseguia ver porque não tinha feito o trabalho necessário, não tinha aberto caminho.

O pai dele era o filho mais velho de um açougueiro. O primeiro Edgeware a fazer faculdade. E escolhera arqueologia. Deve ter parecido tão pouco confiável para sua família, tão tolo e autoindulgente. Ele tinha ficado famoso em sua primeira expedição — em que fora contratado para carregar as malas de outro homem. Nunca nem voltara a Manchester para tirar suas coisas de onde morava, só mandando alguém buscar o carro.

— Nenhum de nós nunca vai ser bom o suficiente para você. Pelo menos enquanto estivermos tentando.

Clark achou que tivesse aprendido o erro que era fazer do pai um herói depois de Alfie permitir que ele o assistisse numa escavação no norte da França durante um verão. Eles tinham enfrentado um clima horroroso por dias — chuva, granizo e ventos tão fortes que roubavam o ar dos pulmões —, e o pai não dormia. O projeto ficou atrasado, e Alfie não confiava em ninguém mais para fazer o diagnóstico. Ele manteve a equipe em condições que não eram seguras, mas, mesmo quando houve um motim e todos procuraram abrigo, o pai continuou na terra, furioso e focado.

Clark ficara também, apesar de não conseguir apaziguar o pai, mal ser capaz de segurar uma pá de tanto que suas mãos tremiam de frio, exaustão e medo. Ele lembrava o momento angustiante de encarar os olhos insanos do pai e perceber que Alfie Edgeware era falho — tão humano quanto qualquer um.

Uma década depois, Clark enfim enxergava as feridas por trás desses defeitos. Via o menino que queria desesperadamente merecer o status e a notoriedade em que tinha tropeçado. Que não confiava que era digno ou mesmo verdadeiramente desejado. Uma espécie de impotência arrasadora vinha de saber que Clark não podia consertar o pai.

Mas podia consertar a forma como reagia a ele.

Podia garantir que, independentemente da próxima escolha que fizesse — de ocupação, companheira ou corte de cabelo —, ela fosse feita por si próprio.

— Imagino que esse novo otimismo seja trabalho daquela garota. — O pai cruzou os braços. — Aquela que você achou que fosse mágica.

Não era uma negação, mas Clark não estava esperando uma nem a teria desejado.

Ele não conseguiu evitar sorrir com a descrição. Parecia tão inocente, de modo que Riley não era — criava a imagem de alguém que perseguia estrelas cadentes e jogava moedas em fontes. Mas, no fundo, *mágica* significava *transformadora*. E, de certa forma, esse adjetivo caía como uma luva.

— Uma parte é culpa dela, sim — disse Clark, enfim. O que quer que Riley fosse, o que quer que tivesse feito, ela o mudara. — Mas não acho que devemos dar todo o crédito a ela.

Ao se apaixonar por ela, ao se esforçar para merecer seu amor, Clark tinha passado a ver a si mesmo de outra forma.

— Você sempre faz isso. — Alfie balançou a cabeça. — Acha um jeito de seguir a pessoa que tem a pior ideia.

Magnanimamente, Clark traduziu isso na cabeça como: *Queria que as pessoas em que você confia tomassem um pouco mais de cuidado.*

O pai franziu a testa, o que deixou suas rugas mais pronunciadas.

— Tenho receio de ela te magoar.

O comentário talvez tivesse sido recebido com uma nota de ironia, considerando a fonte, mas amar Riley havia ajudado Clark a entender um pouco melhor sua família.

Em algum lugar daquele penhasco em Torridon, ele aceitara o fato de que adorava — de forma insensata — pessoas complicadas e extraordinárias. Pessoas que eram excepcionalmente duras com todo mundo, mas, principalmente, com elas mesmas.

Ele gostava do esforço em seus erros, da confusão de sua atenção, das surpresas nuas e cruas reveladas pela forma como abordavam o dia a dia.

Clark amava a forma feroz como elas o amavam: como se quisessem protegê-lo mesmo quando não podiam.

— Todos magoamos aqueles que amamos — disse ele, suave e incisivo. — É por isso que precisamos aprender a fazer as pazes.

Uma piada sobre Riley quebrar tanto maldições quanto corações veio à mente, mas Alfie não gostaria dela. Então, em vez disso, Clark falou:

— Eu sou mais casca-grossa do que você pensa.

O pai era muitas coisas: orgulhoso e ríspido, carismático, sim, e até carinhoso, à sua própria maneira.

— Eu te amo — disse Clark. — Sou grato por tudo o que você fez por mim. — O pai, sentindo que viria mais, pareceu se preparar. — Mas não te devo uma carreira que você admire ou uma companheira que você aprove. Preciso que você me escute, me escute de verdade, quando falo que cansei de ter minha vida medida e pesada em relação à sua ambição. — Ele respirou fundo e soltou devagar. — E, se você não puder aceitar isso e não mudar a forma como me trata, para mim chega.

As bochechas do pai ficaram coradas. Clark esperou outra explosão, como a que tinham visto em Skye. Apesar de achar que, daquela vez, o pai ia mandá-lo sair dali em vez de ir embora, já que, afinal, era o quarto dele.

— A escolha é sua. Aceitar seus filhos, com todos os nossos defeitos, ou perder nós dois.

A luz do sol entrando pela janela cortou o rosto de Alfie, tornando-o de algum jeito ao mesmo tempo mais velho e mais jovem do que seus 65 anos.

— Tudo bem — respondeu ele, enfim, e aí, se inclinando à frente, pegou o bule e ofereceu-se para completar a xícara de Clark, já esfriando.

Era uma concessão maior do que Clark jamais recebera dele, mais do que já o vira dar a qualquer um, pessoal ou profissionalmente.

Tudo bem. O amor naquela única frase batia como asas de pássaros no espaço entre os dois, contínuo e ascendente, suave mas esperançoso.

— Eu concordo. — Ele soltou o bule e se recostou na poltrona. — Vamos ligar para o Patrick.

— Tudo bem — ecoou Clark, pensando que, talvez, ficasse tudo bem, mesmo.

Alfie Edgeware tinha um histórico de aproveitar suas poucas chances.

Se os últimos poucos meses haviam ensinado algo a Clark, era que, só porque algo doía, não significava que não fosse uma cura.

Capítulo 26

❧

Depois de desligar com a mãe, Riley decidiu, pela primeira vez desde que chegara a Torridon, tirar uma noite de folga da quebra da maldição. Hoje, tanto ela como Clark já tinham batalhado com contratempos profissionais e conversas familiares difíceis. Mereciam um pouco de relaxamento.

Depois de se dar um longo banho de banheira e uma máscara facial, ela passou no supermercado local antes que fechasse e comprou ingredientes para um jantar romântico. Bom, sua ideia de um jantar romântico, pelo menos — já que era vinho tinto e macarrão com queijo. Ambos vendidos em caixa, como era a preferência dela.

Virtuosamente, Riley também pegou algumas cabeças de brócolis, pensando na afinidade de Clark por fibras. O desejo de cuidar de um homem podia até ser novo, mas Riley tinha quase certeza de estar arrasando.

Apesar de secretamente torcer para Clark fazer um comentário sobre vinhos de caixa serem baixo nível, para poder sacar todos os seus fatos favoritos sobre quantos vitivinicultores de ponta tinham abraçado o modelo para otimizar tanto sustentabilidade quanto custos de produção. Se instigar oportunidades para discussões bem-humoradas, inocentes e acaloradas com o namorado era errado, ela não queria estar certa.

Quando chegou ao trailer, encontrou Clark sentado à escrivaninha com o laptop à sua frente.

— Ei.

Ele tinha se trocado e colocado uma camiseta desbotada de manga comprida e calça de moletom cinza — então, pelo menos, estavam de acordo quanto à direção descontraída da noite.

— Prepare-se para um banquete culinário — disse ela, mostrando dramaticamente a sacola de pano pendurada no ombro, como Vanna White.

— Não sei se existe outro tipo — provocou ele.

— Não seja engraçadinho — alertou Riley, apesar de amar a boca dele se contorcendo com soberba —, ou não vou te mostrar todos os quatro ingredientes que comprei.

— Uau — disse ele depois de ela terminar de dispô-los na mesa de centro. — Obrigado. Eu faria uma piada sobre não ter sobremesa, mas acho que nós dois sabemos o que vou fazer com minha boca depois do jantar.

Ele dobrou as mãos no colo, comportado.

— Alguém está de bom humor — disse Riley, alegre. — Pelo jeito, a conversa com seu pai foi boa.

Ele contou tudo enquanto ela servia vinho para os dois.

Mesmo naquela breve interação, Riley sabia que Alfie Edgeware tinha uma compreensão arguta e inata de pessoas e como elas funcionavam. Ele entenderia que não podia mais fazer bullying com Clark, agora que o filho tinha parado de viver e respirar em busca da aprovação dele.

E, se esquecesse, Riley estaria lá para lembrar.

Quando Clark terminou, ela desejou saber como dizer "tenho muito orgulho de você" sem parecer condescendente.

Mas, como não sabia, só entregou uma das taças e deu um beijo na bochecha dele.

Enquanto cada um dava um gole, a tela do computador dele chamou sua atenção.

— O que você está olhando? — Ela apoiou o queixo no ombro dele para xeretar. — Isso é… Você passa seu tempo livre só dando uma olhada no Google Maps?

Espalhadas pelos Estados Unidos e pela Europa Ocidental, havia bandeirinhas de cores diferentes, junto com o que pareciam anotações. Riley nem sabia que essa funcionalidade existia.

— Não.

Clark bufou como se nunca tivesse feito nada tão nerd na vida, apesar de ela ver claramente que ele estava com outra aba aberta, onde havia pausado um documentário de várias partes sobre algo chamado "habitação social sem taxas fixadas pelo mercado".

— Só quis fazer uma pesquisa sobre outros sítios arqueológicos com evidência de maldições antigas. — A voz dele estava um pouco na defensiva. — Obviamente, depois que terminar aqui, você vai precisar descobrir o próximo destino, então…

— Espera, você fez isso para mim? — O coração de Riley ficou apertado. — Puta merda. Você é mesmo um doce. — Depois de plantar beijos por todo o maxilar áspero dele, ela chegou mais perto e apertou os olhos para ler os nomes pequenos dos locais perto das bandeiras. — Bom, e está esperando o quê? Me mostra o que você achou.

Enquanto Clark clicava para dar zoom na bandeira mais próxima, sua bochecha corada combinou perfeitamente com as marcas de batom vermelho que ela deixara.

— Com base no que li até agora, esse parece ser bem promissor.

— Esse, sério? — Riley apertou os olhos. — Não fica tipo no sudeste da França?

— Fica.

— Hum, tem um probleminha aqui. — Riley riu. — Eu não falo francês.

— Ah. — Clark a puxou para o colo, de modo que suas pernas ficassem atravessadas nas dele. — Bom, acho que só pensei — ele encostou a testa no ombro dela — que não teria problema, porque eu falo.

Riley segurou o rosto dele com a palma da mão, não deixando que se escondesse.

— Você está dizendo que iria comigo?

— Se você quiser — disse Clark, com seus lindos olhos impossivelmente sinceros. — Sabe, eu tenho um trailer. Acho que você conhece. E, como você sabe, estou meio que sem emprego no momento.

Os dois sabiam que era temporário. Especialmente com a promessa do pai dele de resolver a situação com a HES. Não, aquilo era uma escolha. Deixar o setor que ele amava desde menino, em que ficara quando teria sido bem mais fácil largar.

— Tem certeza de que você quer se desviar da arqueologia bem quando a redenção profissional está ao seu alcance?

O olhar de Clark recaiu no canto da escrivaninha, onde estava uma cópia anterior de seu relatório final sobre o Castelo de Arden, com suas anotações nas margens.

— Eu entrei nisso por dois motivos que não têm nada a ver com a minha família — explicou ele. — O primeiro é que amo o mistério. Procurar pistas, encaixar as peças. Você viu todos os romances baratos. Acho que nós dois podemos concordar que quebrar maldições entrega isso de sobra, né?

Riley fez que sim. Depois de alguns meses com ela, ele podia viver todas as suas fantasias de travessuras dos Hardy Boys.

— A outra é companhia. Eu amo a sensação colaborativa de acampamento estando numa escavação, todo mundo trabalhando junto, cuidando um do outro. Depois de Cádiz, eu não perdi só o Patrick. Perdi todo mundo. E não tinha certeza de que conseguiria voltar à posição de confiar tão completamente em alguém com quem trabalho. Mas é assim que eu me sinto trabalhando com você.

Riley sabia o quanto era importante para ela compartilhar essa prática familiar que havia muito se convencera que vinha de mãos dadas com a alienação. Não tinha considerado que talvez fosse igualmente importante para Clark.

— Eu também me sinto assim — disse ela, delicadamente.

— Espero que você concorde que eu tenho habilidades úteis. — Ele devia ter lido a timidez repentina dela como relutância persistente, porque, de repente, começou a *listá--las*. — Obviamente, tenho uma experiência extensa com pesquisa e escavação, mas também sou excelente em leitura de mapas e…

— Para de tentar me convencer.

Riley abriu um sorriso tão largo que era incrível a boca não ter engolido a cara inteira dela.

— Quer dizer que estou contratado?

Que bom que ela não tinha se dado ao trabalho de colocar lingerie antes de ir lá, porque o sorriso atrevido que ele estava dando agora teria feito-a derreter na hora.

— Quer dizer que vamos para a França.

— Que ótimo. Que bom que isso está resolvido. — Ele afagou o pescoço dela com o nariz. — Imagina como seria difícil quebrar uma maldição sem falar a língua certa.

Falar a língua certa.

— Meu Deus do céu. — Riley ficou de pé. — Clark, seu gênio perfeito e absoluto.

Ele franziu a testa.

— O que acabou de acontecer?

Riley o beijou bem na boca antes de tatear freneticamente os bolsos.

— Cadê meu celular? Preciso do meu celular.

Depois de uns segundos, ela lembrou que tinha jogado na sacola de compras. Abrindo desajeitada o aplicativo fiel de tradução, Riley digitou as palavras que corriam por sua cabeça, com as mãos instáveis.

— Tá, é — disse ela quando o tradutor carregou. — Vamos com certeza ter que achar uns tutoriais de pronúncia no YouTube.

Quarenta e cinco minutos e duas caixas de macarrão com queijo depois, eles tinham acertado direitinho a frase.

— Preciso me trocar?

Clark baixou os olhos, desesperado, para a calça de moletom.

— Não. Fizemos toda a fanfarra hoje de manhã. As fadas já tiveram o festival delas. Só falta uma coisa.

Uma última peça.

Quando entraram no castelo, um rastro de luar os recebeu, iluminando um caminho pela escadaria central. A maldição, provavelmente cansada de esperar, devia ter decidido que precisavam de um mapa.

Desta vez, ao subirem para a torre de vigia, Clark e Riley estavam de mãos dadas.

Ela nunca tinha estado lá depois de escurecer. A vista foi suficiente para tirar seu fôlego. Desta vez, o céu noturno estava limpo, uma tela perfeita para constelações brilhantes. Ondas batiam nos penhascos e os envolviam numa trilha sonora ao mesmo tempo alegre e triste de ascensão e recuo.

Era impossível parar ali agora e não pensar em Malcolm Graphm. O quanto ele devia ter se sentido dilacerado esperando o ataque de seu próprio povo. Ele talvez tivesse parado nesta janela, dado um sinal para Philippa fugir enquanto seu clã se aproximava. Ela talvez tivesse olhado para trás, uma única vez, torcendo para ele conseguir segui-la e ao mesmo tempo sabendo que todas as possibilidades trabalhavam contra isso.

Era difícil culpar a maldição por fazer campanha por um final mais feliz. Talvez até forças sobrenaturais da antiguidade precisassem de esperança diante da morte e da destruição implacáveis.

Riley parou na frente da viga onde tinham encontrado a adaga.

Torceu para o último pensamento de Malcolm ter sido sobre amor. O tipo de amor impossível que desafiava tudo. Até a morte.

Virando-se para Clark, ela estendeu a mão.

— Pronto?

Eles assumiram suas posições.

Sem o zumbido da multidão, o desfile das folhas rodopiando, Riley podia se entregar por completo à sensação da mão dele na sua. O ar crepitou, inquieto, ao redor deles, fazendo sua nuca se arrepiar inteira.

Acontece que a maldição queria mesmo uma espécie de sacrifício, só não aquele que Riley imaginara no começo. Ela não precisava machucar Clark, nem a si mesma. Em vez disso, a maldição pedia que ela abrisse mão da crença à que se apegara por tanto tempo como uma segurança: que precisava escolher entre chamado e parceria.

Era como se o universo quisesse que ela reconhecesse a sensação de paz que se esforçava para entregar como algo que não era só para os outros. Era para ela. E Clark. E talvez, depois de hoje, de alguma forma, para Philippa Campbell e Malcolm Graphm.

Riley nunca tivera aptidão particular para idiomas, mas, ao fazer seu juramento a Clark com as palavras gaélicas que tinham ensaiado, ela as sentiu no fundo dos ossos.

— *Tha gràdh agam ort.*

Havia algo incrível em olhar para alguém que você antes odiava e perceber o quanto podia estar errada — sobre outras pessoas, sobre você mesma.

— *Tha gràdh agam ort* — disse Clark de volta, sua voz grave virando um elo entre o coração inquieto dela e o dele.

Quando a última sílaba saiu dos lábios de Clark, Riley segurou a respiração, puxando-o para a frente e envolvendo seu pescoço com os braços, porque de repente os trinta centímetros de espaço entre os dois eram demais. Quando se permitiu uma inalação funda e longa, ela sentiu cheiro de pedra e névoa. De teias de aranha e poeira. Do sabão de lavar roupas de Clark. Do xampu acolhedor de laranja dele mesclado com o perfume enfraquecido no pulso dela.

Mais nada.

— Clark.

Ela se inclinou para trás para contar a ele, mas viu lágrimas escorrendo pelas bochechas com barba por fazer.

— O que foi? — Ela secou a pele úmida delicadamente com o dorso dos dedos, com um buraco se abrindo no peito.

— O que aconteceu?

Ele se virou para beijar as mãos dela, que acariciavam seu rosto.

— Eu podia ter perdido isso.

Ela não entendeu.

— Perdido o quê?

Clark levou a mão dela ao seu coração. A batida era regular e contínua sob a palma.

— Eu senti.

— Quê? — A boca dela se abriu num arquejo. — Sentiu mesmo?

Não era tão incomum alguém perceber uma maldição no momento em que ela se quebrava. Ocasionalmente, acontecia com um de seus clientes. Mas a maioria dessas pessoas tinha vivido com o peso opressor do poder maligno em sua vida por anos.

Ela nunca havia considerado que Clark — que tinha sido tão terminantemente contra a ideia de forças sobrenaturais havia menos de um mês, que ainda hoje dissera que talvez nunca acreditasse por completo — pudesse ter a mesma reação.

— É a emoção apavorante de dar frio na barriga, tirar o fôlego que acontece no topo de uma montanha-russa, aquele único segundo congelado no pico antes de descer. A libertação de toda aquela antecipação, a pressão crescente. A parte mais difícil acabou: você já está caindo, mas está tudo bem. É bom. É o que devia acontecer. — Ele franziu a testa. — Isso está… parece certo?

Riley fez que sim encostada à boca dele, já a caminho de beijá-lo.

Afinal, às vezes o que você precisa é de alguém que realce o pior em você. Era um presente, ela percebeu, que só podia ser trocado entre ex-inimigos — permissão de se perdoar.

Porque, se alguém podia ver todos os seus defeitos e falhas, ativamente procurar todas as razões possíveis para não gostar de você e mesmo assim acabar dando o braço a torcer no final, bom, talvez seu pior não fosse assim tão ruim.

Na manhã seguinte, Riley e Clark acordaram e viram que, pela primeira vez em trezentos anos, trombetas-de-anjo cor de índigo tinham florescido no terreno do Castelo de Arden.

Epílogo

—Não posso continuar tendo esta mesma briga com você. Estou perdendo a paciência.

Clark saiu do chuveiro e viu Riley discutindo com a gata, que parecia ter se agachado para proteger um cacho de bananas.

— A gente acabou de te comprar um monte de latas de comida de gato francesa e chique — continuou ela, quase implorando. — O mínimo que você pode fazer é me permitir deixar esta tigela de aveia menos sem graça.

— Félicité — disse Clark, sério.

Com o som de seu nome — ou, pelo menos, com o som da voz dele, já que ele não tinha lá muita certeza se a gata tinha de fato aceitado sua adoção ou só gostava do trailer o suficiente para se esconder nele quando foram embora da Escócia —, Félicité se virou e, piscando inocentemente para ele, abandonou a fruta como se de repente tivesse perdido o interesse.

— Eu nunca devia ter deixado você dar um nome francês para ela — resmungou Riley, recuperando seu prêmio e voltando a preparar o café da manhã. — Não consigo nem pronunciar.

— Claro que consegue.

Ele foi até lá e a abraçou pela cintura, aí disse baixinho a palavra virado para o pescoço dela.

Riley se recostou nele, arqueando o corpo para encorajá-lo a beijar o ponto em que seu coração batia e repetiu, relutante:

— Félicité.

Clark não tinha vergonha na cara. Sentia uma emoção bobinha toda vez que ela falava com aquele sotaque horrível. Queria dizer *uma felicidade muito grande* — um sentimento com que ele tinha se tornado cada vez mais familiarizado nos dezoito meses desde que tinham saído do Castelo de Arden.

Depois de a imprensa local, animadíssima, ter jurado por escrito que tinha visto o terreno do Castelo de Arden mudar do dia para a noite, a história da quebra da maldição foi internacionalmente publicada. Pedidos de entrevista e consultas para trabalhos vieram do mundo inteiro.

Até o pai de Clark tinha ficado intrigado a contragosto. Ofereceu-se para apresentá-los a seu agente literário — sugerindo que a história deles talvez funcionasse "se devidamente adaptada para audiências de ficção, claro". Eles haviam recusado a oferta de maneira educada, mas apaixonada.

Depois de a poeira baixar, Clark e Riley tinham seguido o plano original de ir até a região da Dordonha, na França, atrás de uma pista que os levou às cavernas de Lascaux, onde pinturas paleolíticas davam lugar a rumores de misticismo havia mais de quinze mil anos. (Riley assegurou a ele que ambas as maldições às quais ele tinha sido exposto estarem ligadas a cavernas era só uma coincidência.)

Infelizmente, conseguir acesso prolongado e recursos adequados para investigar um sítio histórico tão único e precioso exigia cobrar alguns favores.

Por exemplo, os barulhos de metal batendo e os xingamentos intermitentes vindo lá de fora bem em frente à janela deles naquela manhã sugeriam que o pai de Clark já tinha acordado e estava tendo dificuldades com seu equipamento de escalada na neve.

Apesar de eles só terem pedido o endosso dele junto à Sociedade de Preservação francesa, para garantir as licenças necessárias, Alfie insistira em "supervisionar" essa fase da pesquisa em pessoa. Clark suspeitava que o pai estivesse com um caso de FOMO crescente de as outras pessoas estarem tendo aventuras potencialmente perigosas sem ele.

Um pouco depois, quando Clark tinha conseguido se vestir e Riley terminara o café da manhã, uma batida na porta do trailer precedeu sua abertura.

— Ei, dá para vocês dois pararem de enrolar aí? — Patrick, completamente paramentado para o inverno, entrou. Atrás dele, Clark via que mais uma vez tinha começado a nevar, transformando a encosta da montanha num mar branco infinito. — Não sei mais quanto tempo consigo impedir que o pai vá sem vocês. O homem não para de resmungar que estamos perdendo a luz do dia.

— Segura sua onda — gritou Clark de volta, apesar de não conseguir suprimir por completo o desejo de sorrir que vinha de ver o robusto irmão em pessoa. — Estamos indo.

Depois de voltar à Europa tendo se reconciliado com o pai, Patrick havia concordado em ir à França. Estava ajudando-os a usar um aparelho LiDAR portátil para criar imagens 3D da caverna, de modo a poderem estudar melhor as marcações antigas vastas.

O "projeto familiar" estava ajudando muito a reparar as relações entre os homens Edgeware. E, embora Patrick tivesse recusado a oferta meio relutante do pai para sua empresa de relações públicas trabalhar "discretamente" num "plano de reabilitação profissional", estava considerando dar aulas depois de se acomodar melhor de volta ao Reino Unido.

Ao ver Riley, o irmão dele se endireitou.

— Bom dia. — *O babaca deixou até o sotaque mais chique.*
— E Ceilidh, vai na trilha com a gente hoje?

Ele tinha sido apresentado à amiga ruiva minúscula de Riley — que viera visitar por um fim de semana — na noite anterior, quando todos foram jantar no chalé de montanha próximo de onde ela estava hospedada.

— Não. — Riley deu um sorriso irônico, provavelmente imaginando como o irmão de Clark tinha tagarelado a noite inteira no ouvido de Ceilidh. — Mas falei que íamos encontrá-la depois para comer fondue.

— Maravilha.

Patrick saiu de novo dando um pequeno suspiro.

Riley riu às costas dele.

— Você já viu um homem pirar tanto por causa de uma mulher que acabou de conhecer?

Clark deu a única resposta possível que o comentário merecia: um olhar longo e acalorado.

— Ah — disse ela, ficando corada de um jeito lindo. — Bom, acho que é de família.

Agradecimentos

Escrever livros é o melhor e mais assustador trabalho que já tive. *Que vença o pior* não teria sido possível sem o apoio das seguintes pessoas.

Jessica Watterson. Obrigada por estar sempre disponível para um telefonema e por manter o espaço aberto enquanto eu encontrava um caminho para a publicação que me permitiria continuar escrevendo com alegria.

Kristine Swartz. Obrigada por tudo o que você fez para orientar este livro. Mais ainda, obrigada pela graça que me concedeu como escritora enquanto continuo a encontrar meu lugar nesse ofício e nesse mercado.

Hannah Engler, Mary Baker, Kristin Cipolla, Yazmine Hassan e toda a equipe da Berkley. Obrigado por sua cordialidade, entusiasmo e pela tremenda habilidade com que vocês ajudam meu trabalho a chegar aos leitores. Aguardo ansiosamente cada e-mail, cada ligação e, é claro, cada taco que compartilho com vocês.

Lauren Billings e Christina Hobbs. Vocês duas são minha estrela-guia em muitos aspectos — em como ser boa para as pessoas, me defender, ser mentora e buscar a alegria. Sou muito grata por sua orientação e por sua amizade.

Sarah MacLean. Eu a seguiria em uma batalha. Obrigada por dar conselhos da maneira exata como prefiro recebê-los: diretos, hilários, calorosos, atenciosos e como um convite para ser corajosa.

Margo Lipschultz. Obrigada por, nos dias sombrios de 2021, me tratar com tanta delicadeza e generosidade, mas ainda assim dizer o que eu precisava ouvir.

Leigh Kramer. Obrigada por me proporcionar uma leitura tão sensível e ponderada.

Rachel Lynn Solomon, Mazey Eddings, Susan Lee, Alexa Martin, Charlotte Stein, Denise Williams, Tessa Bailey, Meryl Wilsner e KT Hoffman. Obrigada por tornarem o esforço solitário de escrever menos solitário e o esforço público de publicar menos devastador.

Sonia Hartl, Meg Long e Ellen Lloyd. Obrigada por generosamente lerem o livro arquivado (por enquanto) antes deste. Esta obra talvez não existisse se não fosse pela gentileza e pelos conselhos que me deram na época. Cada uma de vocês é muito importante para mim.

Lea. Obrigada por me orientar em minhas descobertas, nas páginas e fora delas.

Jen. Obrigada por ajudar a trazer à tona o melhor deste livro e de mim como escritora.

Quinn, Marisa, Emily, Ilona, Dave, Ryan e Frank. Obrigada por estarem sempre dispostos a debaterem ideias no bate-papo em grupo. Ainda estou muito triste por não ter conseguido descobrir como fazer a tatuagem na bunda do Clark funcionar. Não foi por falta de nosso esforço coletivo.

Alexis De Girolami. Você é uma amiga incrível e uma parceira de crítica incisiva. Adoro fazer margaritas, assistir a filmes de terror e sair de férias com você. Obrigada por ter me apoiado em todos os momentos nos últimos anos.

Não consigo imaginá-los sem você. Por favor, mude-se para a Filadélfia. ☺

Ruby Barrett. Você é o único público para o qual eu escrevo sempre. Obrigada por segurar minha mão a, *desculpa*, 5.377 quilômetros de distância.

Minha família. Obrigada por me deixarem escapar durante as férias e os feriados, por montarem mesas para mim em suas casa, por se preocuparem constantemente com o meu estresse e por apoiarem minha carreira de escritora mesmo assim. Eu amo muito todos vocês.

Leitores e resenhistas de romances. Nunca deixarei de me sentir humilde e impressionada com aqueles que se esforçam para recomendar meus livros. Obrigada por terem me acompanhado durante meu ano sabático. Vocês fazem toda a diferença.

Meu marido, Micah. Uma vez você me comprou uma escrivaninha antiga que não podia pagar. Apesar de estarmos namorando há apenas seis meses. Mesmo que eu ainda não tivesse terminado um livro e, até onde você sabia, talvez nunca terminasse. Sua fé ilimitada em mim me reconforta tanto quanto o fato de saber que você me amaria da mesma forma, ainda que eu nunca escrevesse nada.

Este livro foi impresso pela Santa Marta, em 2024, para a Harlequin. O papel do miolo é Offwhite Snowbright 70g/m² e o da capa é cartão 250g/m².